致青

親愛的楚楚動人

（下）

夜雪　著

高寶書版集團

第二十章　宋醫生發威　004
第二十一章　揚州風波　018
第二十二章　友情破裂　034
第二十三章　最動人的情話　052
第二十四章　燭光晚餐　070
第二十五章　香港之行　084
第二十六章　老公摳門　101
第二十七章　雲央歸來　119
第二十八章　醫療風波　138
第二十九章　禍事　154
第三十章　真相　172

目錄
CONTENTS

第三十一章 楚楚生病 187
第三十二章 喜不喜歡 204
第三十三章 妖精 222
第三十四章 晴天霹靂 238
第三十五章 我們離婚吧 253
第三十六章 晴寶 268
第三十七章 煙花 283
第三十八章 Marry Me 299
第三十九章 最好的結果 315
第四十章 婚禮 333
尾聲 345

第二十章　宋醫生發威

晏家別墅，文桐一進來便匆匆往樓上跑，她電話一早上快被打爛了，晏長晴倒好，至今都不接她電話。

「晏長晴和宋醫生還在睡覺呢。」張阿姨提醒。

文桐想到宋醫生那張冷冰冰的臉有些害怕，強忍著等了四十多分鐘，直到樓上傳來開門的動靜，宋楚頤一身瀟灑的白色小開領T恤，晏長晴扭扭捏捏的跟在他後頭，戴著口罩、墨鏡，披著的髮尾那段還微微泛著潮濕。

她有種淚流滿面的衝動，她急得快瘋掉的時候，這兩個人竟然還有閒情逸致在樓上鴛鴦浴。

「長晴，剛剛網路上叫『圈內一掌櫃』的人又發布了一部影片。」文桐邊觀察宋楚頤臉色，邊激動的把手機遞過去：「弄了半天，妳的臉是趙姝害的，我開始還以為是池以凝呢！」

晏長晴拿過一看，影片雖然模糊，但她還是看得出趙姝的助手王蘭心趁化妝室沒人的時候，偷偷拿了Asa的化妝盒出來，然後在裡面添加東西。

她看的心驚膽顫、不可置信：「我什麼時候得罪趙姝了，她要這樣害我？」

「就是啊。」文桐看著她：「莫非她嫉妒妳長得太漂亮了？」

「妳當我傻。」

宋楚頤聽著她們倆左一句、右一句，從餐桌上拿了個煮熟的雞蛋慢悠悠的剝了：「走吧，陪妳們去趟電視臺。」

文桐激動的猛地站起來：「宋醫生，您這是要親自出面了？」

晏長晴也滿臉緊張的注視著他，從來沒覺得男人吃個雞蛋都能這麼帥啊。

「是啊。」宋楚頤嚥下雞蛋，又拿了個給長晴，晏長晴老老實實的接過，小碎步的跟著他往外走。

文桐和她一起走在後面，推她小聲說：「妳怎麼這麼不爭氣啊，瞧妳這畏畏縮縮的樣子，感覺像宋楚頤的丫鬟啊。」

「滾滾滾，妳懂什麼。」晏長晴被小瞧了，趕緊上前幾步挽著宋楚頤胳膊。

他偏頭看了她一眼，晏長晴朝他咧嘴笑了笑。

「別看我，臉上痘真多。」宋楚頤說出的話氣死人，晏長晴捏他手臂。

嫌棄她、嫌棄她，那剛才在更衣室要她的時候，如狼似虎的樣子到底是誰啊。

去電視臺的路上，文桐當司機，她瞅了一眼後面的兩人說：「長晴，妳說『圈內一掌櫃』到底是誰啊？他是怎麼知道這件事情，而且比我們還要瞭解的樣子。」

「是啊。」晏長晴狐疑了一陣，看向身邊的男人，遲疑的問：「該不會是你吧？」

「難道妳以為會有這麼多好心的人，無緣無故的幫妳？」宋楚頤反問。

晏長晴呆了下，捂著嘴巴：「真的是你？」

文桐佩服的差點跪了：「宋醫生，你太厲害了，連劇組的監視器畫面都能弄到手，我這幾天一直在查，沒查出一點東西出來，你是怎麼辦到的！」

晏長晴水汪汪的大眼睛也充滿希翼和崇拜的看著他。

宋楚楚實在太帥了，怎麼這麼帥呢！

宋楚頤清清嗓子，第一次發現，被女人用這麼崇拜的眼神注視著，男人的虛榮心和自尊心還是得到極大的滿足：「我自然有我的辦法。」

晏長晴小心臟雀躍的亂蹦跳著，按捺了一陣，她湊到他耳邊小聲說：「宋楚楚，你真的好帥啊。」軟乎乎的聲音吹在耳朵上，宋楚頤小腹一緊。側頭，盯著她那雙露出來的桃花眼。

晏長晴潤了潤唇，不知道是不是她錯覺，她總覺得宋楚楚想吻下來啊？

可是他要是真吻下來怎麼辦啊，文桐還在前面坐著呢。

好在，他注視了她一會兒後，只是輕輕把手搭在肩上，指腹打著圈兒慢慢摩娑著。

晏長晴被他摩娑得心臟以有史以來最強勁的力量「噗通噗通」的跳動。

車開過電視臺門口時，外面擠滿記者，文桐避開記者，把車開到停車場。

晏長晴剛下車，又接到馮臺長打來的電話，這電話比早上還要兇狠：「晏長晴，妳最好馬上給我來電視臺，立刻、馬上！」

「已經到停車場了。」大約是宋楚頤在身邊，晏長晴竟然一點都不怕馮臺長。

到臺長辦公室時，裡面門忽然打開，左騫從裡面走出來。

他看到晏長晴先是一喜，然後再看到宋楚頤時便愣了兩秒，目光落在晏長晴拽著宋楚頤手腕時，斯文俊美的臉僵了僵：「長晴，這位是？」

晏長晴煩惱的撓撓頭髮，不知道該如何介紹時，裡面突然傳來馮臺長怒氣衝衝的聲音：「是不是晏長晴來了，妳給我滾進來！」

晏長晴被唬的小身板顫了顫，左騫柔聲說：「馮臺長現在正在氣頭上，我陪妳一起進去。」

「不用了。」宋楚頤淡漠的走進去，晏長晴拽著他手，也被他給帶了進去。

辦公室裡。

馮臺長正想拍桌子發怒，可是看到宋楚頤時便愣住了，他雖然不清楚他身分，可他曾經和展局長關係不錯的參加過晚會，光這個他就不大敢得罪了，也只是強壓著臉色好轉了些，卻沒好到哪去：「宋先生，您這是……」

他實在沒弄清楚，宋楚頤是怎麼能從安保措施做得密不透風的電視臺門口進來，他疑惑的目光落在晏長晴身上。難道她招惹傅愈不夠，招惹左騫還不夠，現在又招惹一個不知道什麼來頭的宋先生。

「馮臺長，好久沒見了，難為你還記得我。」宋楚頤自顧自的拖了張皮辦公椅坐下，從他身上散發出來的氣魄和清冷，彷彿他才是這間辦公室的主人。

「當然記得，那日宋先生和我們展局長一起。」馮臺長勉強笑笑，言下之意，他全是看在展局長的面子上才會記得他。

宋楚頤淡淡的說：「是啊，我和明惟從小就熟識。」

馮臺長心裡立即有了底，展明惟出身世家，能跟他從小認識的那肯定不是一般人。

「也很不巧，博瀚醫院是我們家開的。」宋楚頤下巴微抬，嗓音不緊不慢。

馮臺長這心又驚了驚：「那宋懷生是……」

「家父。」宋楚頤薄唇低低微動。

馮臺長背脊泛出一身涼意，他趕緊哆嗦著站起來，親自給宋楚頤倒茶：「弄了半天，原來宋醫生是宋總的兒子，哈哈，怎麼不早說呢，宋總真是有福氣啊，有您這麼醫術高明的兒子。」

晏長晴嘴角抽搐，這變化也太快了吧。

她一臉崇拜的站宋楚頤身邊，像個小跟班一樣，連坐都忘了坐，直到馮臺長端了茶過來，笑咪咪的對她說：「長晴，怎麼還站著，坐啊。」

晏長晴受寵若驚，這時，宋楚頤五官醞釀出低低的笑意：「我老婆怎麼敢坐呢，剛才馮臺長還讓她滾進來。」

晏長晴看到馮臺長臉色「唰唰」的變白了，她心裡頓時有一種翻身農奴把歌唱的快感。

這個婚沒有白結啊，看了這麼久馮臺長的臉色，終於輪到馮臺長看她臉色了。

「老婆？」馮臺長驀地僵住：「你們結婚了？」

「是啊。」宋楚頤點點頭：「前不久結的。」

馮臺長內心崩潰，不過臉上還是飛快變了笑臉，和顏悅色的對晏長晴說：「長晴啊，怎麼結婚這麼大的事都不跟臺長說，真是，我可是一直把妳當成我們的臺花栽培。我看妳就覺得是個有福氣的，沒想到還真有福氣，不聲不響的嫁給宋少爺，其實我剛才急著叫妳進來，完全是氣憤，妳知道嗎？」

他看向宋楚頤，義憤填膺的說：「我臺裡面好好的一個女演員被人坑害成這個樣子，這事我相當惱火，那個趙姝，不公開道歉，我是絕對不會甘休的！」

晏長晴目瞪口呆，馮臺長不拿影帝，簡直對不起這演技啊。

宋楚頤唇畔的弧度微微加深，眼睛裡的清冷卻還是沒變：「馮臺長，你知道趙姝什麼來歷嗎？」

馮臺長看著他這張陰晴不定的臉一時心惶惶，難不成趙姝也有背景？

「她是趙宗濤的私生女。」宋楚頤說。

馮臺長腦袋嗡嗡的疼，他也不想得罪趙宗濤啊。

「馮臺長，你做事當面一套、背地一套的功夫，明惟都稱讚的。」宋楚頤舉止斯文的打開手機，點了張照片遞過去：「好好看，看清楚。」

晏長晴視力還算不錯，隱約瞟到一些赤裸裸滾床單照片，照片裡的人似乎是池以凝和馮臺長……

她一看馮臺長臉色，用慘不忍睹來形容都不為過了，她心裡頓時大感快意，第一次看馮臺長這麼狼狽，真爽啊。她差點笑出來，不過強忍著。

宋楚頤英俊且毫無破綻的臉笑的更加淺淡：「如果女主持人和臺長的醜聞傳出去，你這把椅子恐怕也坐不下去了。我聽說這個池以凝，總想著把晏長晴從《挑戰到底》的女主持人位置上擠下去，你說我宋楚頤的老婆，怎麼能被一個小主持人欺負呢？」

馮臺長咽了口水：「是的，宋醫生您說的極對，我也不想，這不是晏長晴的臉……不大方便嗎？等她好了，我保證池以凝馬上撤下來，她就是隻野雞，怎麼能跟晏長晴這種鳳凰比呢？」

「野雞倒是野雞，馮臺長可是把她當香餑餑。」宋楚頤低頭撫摸著自己手機螢幕：「時時刻刻想捧她，連房子、車子都給她備好了，聽說下週，馮臺長還打算帶她去新加坡轉轉，機票都訂好了，馮臺長對上一個小情人胡瀅都沒這麼上心啊。」

晏長晴完全傻眼了。

胡瀅是五、六年前北城的模特兒冠軍，後來進北城電視臺工作，加盟幾檔還算不錯的綜藝節目，可是胡瀅不是早結婚了嗎？她老公還是音樂監製。這……這……這也太亂了吧。

馮臺長額頭冒冷汗，雙膝在桌下打顫，胡瀅是他前兩年搭上的，當時瞧著她秀色可餐，知道對方結婚也沒忍住，去年就玩膩斷了，沒想到這都能讓宋楚頤查出來。他到底有什麼三頭六臂，太可怕了。

「宋先生，您說，您想怎麼樣，我全聽您的。」馮臺長顫顫的說。

「其實我也沒想怎麼樣。」宋楚頤站起身，走到落地窗前，頎長的身影背對著身後的人：「只是看你把我當傻子耍，不大舒服。我現在對你這個電視臺特別的失望，電視臺的主持人受到傷害，馮臺長首先想到的卻是自己的利益，和對方公司的顏面，這點，你這個臺長就做的太不到位了。我想你們展局長也會非常反感你的做法，你以為見風使舵就能平安無事，哪有那麼容易？」

「我錯了，宋先生。」馮臺長狠狠打了自己兩下耳光：「我以後不敢在您面前要小心機了，您大人不記小人過，以後我們電視臺肯定好好栽培長晴，我把最好的資源全給她！至於池以凝，不是我不願意趕她，而是這時候她已經代替我們臺裡演了那部電視劇，現在劇組肯定在召開緊急方案，我得等那邊意見出來才能做決定。」

「這個我清楚。」宋楚頤終於點頭：「用不著說把最好的資源給長晴，我對她紅不紅不太在意，只要她別在臺裡被人欺負就行，資源之類的，我認為應該給合適她的。」

馮臺長愣了愣，連忙用力點頭。

「好像也快午飯時間了，我就不打攪馮臺長辦公，我和長晴先走了，順便告訴你一聲，長晴恐怕還要八天左右。」宋楚頤轉過身輕拍馮臺長肩膀。

「沒問題、沒問題。」馮臺長聽到他要走，鬆了口氣，對晏長晴也和藹可親的說：「妳只管在家好好休息，別說十天，二十天也行，絕對不會影響妳在臺裡的地位，這些日子我會好好整頓臺裡風氣，保管回來誰都不敢欺負妳，長晴，要相信臺長。」

「相信、相信。」晏長晴乾巴巴的點頭。

馮臺長親自送他們到樓下停車場，還親自為他們開車門。

車關上的那一剎那，晏長晴才懵懵懂懂的回過神，看著身邊的男人，用「崇拜」兩個字，都不足以形容她的敬仰心情啊，簡直是要膜拜了。

「宋楚楚，你真的太厲害、太厲害了！你是怎麼辦到的啊，那些證據從哪找來的，你說，你是不是早就在調查馮臺長了？剛才的照片真的是他和池以凝的照片嗎？這種照片你都能弄到手，太強了！」

旁邊的小妻子對自己的崇拜猶如滔滔江水、連綿不絕，宋楚頤勾了勾性感的薄唇：「照片當然不是真的，誰會那麼無聊在酒店裡裝攝影機，我只是找技術高超的人合成一下而已。」

「合成？」晏長晴張大嘴巴：「你不怕會被馮臺長識破？」

「一個人在極度緊張的時候，哪還有心情對著照片仔細研究真假。」宋楚頤眼底流露出的深沉，讓晏長晴徹底服了，宋楚楚這心理戰術也踧踧的。

「可是……這也太冒險了。」

「不冒險，他和池以凝的事情是真的就夠了。」宋楚頤淡淡道：「再說，他每個月、每個星期和池以凝在哪幽會，可以查到，要是把這事告訴他老婆，以他老婆潑辣的性格，還不鬧得天翻地覆。」

「那……胡瀅的事也是真的？」晏長晴還是不大敢相信：「她和馮臺長什麼時候在一起的，她可是有老公的。」

「所以說……你們圈子裡的人就是亂。」宋楚頤面無表情的睨她一眼。

晏長晴趕緊小媳婦狀的發誓：「我敢保證，我絕對不敢做對不起你的事！」

「是不敢還是不會啊？」宋楚頤慵懶的靠在椅背上，眼神帶著深意的問。

「不敢、不會，也不願！」晏長晴笑嘻嘻的湊過去趴他肩上：「宋楚楚，從今天開始，你就是我的男神、我的偶像！」

宋楚頤性感的薄唇還算愉悅的微揚，被一個女人毫不保留，赤裸裸的吹捧，這種滋味還算不錯。

「長晴，剛才趙姝的經紀人打了幾次電話聯繫我，上緯和劇組那邊都急著想見妳。」前面開車的文桐忽然說：「現在蘇導他們都在上緯開緊急會議。」

「這個……」晏長晴為難的看向宋楚頤。

「用不著去見。」宋楚頤翹腿，下巴微抬，一副高高在上的模樣：「跟趙姝的經紀人說，這件事證據擺在那裡，不會退讓。」

「可是劇組那邊……」

「他們昨天不是還在商量，要刪改妳這個女二的戲嗎？由著他們吧。」宋楚頤優雅深沉的說：「妳們才是受害者，不管任何一方，他們都應該主動登門道歉。」

「那我們要不要接受記者採訪？」文桐小心翼翼的看了宋楚頤，晏長晴越崇拜他，她就越害怕他。

「這件事妳和長晴都不用管了，任何電話都不用接，這幾天就當休假吧。」宋楚頤一隻手攬住晏長晴肩膀。

晏長晴一臉迷茫的靠進他胸膛，她其實還是有些擔心，但想到剛才宋楚楚在馮臺長辦公室的樣子，她又莫名不擔心了。

算了，還是先好好把臉養好吧，反正宋楚楚這麼厲害，她沒什麼好擔心。

趙姝助手在化妝盒裡下東西的影片曝光後，網路上鋪天蓋地都是對趙姝的辱罵和攻擊聲，晏長晴這幾天沒事就看微博上罵人的話，看的挺爽。

兩天後，劇組和上緯集團一起召開記者會，晏長晴在手機上看直播。

直播裡，趙姝穿著一件白色紗裙，半隻手掩臉哽咽著，梨花帶雨的說：「這件事我也是後來……在網路上才得知真相，我完全不知道助理做過這樣的事，我只知道，她曾經在劇組和晏小姐發生一些私人恩怨，昨天，我助理已經投案自首，我代她向公眾道歉，也向晏長晴小姐道歉，是我沒管好我的助理，她才會做出這樣殘忍的事情，我真的……很抱歉。」趙姝說完，向眾多媒體含著深深歉意的鞠躬。

晏長晴氣得火冒三丈，簡直差點把手機給砸了。

這個趙姝真是不要臉！竟然把責任推到助理身上，她什麼時候跟她助理有過節啦。

沒多久，文桐也來了，見她臉色抑鬱，也無奈的說：「沒辦法，趙姝的助理已經和警方說全是她做的。可能趙家給了她不少好處吧，不過網路上的人都不相信，趙姝現在是臭名昭彰，我猜上緯想換女主角，但之前換管櫻已經損失一筆不小的費用，這一會兒又換……」

晏長晴頭疼：「這麼說我還要跟趙姝一起拍戲？」

「算了，將就著拍吧。也就一個多月，蘇導和我說，打算把妳的戲份加多點，這部電視劇會有兩位女一。」文桐樂滋滋的說：「編劇已經接到通知，開始改劇本了，也就是說妳現在是女一了。我聽說因為趙姝的形象不好，為了這部戲的收視率，會把妳的角色設定的討喜點。」

「那趙姝還不得恨死我了。」晏長晴縮縮身子：「之前我沒得罪她，她就敢毀我容，現在還不得把我殺了……」

「妳傻啊，妳要是再出什麼事，外界的焦點第一個聚焦在她身上，她有點腦子都會安安份份拍完這部戲。」文桐笑道：「還有一件好事，馮臺長那下了消息，池以凝只為妳代班《挑戰到底》一次，這星期停錄，不過下星期要錄兩次，有的妳忙。宋楚頤出面果然不一樣，平時哪裡會停錄節目，只有妳有這個待遇啊，早上碰到池以凝的時候，她臉都氣歪了，我還把她狠狠的羞辱了一頓。」

晏長晴想起馮臺長那些把柄在宋楚頤手裡，面露得意：「小樣兒，以後何止羞辱一頓，羞辱兩頓、三頓都行。」

「廢話，她之前傍著馮臺長，羞辱了妳多少次？」文桐冷笑：「以後是我們的天下，我要把那些欺負過妳的人，都狠狠的再欺負一遍。」

文桐離開後，晏長晴心情還算不錯的。

可是傍晚接到宋楚頤又不回來的電話，心情又「蹭蹭」的往下落。

簡直過分啊，她好不容易在家休息兩天，他竟然不好陪陪她，每天除了上班，就是上班，晚上回來也都那麼晚。

晏磊吃晚飯的時候隨口問：「楚頤又沒回來？」

「說是和院長聚餐。」晏長晴不冷不熱的說。

晏磊點點頭：「上次聽老宋說，要把楚頤捧上院長的位置，看來是真的，男人以事業為重，妳要多鼓勵鼓勵楚頤。」

「知道啦、知道啦。」晏長晴咬著筷子說：「下午奶奶打電話給我，說她眼睛有點不大舒服，我還有三天休息時間，想回揚州看看奶奶。」

「也好，最近我們都忙，是該回去看看，可惜我沒時間。」晏磊非常贊同的頷首。

晚上十點多，宋楚頤滿身倦怠的從外頭回來，便看到臥室中間放了行李箱，裡面疊著兩件衣物，他皺眉，望著哼小歌從浴室裡出來的女人問：「妳要去哪？」

「你管我。」晏長晴朝他翻了個白眼。

「我不管妳還管誰。」宋楚頤漫不經心的語氣裡帶著幾絲暗沉。

晏長晴坐化妝臺前護膚：「我明天要去揚州看我奶奶。」

「我陪妳去。」宋楚頤淡淡說：「我明天休息。」

「真的？」這個消息太過突然，晏長晴吃驚的回頭：「可是我要去兩天。」

「正好週末我休息。」宋楚頤往浴室裡走。

晏長晴呆了呆，猶覺得不敢相信，宋楚楚要跟她回老家啊。這算不算兩人第一次旅遊啊，雖然老家她很熟悉，各種景點也去爛了，但這是她和宋楚楚第一次外出啊。

晏長晴有點小興奮，也有點小期待。

以至於晚上在床上翻來覆去，纏著宋楚頤嘀嘀咕咕的問：「你以前有去過揚州嗎？」

「沒有。」

「揚州可美了，有好多景點，尤其是瘦西湖，可惜現在是夏天，有點熱，要是春天去特別美。」

「……」

「要不然四、五月也是賞花的季節，你沒去過揚州，我一定要帶你嚐嚐揚州炒飯，我奶奶炒的揚州炒飯就特別好吃。」

「妳怎麼話這麼多。」宋楚頤本來挺累的，也想睡，被這隻蚊子「嗡嗡」的吵得耳朵疼，乾脆把被子一踢，翻過身來堵住她嘴唇，讓她再也不能嘀嘀咕咕。

第二十一章　揚州風波

揚州，上午十一點，計程車停在一排年代久遠的老院子旁，院子繁茂的花木透過圍牆延伸出來，寧靜幽謐，有古色古香的韻味。

宋楚頤從計程車拿出行李，晏長晴先去按電鈴，不多時，一位白髮蒼蒼的老太太過來打開旁邊的小門，看到長晴，褶皺的臉笑的半天都沒合上：「晴寶，妳總算來了，等了妳一上午，剛還想打電話問妳來著。」

「奶奶，想死妳了！」晏長晴甜蜜蜜的抱了晏老太太。

「奶奶也想晴寶。」晏奶奶笑呵呵的抱著孫女一會兒，這才注意到旁邊還站著一位年輕男人：「哎喲，晴寶，這該不會是妳男朋友吧？」

「奶奶您好，我是長晴的老公，宋楚頤。」宋楚頤禮貌溫和的介紹自己。

晏奶奶前些日子聽晏磊說起過，仔細打量了幾眼，點了點頭，笑顏逐開的說：「快進來吧。」

晏家的老房子院落不大，但一花一草都被修整的很好，院裡還有個小涼亭，涼亭邊上一口古井。

「奶奶，曾阿姨呢，怎麼就妳一個人在？」晏長晴黏著奶奶走前面。

「我讓妳曾阿姨去菜市場買菜了，做妳最喜歡吃的排骨。」晏奶奶笑呵呵的說，進屋後，晏奶奶轉身去倒茶。

晏長晴趕緊跟過去，搶先倒茶：「奶奶，這是自己家，您就別客氣了，快坐吧。」

「我又不是對妳客氣，我是對我孫女婿客氣。」晏奶奶瞧了坐沙發上的宋楚頤，又偷偷附晏長晴耳邊說：「這個老公找的不錯，挺帥。」

「是嗎？」晏長晴心裡有點小得意。

「比妳爸帥，比妳姐夫帥。」晏奶奶讚不絕口：「我們家都是顏值高的人，能娶我們家晴寶，顏值必須得帥的跟大明星一樣。妳眼光跟奶奶年輕時候一樣好，當時，妳爺爺就是整個學校裡最帥的。」

「那是，不帥的我不會找。」晏長晴連連附和。

晏奶奶回到客廳，坐沙發上，晏長晴把茶遞給宋楚頤，宋楚頤接過，察覺到對面含著笑，眼光眨也不眨盯著自己的老人家，心裡有點不大適應。

「小宋，聽長晴她爸說，你也是醫生啊，長晴的姐姐也是醫生。」突然，晏奶奶笑咪咪的問。

「我和長芯在同一個醫院。」宋楚頤說。

「該不會妳和晴寶就是長芯撮合的吧？」晏奶奶好奇的追問。

「不是啦，是相親。」晏長晴把買的禮品遞過去：「奶奶，您眼睛不好，給您買了幾瓶眼藥水，還有這些補品喝，您平時也不會那麼容易頭暈了。」

「我就是些小毛病，平時大病倒是沒有。」晏奶奶對宋楚頤說：「晴寶就是孝順，平時回來都給我買好多東西，你娶了她，有福氣。」

「是的。」宋楚頤點著頭：「我看您氣色還不錯，很少有老人家，在您這個年紀氣色還這麼好。」

「多虧了長芯。」晏奶奶頗為驕傲的說：「我每次只要有一點點不舒服，長芯立刻就會知道，我哪裡缺什麼給我補什麼，看我們隔壁那幾個老太太，醫院去了幾次，只有我還是好好的。對了，你們什麼時候辦酒席，提前通知我，我做好準備早點過去。」

「上半年我和長晴比較忙，可能要到年底了，到時候我派車來接您。」宋楚頤笑著道。

「好好好。」晏奶奶不住的盯著他，末了，又加了句：「小夥子長得真精神，真帥，簡直比長晴爺爺當年還帥。」

宋楚頤不大自然的低咳了聲，微微尷尬。

這時，一個四十多歲的中年婦女提著菜筐進來，晏奶奶趕緊站起來說：「小曾，妳看，這是晴寶的老公，長得帥吧！」

「帥帥帥，比電視臺裡那些男明星還帥。」曾阿姨笑：「長晴也是變得越來越漂亮。」

「妳這話就有些假了。」晏奶奶不客氣的說：「晴寶臉上都長了痘痘，沒以前好看了。」

「奶奶！」晏長晴跺腳。

「不過沒以前好看，在奶奶心裡也還是喜歡的。」晏奶奶怕孫女不高興，立即又說。

「這還差不多！」晏長晴這才笑了。

中飯，曾阿姨張羅了一桌的菜，晏奶奶好不容易見著孫女，話也特別多：「晴寶，院子裡那棵，妳小時候種的楊梅樹，今年又大又紅。」

「真的嗎？」晏長晴高興。

吃完飯後，就拉著宋楚頤跑後院去摘楊梅了。

宋楚頤不大愛吃楊梅，又嫌楊梅樹上有蟲，一個人懶洋洋的靠了處陰涼的位置，看著在樹下忙著吃楊梅的女人，晏長晴摘一會兒嚐一顆，他實在看不下去：「妳能不能把楊梅洗了再吃。」

「不能，好甜。」晏長晴得意洋洋的指著楊梅樹：「這可是我親自種的。」

宋楚頤無奈的搖搖頭，又望了一眼在窗前縫補衣服的晏奶奶，突然能明白，為什麼晏長晴生活在單親家庭，還能這樣的天真爛漫。

其實有時候，是不是單親真的不重要，重要的是身邊的人給你怎樣的生活。

「你嚐嚐。」摘了一陣後，晏長晴挑了顆最大最紅的楊梅，跑過來送到他嘴邊。

宋楚頤注視了這顆沒洗的楊梅兩秒，低頭就著她手吃了，甜甜的，基本沒酸味。

「好吃吧？」晏長晴笑瞇了眼。

宋楚頤眸中微微一動，半晌，也蕩漾開柔光。

過了晌午，沒那麼熱了，晏長晴帶著宋楚頤、晏奶奶去瘦西湖，看到好看的景點，晏長晴把手機塞宋楚頤，讓他拍照，拍完後還嫌棄他拍照技術不好，晏奶奶也是，抱怨宋楚頤把她拍的太老氣。

宋楚頤挺無語，老人家白頭髮那麼多，難道他還能拍的年輕嗎？

遊完瘦西湖，晏奶奶非常介意的說要去把頭髮染黑，晏長晴舉手贊成，最後三個人在外面吃晚飯，然後宋楚頤陪她們祖孫倆去美髮店染頭髮。

進美髮店，晏奶奶對理髮師說：「給我染個黑色的，要顯得我特別年輕的那種。」說完頓了下，指著牆上的髮型照說：「晴寶，妳看奶奶要不要燙個頭髮？」

「也行啊。」晏長晴覺著老人家就要洋氣點：「奶奶，妳說我也染個顏色怎麼樣？」

「我們晴寶弄什麼顏色都好看，要我說，再捲捲。」晏奶奶熱心的提建議，還不忘拉上宋楚頤：「小宋，你怎麼看？」

「都挺好的。」宋楚頤對晏奶奶時髦的想法已經適應了，他現在是由著這祖孫倆出主意。

晏長晴見他點頭，興沖沖拿了染色本過來給他看：「你說哪種顏色好看？」

宋楚頤本來想說還是黑色最好，不過看晏奶奶想找個伴一起染的模樣，最後還是隨意看了兩眼，各種紅、藍、黃、棕，顏色也沒差多遠，只是看著暈。

最後晏長晴自己選了個偏酒紅的顏色給他看：「你覺得這個如何？」

「行。」宋楚頤簡潔點頭。

晏長晴讓理髮師調藥水，宋楚頤坐沙發上玩手機，他起初以為只要一、兩個小時，可是過了兩個小時才開始染頭髮，他頭皮就有些發麻了，腿也坐的發麻，站了一會兒，走到晏長晴和晏奶奶身邊。

晏奶奶笑呵呵的問：「小宋，等累了嗎？」

宋楚頤硬著頭皮說：「沒有。」

「妳這孫女婿還真是有耐性啊。」理髮師嘴甜的笑說：「我做這行這麼多年，很少看到孫女和孫女婿帶奶奶來做頭髮，一看你們一家人就是感情很好。」

晏奶奶樂得合不攏嘴：「可不是，我這孫女婿好著呢。」

「您可真有福氣。」幫晏長晴做頭髮的理髮師也附和：「不過我看您孫女長得還真有點像《挑戰到底》的女主持人晏長晴呢！」

「哈哈，好多人都說我跟她像。」晏長晴開著玩笑的說：「不過晏長晴真的很漂亮，我哪比得上她。」

宋楚頤瞄了她一眼，臉皮真厚。

理髮師笑道：「哪有，妳可比晏長晴漂亮多了，要我說，晏長晴完全不及妳。」

宋楚頤默默走開，他還是去一邊喝茶好點。

晏長晴表情僵了僵，這麼說她本人，她到底是該生氣還是開心點。

晚上十一點多，三人才返回晏家老宅。

晏長晴和晏奶奶精神十足的在玩自拍，宋楚頤早在美髮店等的頭昏眼花，進屋後，立即回房間洗澡，他睡得是晏長晴小時候住的房間，床頭背景上貼滿獎狀、大頭貼，小時候的晏長晴臉蛋圓乎乎，綁著兩個小辮子，桃花眼閃閃發光，每次一笑都是甜甜的。

他看著看著忽然發現大頭貼的中間，空出了好幾個撕掉的痕跡，他用手撫過，痕跡還很新，像是剛撕過不久，他忽然想起今天剛到老宅的時候，晏長晴似乎找過藉口先上來房間。

他嘴角勾起一絲冷笑，大致明白，這上面肯定有過傅愈的照片。

洗完澡出來，他剛躺上床，晏長晴哼著小歌進來說：「今晚我跟奶奶一起睡。」

「隨便妳。」宋楚頤已經累得不行，感覺做九個小時的手術也比不上陪女人做四個小時的頭髮。

晏長晴一聽不大滿意了：「我不回來睡你好像很高興的樣子，也不挽留我。」

宋楚頤冷冷說：「那妳留下來。」

「不行。」晏長晴朝他做了個鬼臉，然後關門走了。

宋楚頤無語，真想抽她一頓。

翌日，宋楚頤七點便被陽臺上的鳥吵醒。

他起床拉開窗簾，走到陽臺上，晏長晴房間的陽臺，離鄰居家院子的陽臺只隔了兩公尺寬的距離，挨得真近。

他看了一眼對面人家的院子，雖然打理的沒晏家好，但也種滿了各種葡萄藤、枇杷樹、楊梅樹，不過楊梅很小一顆粒，應該是主人很少在家，沒澆過肥料。

這時，對面的陽臺門突然打開，一抹修長高大的身影從裡面走出來，深綠色的休閒短褲，白色的T恤貼著健碩的身材，手臂和小腿都精瘦有力。

兩人四目相視，彼此臉色都黑了黑。

宋楚頤英俊的容顏陰沉下去：「傅愈，有必要從北城跟到這裡嗎？」

「你是不是搞錯了，這裡是我家。」傅愈看了一眼他身後的房間，沒有晏長晴的身影，心才寬了寬，不過一想到他睡在晏長晴從小長大的房間，就悶得難受。

宋楚頤想起晏長晴是說過，傅愈是她在揚州老家的鄰居，可他萬萬沒想到這麼鄰啊，鄰的陽臺挨在一起，這小混蛋到底還有多少事情瞞著自己。

「你平時不是在北城工作嗎？偏偏這麼巧，長晴回來你就回來了。」宋楚頤冷眼看向他：「你煩不煩，我是不是得罪過你，我找哪個女人，你就非得搶哪個，記得我還救過你媽。」

傅愈蹙眉淡淡道：「這還真是個誤會，我只是最近工作疲累，正好休兩天，再加上老宅也很久沒打理，順便回來看看，沒想到碰到長晴也回來了，看來我跟長晴還真是極有緣分。」

宋楚頤冷笑，轉身準備離開陽臺，傅愈感慨的聲音再次從身後傳來：「突然想起，以前我跟長晴每天晚上都在陽臺聊天，不聊到十一、二點，基本上她捨不得睡覺，每次都要我催她，那個時候我都叫她晴寶。」

腳步頓住，宋楚頤回頭，眸色陰沉：「不好意思，現在跟她睡在這間房裡的是我。」

傅愈嘴角僵了僵，接著說：「床頭櫃上貼了我們很多大頭貼呢，你看到了沒有？」

「早就已經撕了。」宋楚頤扯動嘴角：「結了婚的女人，你以為她還留這種東西在房間裡？」

「是嗎？」傅愈悵惘了下：「你知道我跟長晴的陽臺為什麼會對著嗎？以前其實這間是長芯的，可長晴想跟我挨的近點，天天吵著和長芯要換房，她們姐妹倆有回還吵了架，不過後來長芯讓了，長晴就搬到這間房，她就是想跟我近一點。」

不遠處，一隻麻雀飛過來落在陽臺上，看看這邊、又看看那邊，似乎也感覺到緊張的氣氛，立刻又拍著翅膀飛走了。

宋楚頤狹長的眼眸挑起一絲冷漠的弧度：「傅愈，你跟我說這些，是想讓我嫉妒，還是在緬懷過去？如果讓我嫉妒，很抱歉，恐怕沒有那麼容易，誰沒有過年少懵懂的初戀，我也有過，何況你實在沒有讓我嫉妒的地方，畢竟你跟她從小經歷再多的回憶，她卻把最好都給我，你們沒有在一起，我很遺憾，不過我也要謝謝你，喜歡一個人那麼久，卻連她的初吻都沒捨得拿走。」

傅愈握著欄杆的手指泛出一絲慘白，一針見血也不過如此，這也是他這輩子最後悔的，當初，明明知道長晴那麼喜歡自己，卻因為她的乾淨而不忍，如今卻白白便宜了另一個人。

「如今這個年代，要碰到長晴這麼乾淨的女人還真不容易呢。」宋楚頤扯動冰涼的唇，轉身離開陽臺，關門拉上窗簾，一刻都不想看到傅愈這個人。

可有些人越不想看到，就越容易又碰到。

早晨，曾阿姨從外面買了不少早餐回來，有豆腐腦、翡翠燒賣、豆皮包、蟹黃蒸餃……都熱騰騰。吃的正歡，外面傳來門鈴，吃著早餐的宋楚頤眸色動了動，看著曾阿姨嘀咕著跑出去開門，過一會兒帶著傅愈從外面進來。

傅愈手裡提滿了禮品，晏奶奶仔細看了兩眼站起來：「你是？」

「奶奶，您不記得了嗎？我是傅愈啊。」傅愈微笑的把禮品都放桌上：「送您的一些小小心意，我好幾年沒回來了，以前多虧了您的照顧。」

「傅愈啊！」晏奶奶喜出望外：「哎喲，這幾年沒見，長得這麼英俊了，今兒真巧了，正好晴寶和她老公也回來了，我記得那一會兒你和晴寶關係特別好吧！」

「是啊。」傅愈含笑的望向晏長晴：「真巧啊，妳怎麼也突然回來了？」

「我正好休假……回來看看奶奶。」晏長晴眨眨眼，侷促的撓撓頭髮，又緊張的看了一眼宋楚頤，見他一副淡然的模樣，心裡才暗鬆了口氣。

「我是家裡幫我們家修剪院子的園丁說不幹了，我這才特意回來的。」傅愈說：「這畢竟是我從小長大的地方，不想荒廢了，打算重新找個園丁。」

「你要找園丁，我認識。」晏奶奶忙說：「我們院子一直是他幫忙弄，讓曾阿姨把號碼告訴你。」

「那謝謝奶奶了。」傅愈趕緊說。

曾阿姨去拿手機找號碼，晏奶奶立即問：「吃早餐了嗎？」

傅愈搖頭。

「反正早餐多，一起吃。」晏奶奶熱情的拿了碗筷，邊給他盛豆腐腦邊說：「記得小時候，長晴也經常跑你們家去吃早餐呢，每次回來都說，你媽做的豆腐腦好吃。」

「是的。」傅愈面露寵溺的笑意：「那一會兒長晴臉蛋圓乎乎，還挺胖，成天只知道吃。」

晏長晴尷尬，不過被提起從前的趣事也覺得頗為緬懷，但是宋楚頤在旁邊，也不敢多表露，只是還是忍不住低聲說：「我哪裡胖了。」

「就胖，我家還有好多照片。」傅愈低低的笑，晏奶奶也笑了。

屋裡洋溢著笑聲，宋楚頤嘴角勉強動了動，喝了口白開水。

晏奶奶突然問：「對了，怎麼你爸媽一直沒回來？」

傅愈笑容僵住，頓時黯然：「我爸媽離婚了。」

晏奶奶看他的眼神，瞬間同情憐愛起來：「怎麼就離婚了呢？」

傅愈苦澀一笑：「我爸在國外再婚，我媽回國了，不過前陣子得了腦癌，好在動手術已經好了。」

晏奶奶越發覺著可憐，眼神滿滿的疼惜：「這孩子，太讓人心疼了，以後回家常來奶奶家玩，當自己家，反正小時候我也是把你當親孫子，你是一個人回來的吧，什麼時候走，乾脆在這裡吃飯。」

「我打算下午回北城。」傅愈說。

晏奶奶說：「正好，晴寶他們下午也回北城，好像是下午四點的飛機吧？可以一起走。」

「是嗎？那真的太巧了。」傅愈轉頭望向長晴，眸色深深。

晏長晴瞧瞧一直不發一言的宋楚頤，心裡完全沒底，不過傅愈這麼說，她也不好意思拒絕。

「長晴，妳這個髮型是新弄的嗎？」傅愈換了話題，眼眸亮起：「挺好看的，我剛進來差點沒認出來，這個顏色顯得妳皮膚更白了，還挺時尚。」

「真的嗎？」臭美的女人最喜歡被人誇讚，尤其是弄了新髮型之後，晏長晴正處於敏感時期，畢竟昨晚弄了新造型，宋楚頤一句話都沒誇，她一度以為可能不好看，現在聽傅愈這麼說，臉上禁不住一笑，笑完突然感覺身邊有陣冷意襲來，又生生忍住。

「是啊，燙的挺好看的。」傅愈話鋒又轉向晏奶奶：「奶奶，您也燙了頭髮吧，您看起來只有五十的樣子，別提多洋氣了。」

「你啊，嘴真甜。」晏奶奶最喜歡被人誇年輕了，頓時樂得眉開眼笑。

宋楚頤看看晏奶奶，又看看長晴，最後落在傅愈臉上，心中冷笑，這個傅愈，可真有心機啊。

中午，傅愈也是在這吃飯，飯桌上，他聊起小時候一些事，逗得晏奶奶樂不可支，連晏長晴有時候也忍不住搭上兩句，宋楚頤基本上在旁邊完全插不上話。

吃完飯，休息到一點半，晏奶奶戀戀不捨的送他們上計程車。

三人坐上計程車便安靜了，晏長晴夾在中間實在尷尬，乾脆一聲不吭。

到機場後，傅愈先下車搬行李，主要是晏長晴的大箱子。

晏長晴接過去的時候忙說謝謝，傅愈溫和的笑道：「說什麼謝謝，以後妳就把我當哥哥。」

晏長晴一愣，傅愈傷感，低聲和她說：「真的不能在一起，我也不勉強，但是我們畢竟一起長大，妳永遠是我心中的晴寶，我希望可以一直保護妳，當妳哥哥也好，任何人都無法欺負我的晴寶。」

晏長晴突然想起小時候，傅愈總是在她遇到危險的時候，第一時間擋在她身前，很小的時候，他總是「晴寶、晴寶」的叫，那些過往的溫暖突然讓她眼眶一熱。

一旁的宋楚頤澈底黑臉，說什麼說的眼睛都紅了，這兩人當著他面肆無忌憚的也太過分了。

「走啊。」宋楚頤冷冷低斥，轉身面無表情的往機場裡走。

晏長晴覺著他冷冰冰的模樣，心裡委屈，連忙自己去拿箱子。

「不用，我拿著，快走吧，再不走來不及登機了。」傅愈把計程車後車廂關上，跟上宋楚頤步伐。

辦理登機手續時，傅愈主動把晏長晴箱子搬上去。工作人員見他們一起的樣子，便把兩人的位置安排到一起，等三人坐上去的時候，傅愈和晏長晴的位置一邊，宋楚頤位置在兩人斜後方。

晏長晴看到位置的時候愣了，空姐過來對傅愈道：「先生，麻煩您能和您太太先入座好嗎，後面乘客快進來了。」

太太……晏長晴看了一眼面若冰霜的宋楚頤，趕緊解釋：「我不是他太太。」

「不是太太，那總是女朋友吧。」空姐微微一笑。

「她是我太太。」站在後面的宋楚頤冷不丁丟出一句話。

空姐尷尬，現在是什麼狀況，老公一個人坐後面，老婆和另一個男人。

「我是她哥哥。」傅愈這時微笑的說。

「原來如此，不好意思，我弄錯了。」空姐總覺得哪裡怪怪的，不過人家既然那麼說了，她還是立即找臺階下。

「坐吧。」傅愈先坐進去。

晏長晴本想找宋楚頤換位置，不過宋楚頤和傅愈坐一起，中途會不會打起來啊，再看傅愈沒有想換位置的模樣，晏長晴沒辦法，只能硬著頭皮坐下去。

舒服的商務艙第一次如坐針氈，晏長晴眼睛時不時的瞟了一眼宋楚頤，見他也沒看這邊，面無表情的拿本飛機雜誌在翻閱。

晏長晴心裡七上八下，摸不准他心思。

「長晴，繫上安全帶，快起飛了。」傅愈低聲溫柔的提醒。

「噢！」晏長晴趕緊繫上。

半小時後，空姐開始發飛機餐，商務艙的飛機餐極其豐富，有紅酒、蔬菜沙拉、甜品等餐飲。

「長晴，cheers。」傅愈微笑的朝她舉杯。

晏長晴一陣僵硬，這時後面突然傳來一陣細微的動靜。

「sorry，不好意思。」說話的是宋楚頤旁邊，一位紅衣紅唇的長髮美女，大約是接過空姐遞的紅酒時，不小心把酒灑在宋楚頤身上，美女滿臉歉意的遞了餐巾紙過去。

「沒關係。」宋楚頤接過，擦了擦白襯衫上的紅酒漬，抬頭見空姐也滿臉侷促，說：「再給這位小姐倒一杯吧。」

「謝謝。」美女非常感激，再次接過紅酒，隨口道：「先生這件衣服好像是Lanvin的新款。」

宋楚頤聞言看了她一眼。

美女忙說：「其實我是北城LONGINES的總代理，對名牌這方面比較熟悉，您這件衣服一定非常昂貴，可否告知我您的手機號碼，等到了北城我賠一件新的給您。」

「不用了。」宋楚頤端著紅酒嚐一口，眉心皺了皺，又放下。

美女見狀也嚐了口，放下說：「這瓶應該是張裕近期出產的紅酒，市面價格不會超過兩百塊。」

「妳對紅酒很瞭解？」宋楚頤扯扯嘴角。

「還好。」美女露出一個燦爛的笑容：「聽先生口音好像是北城人，是來揚州旅遊嗎？」

「不是。」宋楚頤淡淡說。

「那我猜猜你的職業。」美女興趣盎然的觀察著他：「我猜你應該是從事和醫學相關的工作。」

宋楚頤挑眉：「何以見得？」

「你剛才看雜誌的時候，對其他頁面都是簡單翻過，唯獨一篇醫科方面研究的文章，多停頓了幾分鐘。」美女歪著腦袋，帶點俏皮的說：「我猜對了嗎？」

宋楚頤淡淡的扯了扯漂亮的薄唇。

坐前面的晏長晴只覺得後面兩個人越聊越愉悅，商務艙空間本來就靜謐，哪怕這兩人低聲交談，女人愉悅的笑聲還是傳到了晏長晴耳朵裡。

她心裡頭火燒火燎似得，暗暗把宋楚頤詛咒十八代都詛咒了一遍。

可惡的宋楚楚，坐個飛機都能跟女人談笑風生、眉來眼去，敢情平時裝高冷給她看嗎？還一路上給自己甩臉色，簡直過分。

「長晴，妳不是喜歡吃蛋糕嗎？我這份也給妳，我不吃甜食。」傅愈把他的提拉米蘇放過來。

「好啊。」晏長晴把聲音拉高，裝作滿臉歡喜：「我最喜歡吃提拉米蘇了，傅愈哥，你真好。」

「傻丫頭。」傅愈滿臉寵溺。

宋楚頤睇眸看了那兩人，臉色突的陰鷙下去。

旁邊的美女關切的問：「宋先生，怎麼了？」

「沒什麼。」宋楚頤淡淡開口，美女繼續興致勃勃的和他說起有關醫學方面的話題。

一個多小時的飛機從來沒有這麼漫長過，晏長晴本來還想睡一會兒，實在睡不著，旁邊的傅愈和她左一搭右一搭的聊著，晏長晴勉強聽著，儘量不要去聽後面兩個人說話。

好不容易熬到的飛機落在北城機場，晏長晴解開去安全帶，看也不看宋楚頤，只對傅愈說：「我們快點走吧。」說完便氣呼呼的一個人先下飛機，傅愈趕緊跟了上去。

宋楚頤站起來時，便被前面的人擋住，落後了幾個位置，下飛機時那名美女緊跟著他：「先生，相逢即是緣，既然大家都是北城人，能否留個微信？」

「不好意思，我從來不用微信。」宋楚頤一臉冷漠。

「想不到還有人不用微信，那電話呢？」美女鍥而不捨。

「我的電話不隨便給人。」宋楚頤大步走下飛機，前面已經不見晏長晴和傅愈的蹤影。

他本來想往取行李的地方走，不過想到兩人整天親暱的模樣，覺得火冒三丈，轉身直接往出口走了。

第二十二章　友情破裂

厲少彬拉風的跑車靠路邊，見到宋楚頤冷若冰霜的出來時，疑惑的問道：「怎麼就你一個人，晏長晴呢？」

「跟了別的男人了。」宋楚頤上車，用力甩上車門。

厲少彬張大嘴巴，一句「哇靠」吐出來，趕緊上車：「搞什麼，怎麼跟了別的男人，跟了誰？」

「還能跟誰。」宋楚頤冷笑。

「難道是傅愈？」厲少彬抽了口涼氣：「傅愈真是無處不在啊，所以你就這麼算了，老宋，我都要看不起你了，人家搶了你老婆，你就這麼走了，你不去搶回來？」

宋楚頤呵呵笑了兩聲。

搶？人家正眼都沒看過他，飛機上還被空姐當做夫妻，自己簡直像個電燈泡，坐在後面看著人家甜品讓來讓去，紅酒不停碰來碰去，商務艙吃頓飯簡直跟燭光晚餐一樣，下飛機人家也沒等自己就先走了，他還湊上去幹嘛，丟人現眼啊。

「說不定這一會兒，人家還在某個角落回憶起童年往事，悲傷春秋呢。」他冷笑。

「老宋，你就是臉皮太薄了。」厲少彬恨鐵不成鋼的說：「換成我，我管你在哪個角落，我也非得把他們揪出來，老子不痛快，誰也別痛快，而且我還得在機場裡指著他們兩個鼻子罵，罵的他們恨不得變成水泥、縮進地板縫裡。」

宋楚頤冷睨了他一眼：「你是說的輕鬆，等真的變成你自己，你比誰都慫。」

厲少彬被鄙視的臉上無光，正好看到傅愈和晏長晴一起從機場出來，傅愈還推著晏長晴行李，晏長晴低著頭，他低頭看她，還時不時的摸摸她腦袋。

「哇靠哇靠，老宋，你這綠帽子綠油油。」厲少彬在車裡看的分明，氣呼呼說：「我就讓你看看彬爺我到底慫不慫！」

傅愈的車正好停在路邊上，剛打開車門，一聲陰沉的「傅愈」突然傳過來。

他抬頭，一名穿著花襯衫的男人朝他走來，滿臉邪氣，傅愈還在想這人是誰，迎面一記拳頭已經打在他鼻樑上。

「傅愈！」晏長晴嚇了跳，趕緊扶住他。

傅愈一隻手捂著鼻子，一隻手把晏長晴拉往自己身後，緊接著，傅愈的司機從車裡快步走出來，護在兩人身前。

「傅愈，你有膽子勾搭別人老婆，站後面算個什麼本事。」厲少彬不羈的勾勾手指：「你給我出來，你欺負老宋是個軟泥巴，但老子這個做兄弟的不會善罷甘休，這記拳頭我早就想給了。」

傅愈算是琢磨出名堂了，弄了半天原來是宋楚頤兄弟。

「厲少彬，你有病吧！」晏長晴氣呼呼：「什麼勾搭，你說的太難聽了，宋楚楚叫你出來算什麼本事，你叫他出來！」

厲少彬哼哼道：「老宋臉皮薄，膽子小，丟不起這個醜，讓他出來幹嘛？」

剛下車的宋楚頤正好聽到這句話，英俊的容顏沉了沉，走過去問道：「說誰膽子小？」

厲少彬身子一僵，咳嗽著回頭，滿臉尷尬的說：「老宋，你怎麼出來了，這時候你就該在車裡，這種事我來處理。」

宋楚頤涼涼的掃了他一眼，從口袋裡打開一包衛生紙，抽了兩張遞給傅愈：「不好意思，我這兄弟急躁了些。」

傅愈看看厲少彬，又看看宋楚頤，伸手接過，捂了捂被打紅的鼻子，聲音沙啞的說：「沒關係，看樣子是個誤會，不過你下次還是跟你兄弟好好的說清楚，我被打倒無所謂，不要傷害長晴的名聲。」

晏長晴見他受傷了還這麼關心自己，心裡劃過一陣暖流，也想到宋楚頤剛才在機場裡，等也沒等就先出來了，到底把自己這個老婆當什麼，而且厲少彬肯定也不會無緣無故動手，一定是宋楚頤亂說了什麼。

想到這點，她忍不住狠狠瞪了宋楚頤，這個男人實在太過分了，在飛機上不搭理她，和別的女人搭訕聊天也就算了，現在更過分。

「你說的對，是我沒有說清楚。」宋楚頤淡淡問晏長晴：「妳要坐我車走，還是坐傅愈車走？」

晏長晴心裡泛委屈，這什麼話啊，她是他老婆，不坐他的車，難道讓傅愈送嗎？

見他一副漫不關心的樣子，晏長晴喉嚨堵得難受，他肯定是剛才在機場上看到美女喜新厭舊，現在看著她也煩了，她想說坐他的車走，但又覺得沒面子。

這時，傅愈溫和的說：「長晴，還是坐宋楚頤車走吧。」

「傅愈哥……」晏長晴顯然沒想到他會主動說這樣的話，怔了怔。

「我不想因為我讓妳不開心，既然決定做妳的哥哥，我就會守護妳，凡事把妳的心情放在第一位。」傅愈說這話的時候，眼睛裡流露出綿綿的溫柔，晏長晴又是感動又是內疚。同時，這麼一比，宋楚頤度量簡直ＬＯＷ爆，一路上，宋楚頤哪裡顧忌過自己感受。

傅愈體貼的提著晏長晴行李放進厲少彬後車廂，末了，對宋楚頤說：「你不要總是一個人走太快，考慮一下你是和長晴出來的，她需要人照顧，如果你總是這樣，就算你是長晴的老公，我也不會客氣。」他轉身離開時，晏長晴心酸的看著他背影，一臉愧疚。

宋楚頤摁了摁眉心，厲少彬小聲在他耳邊說：「這個傅愈太有心機了，你完全被他秒殺啦。」

宋楚頤瞪了他一眼，這還用他說嗎？

他都想罵娘了，明明就想搶走自己老婆，還擺出一副就算不能有情人終成眷屬，還是希望對方能過的好的情聖模樣。這招真是高啊，利用自己顯得他情操高尚，而他呢，越發度量狹小，不愧是上緯集團的總裁，年紀輕輕的，心機城府也太深了。

宋楚頤總算明白了，傅愈這次根本就不是明目張膽的搶長晴，他就是先和晏家老少打好關係，再慢慢的離間他們，他就算明白他的想法，可這一會兒一口氣堵在嗓子眼裡，嚥不下去又吐不出來。

「先上車吧。」他強忍著不能讓傅愈目的得逞，打開車門。

晏長晴看他一眼，沒理會他，卻走向左邊的門，自己打開坐進去。

宋楚頤見狀，輕吸口氣，乾脆坐副駕駛座。

跑車離開機場，晏長晴在後面玩手機，宋楚頤在前面玩手機。

厲少彬打開電臺，舒緩口氣：「長晴，我覺得吧，妳畢竟是已婚女人，還是跟傅愈保持點距離比較好，你們倆這個樣子，老宋看著多不舒服，剛才上車的時候還氣呼呼……哇！」他突然慘叫一聲，狠狠瞪了一眼悄無聲息捏他大腿的宋楚頤。

晏長晴嘴巴委屈的抿了抿，冷哼一聲：「我是記住了自己是已婚女人，可某人似乎根本不記得自己是已婚男人。」

「妳確定記得自己是已婚女人？」宋楚頤禁不住冷笑，知道還會跟人家在飛機上眉來眼去：「我都以為妳把傅愈當老公了。」

「宋楚頤，你別血口噴人！」晏長晴生氣的瞪紅雙眼。

「我剛剛是不是不應該出現，妳應該坐傅愈的車走，說不定郎情妾意，還有機會走到一起。」宋楚頤語氣越發刻薄。

「你混蛋！」晏長晴身體顫抖，他竟然這樣汙衊自己：「你有什麼資格說我，你自己在飛機上跟別的女人勾勾搭搭，那個女人呢？你們怎麼不一起回去啊！」

「我跟誰勾搭？」宋楚頤氣極反笑：「倒是妳，別把責任推給我，我看妳是回了趟老家，想起你們曾經的點點滴滴，傅愈一出現，再幫妳提點東西，含情脈脈的一番關心，妳那顆心又亂動了是吧。這次揚州，我是不是根本就不該去，也對啊，妳根本就沒邀請我去，我現在非常懷疑，妳要去揚州的事也偷偷告訴傅愈，不然為什麼那麼巧，妳回去，傅愈也正好回去了？是不是想著，我要是不去揚州，你們就可以避開我雙宿雙飛了，我看也不用雙宿雙飛，我都忘了，妳房間跟傅愈房間緊挨著，晚上傅愈跳一下就能到妳房裡。」

晏長晴簡直要被他氣暈了，不過她還沒氣暈，倒先氣哭了。

這人怎麼會這麼不講理啊，她怎麼會瞎了眼喜歡上這種人。

想想剛才傅愈小心翼翼關心她的模樣，晏長晴紅著眼眶理智全無的反駁：「對啊，是我告訴他的又怎麼樣，你完全沒有一點風度可言，傅愈他比你強多了，我又沒讓你去揚州，是你自己要去的！」

厲少彬瞬間感覺跑車裡的溫度降到零下一度，他拍了拍宋楚頤肩膀：「老宋，別激動，消消氣，她說氣話呢。」

宋楚頤冷笑：「終於說出心裡話了，妳藏的這麼深，妳不說，我還不知道妳的真心想法，我沒風度？我是沒風度，我最沒風度的就是，今天該讓你們兩個人坐飛機，我打擾你們了，要跟妳道歉嗎？」

「你是要道歉，你本來就要道歉！」晏長晴只覺得心肝脾肺腎都要氣炸了，說到後面，自己先氣哭，眼淚就像雨珠一樣往下掉：「停車、停車，我不要跟他坐一起，我自己去坐計程車！」說完便用力去拉車門。

幸好厲少彬早有先見之明，反鎖車門。

宋楚頤臉色陰沉至極，厲少彬勸道：「老宋，快勸勸，大家都說的是氣話呢，這是在高速公路上，真跑出去出人命。」

後座，晏長晴還在哭哭啼啼的開門，宋楚頤咬牙，彎著腰站起來往後扯住她手臂：「不想要命了是不是？」

「不要命也不想看到你。」晏長晴紅著眼眶瞪著他。

宋楚頤胸口氣炸了：「行啊，妳不想看到我，等一下進城，我送妳去傅愈家別墅行嗎？」

「宋楚頤，你去死！」晏長晴突然撲過去搥他胸膛，咬他手臂，十足一副被逼急了的小獸模樣，宋楚頤吃疼的推開她，晏長晴又抓他短髮，一個在副駕駛座上，一個在後座。

跑車位置雖然夠寬，但高度不夠，兩人推搡間把開車的厲少彬擠得左搖右晃，連方向盤也拿不穩。

「喂喂，你們夠啦！你們不要命，我還要。」厲少彬嚇得臉色慘白，抓緊方向盤，趕緊儘量往路邊靠，一隻手順便打開敞篷車蓋。

上面沒那麼壓抑，宋楚頤立即從副駕駛座上爬過去，前方厲少彬一個急轉彎，他身體狠狠的被甩到晏長晴身上，把她緊緊壓在下面。

「你讓開！」晏長晴被他滾燙的身材壓得透不過氣。

火辣辣的夏天太陽，敞篷一打開，兩人曬的火灼似得，高速公路上其他人把目光往這邊投過來，還有人按喇叭、吹口哨、看熱鬧，更有甚者拿手機拍照。

厲少彬趕緊又把敞篷車蓋蓋上。後面，宋楚頤已經爬起來，把晏長晴牢牢壓制在懷中，手臂也抓的緊緊，可晏長晴還是不甘心，用嘴咬他脖子。

宋楚頤騰不出手臂捂她嘴巴，乾脆低頭堵住她嘴巴。

晏長晴嗚嗚的用嘴巴咬他唇片，宋楚頤猝不及防，還真被咬破皮，疼的出血，他往後躲了下，又凶猛的吻上去，力道又狠又重，攪得晏長晴完全來不及咬他。

吻著吻著，晏長晴這顆柔弱的小草被頑強的力量征服了，力氣也漸漸被剝奪，宋楚頤開始溫柔的纏綿，軟軟的旖旎勾起往日一些甜蜜，晏長晴難受的在他懷裡抽泣起來。

宋楚頤放開她些許，晏長晴哭的眼睛朦朦朧朧的，她張口沙啞的罵：「你壞蛋。」然後再次狠狠咬住他薄唇，之前被她咬破的薄唇，這次被咬的更深了，鮮血四溢，兩人的唇都沾染的紅彤彤。

宋楚頤心裡暗暗罵了兩句，疼的難受，拿衛生紙捂嘴巴，第一次想揍人，又不能揍。

晏長晴也傻眼了，她就是心頭憋著一口氣，咬下去的時候，沒想到會咬那麼重，他嘴唇外面明顯嵌了牙印，血汩汩的流。看到宋楚頤惡狠狠的雙眼，她有些害怕的往旁邊縮。

宋楚頤已經懶得找她麻煩了，嘴唇上的血特別難止住，他換了一張紙，又拿了張新的：「少彬，看到藥局停一下，我買個OK繃。」

厲少彬抽空回頭看一眼，嚇一跳，對他們倆夫妻無語了。

二十多分鐘後，車子開進市區，宋楚頤看到藥局下車，出來後，嘴唇上貼了個OK繃，厲少彬看了一眼，「噗」的爆笑出來：「老宋，你這模樣，真絕了，哈哈，好想給你拍張照發朋友圈。」

宋楚頤死死瞪了他一眼。

晏長晴本來心裡五味雜陳，此時此刻也想笑，不過她拚命忍著，不能笑，現在是她生氣擺臉色給他看的時候。她轉過臉去，還是忍不住從窗戶裡偷看宋楚頤。

這樣的宋楚楚好有喜感啊，她也想拍照。

跑車快到晏家時，宋楚頤淡冷的對厲少彬說：「你在門口停一下，送她進去。」

晏長晴聞言抓緊裙角邊緣，他這是不打算回來睡了？

「對了，記得把羅本也牽上車。」宋楚頤又補充了一句。

厲少彬雖然一直不看好他們，不過剛才那一路上，也察覺兩人都有些賭氣的成份，於是輕聲說：

「老宋，你不回去了？」

「被她咬成這樣子，我有臉見人？」宋楚頤難看的臉色搭配著嘴上的OK繃，莫名讓人感到滑稽。

晏長晴現在都不敢正眼看他，怕不小心笑出來。

「也是。」厲少彬點頭，停好車子後，他飛快的下車幫晏長晴拿行李，晏長晴下車的時候，看他一眼，見他面無表情的扭向另一邊，心裡也懊惱的下車，正好厲少彬推行李過來，她用力就拽了過去，把氣撒他身上：「不用你們管，我自己來。」

「別別別。」厲少彬忙趕上去幫她一把，低聲說：「我認識老宋這麼久，很少看他發這麼大火，他心裡肯定是有妳，只是被嫉妒沖昏了頭腦。妳啊，也要給老宋點面子，男人都是極愛面子的。」

「他才不會嫉妒！」晏長晴一腔怨憤發洩出來：「他在飛機上跟人家美女搭訕的可熱絡了，早不記得還有我這個老婆。」說完用鼻子哼了哼，還狠狠瞪了呆愣的厲少彬，然後把鐵門狠狠一關。

厲少彬碰了一鼻子灰，不甘心的說：「老宋讓我牽狗呢？」

「你告訴他，今天晚上我要燉狗肉吃，他休想拿回去！」晏長晴氣呼呼的聲音傳出來。

厲少彬回到車上埋怨：「老宋，你真在飛機上跟美女聊開了？你也太缺德了吧，明明自己錯了，還把責任推別人身上，害我二話不說就朝傅愈動手了。」

「除了病人外，我幾時能跟別的女人聊得熱絡了？」宋楚頤無語，這人到底是不是自己朋友，也太容易動搖了。

厲少彬一時語塞：「總之受傷的是你家羅本，人家說要燉狗肉吃呢。」

「吃了就吃了吧。」宋楚頤扯唇。

「時間不早了，我們要不要去吃個狗肉火鍋什麼的？」厲少彬想到狗肉，突然有點想吃火鍋了。

「你覺得我這樣子還能吃什麼？」宋楚頤頭疼，嘴唇也疼，這幾天估計都得吃清淡了。

翌日，週一，院裡召開大會。

宋楚頤走進去的時候，眾人都朝他投來古怪的目光，礙於他身分，想笑不敢笑，努力憋著。

只有郭主任平時和他關係不錯，哈哈笑起來：「楚頤，你這是怎麼搞得，貼成這樣子，該不會是被老婆吻傷了吧？」

宋楚頤嘴角輕輕抽動，半晌，輕聲說：「不是，我吃東西的時候不小心咬傷了。」

「你是咬的多重啊，都要貼OK繃。」郭主任覺得特別滑稽，開玩笑說：「楚頤，東西再好吃，也要慢慢吃，別吃得太急了。」

旁邊的人有人沒忍住，「噗哧」的笑出來，宋楚頤太陽穴跳了跳，全程面無表情，只是當他在週會上站起來演講時，大家都將關注力投注在他嘴唇上，連院長都在努力憋笑。

好不容易開完早會，回到辦公室沒多久，便接到管櫻打來的電話：「楚頤，你今天上班嗎？是這樣的，我今天要回醫院復檢，你能不能幫我安排一下，我怕排隊的話會引起別人注意。」

「……好。」宋楚頤斟酌了下，低聲應著：「上午還是下午？」

「下午四點吧。」

宋楚頤應了，掛電話後，打了一通電話給王醫生。

下午四點，管櫻坐公司專車到醫院，找王醫生看完病後，又坐電梯到十二層的神經外科，宋楚頤辦公室門緊閉著，她敲了敲，沒人應。

她猶豫了下，輕輕轉動門把，門沒鎖，裡面開著空調，冷氣襲人。

她望了裡面簡單的擺設，身後突然傳來一個冷漠的女人聲音：「妳在宋醫生門口做什麼？」

管櫻回頭，面前的女人一身白大褂，長髮箍成馬尾，臉上化著淡妝，長相清秀端莊，但一雙眼睛卻透著不友善的光澤。

管櫻看了一眼她胸前的名牌——余思禾醫生，也是神經外科的，不過正在實習。

「妳是管櫻？」雖然戴著口罩，不過余思禾還是很快認出來，她眉頭緊皺，之所以會留意管櫻，是聽說她和宋楚頤之前交往過，對宋楚頤交往過的人，她一向是很留意的。

「我來找楚頤。」從這個女人眼裡，管櫻感覺到了敵意，宋楚頤長得英俊，醫術又是一流，加上家室優越，有女人會喜歡並不奇怪。

余思禾突然想到前段時間，一個很火的娛樂新聞，嘴角深深的勾了勾：「妳倒是叫的很親熱，可我記得你們早分手了吧，既然分手了，總是這麼找過來好像不大好吧，這叫什麼呢，第三者？」

「妳這話什麼意思？」管櫻微怔，難不成宋楚頤已經有女朋友了？

想到這個可能，管櫻突然感到胸口一陣縮疼，這段受傷的日子，她無數次後悔當初為什麼放棄宋楚頤，這份後悔不再僅僅是因為宋楚頤的身分，更多的是她喜歡上了這個人，她想重新再來。

「妳還真什麼都不知道。」余思禾突然心裡平衡了，原來有人比她更可憐：「宋醫生已經結婚了，他結婚的對象妳還認識呢，跟妳挺熟的。」

管櫻一臉茫然，跟她熟？她在北城雖然呆了很多年，熟識的人很多，但挺熟的人？她想不起來，她最近完全沒聽到身邊任何人說過結婚的事。

「妳真傻啊，看來妳的好閨蜜完全沒告訴妳。」余思禾眸色漸漸變得憐憫：「要不是看新聞，我也不知道妳們原來是好朋友呢。聽說妳們是畢業於同一所影視大學，大學住同一個宿舍，前陣子還接了同一部戲，妳是女一，她是女二，拍戲的時候，妳還因為救她被馬踩的胸口骨折，結果妳沒了女一，她卻陰差陽錯的，戲份變得和女一一樣多。」

「妳胡說！」管櫻搖頭，眼睛處露出的肌膚，瞬間變得和白色口罩的顏色一模一樣。

余思禾每一句話都暗示這個人是長晴，可管櫻不相信，這一定是全世界最好笑的笑話。

長晴怎麼會和宋楚頤結婚，她明明知道自己和宋楚頤交往過，也知道自己想和宋楚頤復合，在她心裡，長晴乾淨的就像一張白紙，純潔無瑕，有時候她會嫉妒這張白紙，有時候也會在這張白紙面前自卑，可她一直都相信，她們四個人中，就算哪天阮恙、江朵瑤背叛了，長晴也絕對不會背叛她。

「我沒有胡說，這件事情醫院很多人都知道。」余思禾冷笑道：「前不久，宋醫生從瑞士出差回來，我們醫院一些人為他接風唱歌，那天晚上，晏長晴就和她姐姐晏長芯一起來的，晏長芯當著很多人的面，親口說晏長晴和宋醫生結婚了，我也打聽過，這件事宋家人確實都知道，結婚也沒多久，噢，對了，妳最好別等宋醫生了，他在主任辦公室，一時半會兒估計不會回來。」她說完轉身便走了。

管櫻呆呆站了一陣才邁動腳步。

後來，她坐到車上時，完全忘了自己是怎麼下來的，胸口斷掉的骨頭正在癒合，依舊感覺到隱隱作疼，甚至疼的漸漸有些呼吸不過來。

司機見她遲遲沒有說話，詢問：「管小姐，現在是回家嗎？」

她摘下口罩，露出一張慘白的臉，恍惚了一陣，報出了晏家的地址。

「長晴，管櫻來了！」

晏家樓上，晏長晴聽到張阿姨的呼喚聲，又聽到羅本的狗叫聲，眼皮狠狠的跳了跳。

晏長晴聽到自己的聲音有些抖：「她進來了？」

「對啊。」晏長晴很久沒有這麼不安了，羅本好像就在自家院子裡，她希望管櫻沒有見過羅本，或者說管櫻現在還沒看到羅本。

她急急忙忙沖下樓，往院子裡跑，看到管櫻站在車前，羅本坐在她身邊，一隻爪子老老實實的搭在管櫻掌心裡，似乎聞到晏長晴的味道，羅本爪子立即抽出來，朝晏長晴跑去，朝她叫了叫，又看向管櫻，不過這兩個人好像都沒看牠，牠微微沮喪，已經不受寵了嗎？

管櫻看著她，一雙眼就像在看一個陌生人。

晏長晴緊張到腦子一片空白，強笑上前：「小櫻，妳怎麼突然來了，妳的傷……」

「羅本在妳這？」管櫻目光像一把錐子，要把人錐穿：「長晴，妳跟宋楚頤結婚了，對嗎？」

晏長晴一直隱藏的祕密突然毫無預兆的暴露了，她完全沒做好心理準備，臉上的驚慌展露無遺：「小櫻，我……」

「我去了趟醫院，醫院的人親口說的。」管櫻一路緊繃壓抑的琴弦突然斷了，她再也控制不住，她最重要的朋友，把她當傻子一樣。

「長晴，我沒想到妳是這種人。」管櫻瞪大的瞳孔突然紅了。

晏長晴慌的不知所措，管櫻從來沒用過這種眼神看她，她接受不了，她們是最好的朋友。

「小櫻，不是妳想的那樣，我跟宋楚頤是商業聯姻。」

「那妳的意思是，妳不喜歡他囉？」管櫻上前幾步，尖銳的眼神盯緊她。

晏長晴在好朋友面前的撒謊能力幾乎是零，她眼睛裡的閃爍一瞬間暴露無遺。

「妳跟他該發生的都發生了嗎？」管櫻接著問。

晏長晴臉色泛白，嘴唇哆嗦。

一記耳光「啪」的落在她臉上。

晏長晴被打的懵了懵，淚珠掉了出來，羅本立即繃直身子朝管櫻「汪汪」的叫。

「妳別跟我哭，我現在覺得特別假！」管櫻深吸了口氣，抹掉臉上的淚水，沙啞的說：「長晴，我一直把妳最好的朋友，從第一次在宿舍見到妳，我覺得妳像一張乾淨的白紙，妳對我熱忱，讓我覺得溫暖，雖然我們宿舍四個人各奔東西打拚，但在我心裡，妳們不僅僅是我朋友，也像是我家人，我嫉妒羨慕妳，但我從來沒有想過會做對不起妳的事，可妳就是這麼對我的嗎？」

「小櫻，對不起！」晏長晴捂臉，心痛的哭出來：「我爸公司遇到一些狀況，我沒有辦法，只能結婚，如果我不這麼做，我爸會坐牢，可是我沒有想到我會喜歡上他，而且當時妳跟傅愈已經在戀愛了……」有些事情就像疾行的火車，想剎車的時候卻已經太晚了。

「妳不是跟我說過無數次，妳永遠都不會像電視、小說裡，覬覦好朋友的男朋友嗎？就算宋楚頤是前男友，妳有沒有想過我是妳好朋友，假如以後遇到他，我是怎樣的感受？」管櫻失望的冷笑：「妳說友情比愛情重要，可我現在看到的卻不是這些，長晴，妳是不是從來沒有把我當成過真正的朋友？」

「不是！」晏長晴哭紅著眸子否認。

「我再也不會相信妳。」管櫻搖頭：「妳有無數次機會可以告訴我，但妳什麼都沒說。我跟妳說我還喜歡宋楚頤的時候，妳是不是覺得我很蠢啊？妳把我想要的男人一個個都搶走，長晴，妳太有能耐了。」

「我沒有……」晏長晴搖頭，她不知道自己怎麼在管櫻心裡，似乎就成了一個蛇蠍女人。

「妳就有！」管櫻恨恨的瞪著她：「在傅愈沒見到妳之前，我跟他都好好的，自從見到妳之後，我們的關係便一直在走下坡，他對我一次比一次冷淡，直到後來我發現傅愈喜歡妳，我也想起以前妳跟我說過，妳心裡藏著一個從小到大一直喜歡的人，我以為是傅愈，妳不知道那些日子我有多嫉妒，每天拚命的壓抑著！晚會那天我還風風光光的在傅愈身邊，結果開機後傅愈連正眼也沒瞧過我，在葡萄山莊拍戲的那幾天，妳不在，池以凝、何詠穗她們天天在我面前數落妳，說妳的不是，我維護妳，她們就冷落我，抱成一團暗地裡欺壓我、嘲笑我，每天拍戲累的要死，飯都吃不飽，可是我從來沒跟妳抱怨過，因為我把妳當好朋友，就算別人欺負我，也不會改變我們的友情，妳每次來劇組，我都若無其事，那些日子的辛苦，妳這種千金大小姐根本就什麼都不懂，因為在劇組裡妳有傅愈罩著！」

晏長晴早已泣不成聲，這些事，她真的都不知道，她以為她走後，雖然管櫻在劇組沒多少朋友，但應該也不至於太難熬。

管櫻哭音不斷的抽噎著：「妳被傅愈捧在手心裡呵護，我每次見到他，都把他當祖宗供著，在他面前活的連狗都不如，呼之則來、揮之則去，長晴，妳根本不懂我有多羨慕妳！我不懂人跟人之間為什麼這麼大區別，就因為我出身貧窮，而妳家富貴嗎？可就算這樣，上次妳遇到危險的時候，我想也沒想的擋在妳前面，當時疼的我心臟都要碎了，我醒來，經紀人把我罵的狗血淋頭，我失去最重要的角色，甚至，連未來都不確定，每天躺病床上，動也不能動，每天焦惶不安，好不容易出院，回到家裡，還是只能在新聞上看到，妳的女二戲份變的比女一還要多，而我自己卻像個殘廢一樣，可我總是不斷的告訴自己，我不後悔，我不後悔……」

晏長晴已經忘了該說什麼才好，只是看到這樣的管櫻心痛。

記憶裡，管櫻從來沒有這樣哭過，甚至連流淚都很少。

「小櫻，我從來沒有想過要搶走誰……」她喉嚨沙啞的說。

「對啊，妳沒想過搶走誰，妳只是搶走傅愈，我想和宋楚頤在一起，妳又搶走了宋楚頤。」管櫻低低嗤笑：「在醫院那段時間，妳不會沒有看出來，我是真的喜歡他吧？」

晏長晴無言以對。她看出來了，所以她想過要讓，可是當宋楚頤真的決定離婚的時候，她害怕了，她不顧羞恥的主動挽留，那時候如果不挽留，她們的友情也許不會走到這一步？

「小櫻，妳要怎樣才能原諒我？」晏長晴哽咽，「我們曾經那麼要好，我是真的把妳當好朋友。」

「妳就是這樣對待好朋友的嗎？」管櫻笑了，笑的卻比哭還難看：「除非妳把宋楚頤讓給我。」

晏長晴愣住，吶吶的說：「他是一個活生生的人，不是我說讓就讓。」

「妳根本就不捨得，對吧。」管櫻冷笑：「說到底，長晴，妳根本就是個自私自利的人，我今天總算是看清妳的真面目，就當我這幾年瞎了眼，今天開始我們不是朋友。」她說完轉身就走。

晏長晴疼的像心臟扯斷了似的，上前拉住她：「管櫻，妳不要這樣，我不能失去妳這個朋友，妳忘了我們曾經說過，要做一輩子的朋友，忘了曾經的點點滴滴嗎？」

管櫻看看她的手，又看看她，嘴角溢出一絲冰涼：「我不敢，也不會跟妳做朋友，從今天開始，妳走妳的陽關道，我走的我的獨木橋。」

她上車，頭也不回的離開。

第二十三章　最動人的情話

管櫻離開很久後，晏長晴還是不敢相信，她要失去這個朋友了，就像身體被活生生的剝成兩半，剛進大學，她去的晚了，下鋪都被人選走了，管櫻把下鋪主動讓給她。

她生活邋遢，管櫻總是隨手幫她整理床鋪，每次輪到她打掃，她總是拖拖拉拉，管櫻會毫不考慮的出手幫忙，她成績不好，演技也不好，管櫻是耐著性子陪她練得最久的。

四個人中誰被欺負，另外三個人總是毫不猶豫的挺身而出，她們一起上課，下課一起吃喝玩樂，十八歲生日後，每年的生日都會互相陪伴，她們一起畢業旅行，一起相互鼓勵，一路磕磕絆絆也吵過架，但總是沒兩天便主動求和。

可現在，管櫻說再也不是她朋友了。

夜裡十二點多，宋楚頤過來了，他嘴唇上沒貼OK繃，不過結了痂。

晏長晴坐在電腦房裡沒出來，她現在還一肚子的火氣，宋楚頤見她愛理不理的，也自己去洗澡了。洗完出來，晏長晴還沒從電腦房裡出來，他先躺床上，明明很睏，可能因為燈沒關的緣故，閉上眼睛卻是很久沒睡著。

他看看時間，一點鐘了，她明天也要上班了，到底還要不要睡。

他坐起來，惱火的把臥室燈關了，愛睡不睡。

躺下沒多久，電腦房突然傳來低低的啜泣聲。

他頭疼，再次爬起來打開燈，走進電腦房，晏長晴趴在電腦桌上，臉往下，身體哭的一抽一抽的。

他注視了一會兒，上前扯她。

晏長晴用力扭動身子，不肯起來，像個鬧彆扭的小孩，只是越哭越傷心。

宋楚頤無奈，這場冷戰，他先低頭還不行嗎：「怎麼了？」

晏長晴鼻子狠狠抽泣了下，哽咽的說：「不要你管，反正我在你心裡一點都不重要，只有我傻，為了你，還失去了最重要的好朋友。」

宋楚頤總算理清一點名堂了，果然不是為了他哭啊：「妳說誰呢？」

「管櫻。」晏長晴終於哭著抬起頭：「她今天來家裡，看到羅本，她知道我們結婚了。」

吸吸鼻子，晏長晴哭的越無法自拔了，就像掩埋了一個晚上的心情，終於找到一個宣洩口：「她說……我跟她再也不是朋友了。」

宋楚頤心想，這都是什麼破事呢，他真的好無辜，現在這個樣子，還需要為她們的友情買單？

還有這個管櫻，怎麼回事，有病吧？不過看面前的女人，哭的眼淚、鼻涕都分不清了。

他認命的找了衛生紙給她擦拭，結果不但沒擦乾淨，晏長晴還越哭越厲害：「都怪你，要不是你讓我喜歡上你，我也不會這麼對不起朋友……」

他拿著衛生紙的手頓了頓，突然沒這麼氣，心裡平衡了，也願意多說些安慰的話了：「好啦，這不是妳的錯，是管櫻她自己不明白，就算沒有妳，我和她也不會復合。」

宋楚頤彎腰抱住坐在椅子上的她。

晏長晴臉貼著他小腹，感受到他身體傳來的源源不斷的熱氣，心臟這才好受些，但還是不肯甘休的說：「對，就是你的錯，都是你的錯！你不知道，我跟管櫻感情有多好，我不想沒她這個朋友，現在，因為你，她以為我重色輕友！」

宋楚頤皺眉，對這句話不大滿意：「意思妳是想輕色重友？」

晏長晴一愣，看到宋楚頤臉色，再傻也知道，當然不能承認他不如自己朋友重要，於是癟嘴說：「反正目前為止，你不如我朋友牢靠，你昨天還毫不留情的指責我，一點兒也不在乎我的感受，把我氣哭了也不安慰我……」

宋楚頤沒好氣的說：「妳也不想想妳對我做了些什麼。」

「誰讓你在飛機上跟別的女人搭訕聊天，談笑風生，簡直把我當空氣。」晏長晴沙啞的抱怨。

「我幾時談笑風生了，不過是跟人家隨便聊扯兩句。」宋楚頤皺眉：「倒是妳，妳做了什麼？記得妳後面坐了一個丈夫嗎？」

「是你沒記住，你還有個老婆！」晏長晴抬起水潤潤的眼睛，噘嘴道：「那女的很漂亮吧，讓你目不轉睛了。」

宋楚頤頭疼，和女人爭執貌似永遠不在一個水平：「妳現在是在吃醋嗎？」

「誰吃醋了！」晏長晴扭捏的推開他，背過身去。

「妳好像忘了，自己說過我不如傅愈吧，他比我強多了。」宋楚頤心裡默默的輕嘆一口氣：「我還以為自己去揚州真打攪你們兩個了。」

「你亂講，你明明知道我說的是氣話。」晏長晴低頭沮喪的說。

宋楚頤安靜的注視她一會兒，最後摸摸她的腦袋警告：「如果妳以後再跟別的男人亂走……」他說完頓住。

晏長晴疑惑的轉頭看了一眼，從他眼睛裡捕捉到暗沉，她心臟縮了縮，小聲嘀咕：「我當時以為你要跟那個美女走呢，走快點，免得打攪你們。」

她說的話還是挺可氣的，如果不是聲音啞啞的，像要哭了，宋楚頤可能又會生氣，但這一會兒雖然有鬱悶，不過還是只能往喉嚨裡吞了。

用厲少彬後來的話說，兩人都是在說氣話，這就會著了傅愈的道，他必須得克制自己的脾氣，不能讓傅愈得逞了。

「我要跟美女走早就走了，哪還會等到今天，跟那種模樣的，我眼光沒那麼差。」宋楚頤轉過身，往臥室裡走。

晏長晴愣了愣，小步子跟上去：「你什麼意思，你嫌她還不夠美？」

宋楚頤長長深吸口氣，這女人大腦怎麼這麼轉不過來：「我的意思是，我家裡裝著一個比她漂亮許多倍的人，我稀罕她嗎？」

晏長晴眨眨眼，他說家裡裝著一個比她漂亮許多倍的人，莫非說的是自己？

突然之間，悲傷的心情中好像彌漫出一股甜蜜的味道，她破涕為笑，扭捏的上前拉了拉他衣角：「你說的是我嗎？」

那驕傲的模樣讓宋楚頤忍不住心軟，捏捏她嫩嫩的小臉蛋：「傻，快去睡覺。」

「不，你還沒回答我問題。」晏長晴嘟嘴，嬌氣的扭扭小腰肢。

宋楚頤看她小臉蛋，兩片小嘴巴高高的嘟著，粉嫩的臉上腮幫鼓鼓，像極了一團軟軟的棉花糖，讓人很想咬一口，再含嘴裡吃化了。

「睡覺。」宋楚頤乾脆抱起她往床上走。

到床上，晏長晴又爬起來，往他身上拱：「你說不說，我好笨的，猜不到答案。」

平時是笨，這一會兒就要小聰明了。

他拍拍她臀部，突然想逗逗她：「我說的是我自己。」

晏長晴呆了，傻傻的在月色朦朧中，看著他優雅乾淨的臉，確實，宋楚楚五官不是那種剛硬的，要說美也確實是美，如果戴上假髮的話……不過這都不是重點好不好！

她趕緊抱著他胳膊搖起來：「我不相信是這個，你可是男人，你這是孤芳自賞，不行！」

宋楚頤興味盎然的挑挑眉，看著她著急。

晏長晴一本正經的說：「我以前看過個故事，在古希臘，有一個神長得極美，有一天他無意中在河邊上看到水裡一抹倒影，那倒影十分的美麗，他覺得世界上，再也沒有比這倒影更美麗的人了，他深深的迷上這抹倒影，每天坐在河邊，動也不動的看著倒影，不吃不喝，於是就死在河邊了。」

宋楚頤嘴角抽了抽：「妳說這個故事想表達什麼？」

晏長晴說：「那倒影其實就是神自己的模樣，他愛上的是自己，所以，楚楚，你千萬不要有這種念頭，這種念頭會讓你除了愛上自己，再也不可能愛上別人。」

她滿擔憂的，畢竟她是他老婆啊，有一個長得太漂亮的老公也有煩惱：「你知道現在為什麼那麼多帥的男人都去搞同性戀嗎？因為他們覺得自己太帥，女人配不上他們，所以就去找男人了。」

宋楚頤摁摁眉心，好想拍死她：「妳睡不睡，再不睡我把妳扔了。」宋楚頤低低的威脅警告。

感覺到黑暗中滲透出來的冷意，晏長晴畏縮了幾秒，老老實實的乖順躺下。

晏長晴在黑暗中翻來覆去，又爬起來，用食指輕輕的戳他臉頰：「宋楚楚，你說的到底是我，還是你？」

宋楚頤無可奈何的睜開雙眼。

晏長晴眨著小眼睛，像極了剛養羅本的時候，羅本還那麼小，每天腿短不夠爬上床，也是搭在床沿邊上，眨著眼睛看著他，然後用鼻子「嗚嗚」的呻吟。

「小笨蛋。」他摟過她，最後低低道：「除了妳還有誰。」

一句話，就讓人吃了蜜一樣的甜。

晏長晴猛地撲到他身上，甜絲絲的抱住他脖子：「我就知道是我，我可比你美多了。」

宋楚頤啼笑皆非，伸手攬了攬身上八爪魚一樣的人兒，輕聲的哄：「還不快睡。」

晏長晴從他胸口抬起頭來，桃花眼一眨不眨的盯著他。

宋楚頤也看著她，大半夜的，她能別這樣妖嬈的看著他嗎？

半分鐘後，晏長晴突然不高興的往他懷裡鑽，小聲嘀咕：「你都不親我。」

聲音從胸膛處傳來，又鑽進了胸膛裡，心臟僵了下，宋楚頤強忍住胸口翻湧的氣息，沒好氣的暗啞的開口：「我嘴被妳咬成這個樣子，怎麼親？」

晏長晴一愣，抬起來看他嘴巴，確實是咬的滿深啊，雖然結痂了，但還是紅紅的，沒結的很好的樣子，這麼吻的話一定會很痛。

晏長晴想起自己以前到冬天嘴巴乾裂時帶來的疼痛，連辣菜都不能吃，這一會兒宋楚楚被自己咬的這種，肯定更難受。她突然後悔了，以後咬啥都不能咬嘴巴啊，都不能被他親了。

「對不起……」晏長晴用手輕輕的觸碰他下唇，呵氣如蘭：「疼不疼？」

「要不我咬妳一下試試。」宋楚頤作勢一動，晏長晴嚇得趕緊從他身上滾下來，鑽進被子裡。

「不要！」

宋楚頤連被子和人一同帶進懷裡，在她耳邊暗啞的說：「等我好了，非得把妳親得腫腫的。」

流氓的話語逗得晏長晴心如小鹿亂撞，她回頭傲嬌的瞪他，口是心非的說：「才不讓你親。」

宋楚頤眼眸深邃的摸摸她小耳垂，女人口是心非的模樣最是誘人。

「快睡覺。」他低低說。

「嗯。」晏長晴這一會兒老實了，不過睡了一會兒，她又爬起來親他臉頰。

宋楚頤怔然，在黑暗中看到她俏皮的眼神：「你不能親我，我可以親你。」

他笑笑，摸摸她髮稍，抱著她睡覺。

朦朧中，快入睡時，他迷迷糊糊的想，以後如果有個女兒，也是這樣抱著睡吧，以後會不會左右都要抱一個？算了，有孩子還是生個男孩算了，鍛練的剛強一些，兩個女兒，難得疼啊。

晏長晴正式重返電視臺上班路上，接到江朵瑤打來的電話。

看著手機上的字，她有點害怕，她、江朵瑤、阮恙、管櫻，四個人在同一個宿舍交情最好，不知道江朵瑤知道了會不會怪自己。

她嘆口氣，避無可避，還是按下接聽鍵，江朵瑤生氣的話傳了過來：「好妳個長晴，結婚登記這麼大的事悄無聲息，竟然不告訴我，還把我當朋友嗎？妳告訴阮恙，不告訴我！」

晏長晴隱隱的鬆了口氣，卻又害怕：「我……我不是怕妳說我嗎？」

「我是那麼不講道理的人嗎？」江朵瑤氣呼呼的說：「阮恙昨天都跟我說了，管櫻也跟我打電話了，妳們各有各的立場，妳呢，確實有錯，錯就錯在不該一直瞞著，管櫻錯在一開始就不應該對宋楚頤放手，還劈腿，不過昨天管櫻和我打電話的時候，我感覺的出她是真的喜歡宋楚頤，不僅僅是看中他的家世背景，我想她這次也是真的傷了心。」

晏長晴黯然不知道該說什麼，要說私心，她肯定還是有的。

「好啦，妳們兩個都是我的好朋友，我偏幫誰都不好，所以我還是中立吧。」江朵瑤嘆：「我會幫忙勸管櫻的，我也希望我們四個人的友誼能夠長存，不希望為了一個男人鬧成這個樣子，可能我把有些事想的太美好了……」

晏長晴沉默半晌，也只能說：「朵瑤，管櫻那邊拜託妳了。」

「嗯，不過估計她不會聽我的。」江朵瑤挺鬱悶，晏長晴也不是滋味。

九點半，晏長晴趕到《挑戰到底》節目組，開會時，梅崇笑呵呵的率先站起來鼓掌：「首先，我們要隆重歡迎晏長晴重回我們節目組。」

眾人立即熱情的鼓掌，左騫也含笑的注視著她，一個多星期不見，晏長晴臉上的痘痘好了許多，雖然沒全部消，但是用粉還是能遮得住的。

「長晴，以後主持這塊還要靠妳和左騫啦，說實話，這些日子沒有妳，我還真的不習慣，上次池以凝錄了節目，我真不喜歡，就喜歡妳那套主持風格。」梅崇和顏悅色的差點讓晏長晴認不出他來了。

眾人面面相覷。梅導這是怎麼了，突然對晏長晴這麼親切，但梅導這種勢利人從來不會無緣無故對人家好，肯定是有什麼影響他，於是會議上大家都對晏長晴客客氣氣的，弄得晏長晴十分不習慣。

中午吃飯時，晏長晴被劇組的人眾星捧月的追捧著去餐廳吃飯，正巧在碰上池以凝。

兩人狹路相逢，晏長晴想到現在有宋楚頤撐腰，朝她挑眉一笑，主動走過去：「以凝，好巧啊，妳也來吃飯，聽說最近妳調去擔任外景主持了，做的還不錯吧？」

池以凝臉色一黑，說起這件事她就來氣，上週本來該代替晏長晴錄製《挑戰到底》最新一期的節目，本來也在彩排了，結果上面一句話，她又被換了，還去擔任另一組節目的外景主持人，為這事，她還氣呼呼的跑去找馮臺長，結果對方不但沒以前和顏悅色，還把她大罵一頓，她好不容易哄好馮臺長，可是臺長還是一意孤行的讓她去做外景主持，這大熱天的，她差點在外面熱的沒命，這幾天，她簡直就是臺裡的笑話。

這一會兒，看到晏長晴得意洋洋的模樣，她氣得一股子火氣湧出來，不過想到馮臺長狠狠警告她不許得罪長晴，她還是忍了忍，淡淡說：「是啊，挺好的，反正我還年輕，就當歷練。」

「早該有這種心態了。」鄭妍橫了她一眼：「妳還太嫩了，多吃點苦挺好，別總想一步登天，哎，對了，妳最近看了那個網路主播被抓的事情吧？」

池以凝臉色一僵，一旁朱嘉故意問：「妳說的是錄製不雅影片被抓的女主播吧？」

「可不是。」鄭妍笑咪咪道：「為了賺錢，連禮義廉恥都沒了，出賣肉體也不知羞恥，總想找捷徑不勞而獲的賺錢，也不知道父母怎麼教的，所以啊，年輕的時候不要總想著爬多高、爬多遠，踏踏實實的，一步一腳印，總能成功，像我就是這樣，所以，以凝，妳得多向我們學習。」

池以凝氣得臉紅脖子粗，鄭妍竟然拿自己跟那個女主播比較，分明在譏諷自己，可人家是臺裡的前輩，職位不見得多高，但資深，讓人不好發火：「鄭姐說的有道理，那我就多謝鄭姐了，某些方面的精神，我還得多向鄭姐學習，不過有些地方還是算了，做一個體育臺的主播可不是我的目標。」

「哎喲，鄭姐，她這話的意思，是不是說體育臺的主播位置都看不上啊？」朱嘉立即見縫就鑽。

鄭妍不悅的睨向池以凝，池以凝淡淡一笑：「人嘛，還是應該有遠大的目標，難道長晴姐的目標就稀罕做一個體育臺主播了？」

晏長晴愣了愣，這戰火一下子又蔓延回自己身上：「我覺得各有各的好吧，體育臺競爭不大，收視率也穩定，也有很多主持人想擠進去，不過不是人人都有資格的。」

「那確實是，首先要對體育方面很瞭解，一般體育臺男主播居多，女主持很少。」朱嘉點頭，看向池以凝：「反正比外景的要舒服多了。」

「沒關係，剛才鄭姐說的，年輕人多鍛練吧。」池以凝睨過這些人，暗示自己比她們都年輕。

「那是的，希望妳在這方面多鍛練吧。」鄭妍若有所指的說。

池以凝笑笑。

這才離開，朱嘉衝著她背影撇撇嘴：「有什麼好得意，誰不知道她每天在馮臺長那裡鍛練啊？」

晏長晴詫異，「她和馮臺長還在一起嗎？」按理說，宋楚頤上次都那樣警告馮臺長了，馮臺長應該對池以凝敬而遠之才對啊。

「什麼時候分開過？」鄭妍睨她一眼，小聲說：「前天晚上我還看到她下班時去了馮臺長辦公室，反正好久都沒出來，妳說他們在裡面做什麼？」

晏長晴突然惡寒，池以凝也真是夠拚的，要是她，被馮臺長那種長相的人碰一下都噁心。

晚上，像往常一樣錄製節目到九點多後，梅導又請大家吃消夜，晏長晴今天心情不錯，梅導對自己也是從來沒有過的客氣，她想可能是和上次宋楚頤找馮臺長有關，所以，想到宋楚頤今天上晚班，決定等一下給他送點消夜過去，順便突擊檢查，看看他有沒有背著自己在醫院裡勾三搭四，哼哼。

於是，又多加點了幾道消夜，讓服務人員打包，十一點多鐘便找藉口提前走了。

她剛趕到柏瀚醫院大樓，正好看到宋楚頤手裡提著一袋東西進電梯。

晏長晴匆匆跑去，沒趕上，正好看到電梯上去，她等了一分鐘從另一個電梯上去，剛出來，便看到宋楚頤背影在走廊的盡頭轉進了拐角處。

晏長晴跟上去，在這邊的病房探頭探腦的找了一陣，最後看到在一間一四〇二的病房裡，宋楚頤抱著一個六、七歲的女孩。

女孩剃了個光頭，嘴裡含著一根棒棒糖。

晏長晴還是第一次看到這樣抱孩子的宋楚頤，禁不住放慢腳步走到門口，聽女孩說：「宋叔叔，後天我就要動手術了，會不會就這麼死掉了，你說人死了，會去哪呢？有天堂嗎？我會不會去天堂？可是去天堂是不是就再也見不到媽媽和外婆她們了？」

「不會，有宋叔叔在，妳肯定不會。」宋楚頤溫柔的說：「妳只是睡一覺，一覺醒來就能和媽媽在一起了。」

「真的嗎？」

「宋叔叔什麼時候騙人了？」

晏長晴覺著眼眶一熱，身體突然被人輕輕推一下，一名鬢角斑白的老人走了進來，感激的說：「宋醫生，真是辛苦您照顧我們家小魚了，哎呀，您又破費給她買吃的了。」

「沒關係，花不了多少錢。」宋楚頤回頭，看到站門口的晏長晴怔了下，他忙把孩子放回病床上。

小魚卻抓著他不放手：「宋叔叔，你說會抱我很久的。」

小魚奶奶笑道：「宋叔叔還有很多病人要醫呢，妳霸占著宋叔叔，其他小朋友的病怎麼辦啊？」

小魚這才不捨的放開他手臂。

「等一下不忙就來看妳。」宋楚頤刮刮她鼻子，拉了下站門口的晏長晴離開。

晏長晴跟著他說：「我在外面吃消夜，順便給你送點過來。」

「嗯。」宋楚頤看了一眼她手裡提著的盒子，挽著她腰往辦公室走。

晏長晴睨了一眼他在醫院蒼白燈下精緻的輪廓，腦海裡回憶起剛才抱著小孩溫情脈脈的宋楚頤，心裡湧動出一股暖流。

她從來沒想過高冷的宋楚頤對待小孩會那麼的溫柔，還給人家買吃的，他抱小孩子的動作嫻熟，一看就是經常抱，不知道以後她跟他有了小孩，他是不是也會這麼溫柔。

以前，晏長晴從來沒有想過這些，不知道為什麼，剛才看到那一幕，十分悸動，就像看到一個做父親的宋楚楚。

進辦公室，宋楚頤把門關了，脫了白大褂掛門後面，回頭問：「妳買了什麼？」

晏長晴眨眨眼，打開消夜盒，裡面有炒田螺、滷雞爪、滷鴨頭、生蠔、扇貝……

「一起吃吧。」宋楚頤拿了碗蛋炒飯。

晏長晴挑著田螺，餘光見他吃的香，心裡也高興，看來自己消夜送的及時，不過吃了一陣，就見宋楚頤只吃了一碗蛋炒飯就沒吃別的了。

晏長晴望了一大堆食物不滿道：「你怎麼光吃蛋炒飯？」

「這些滷的都不是很乾淨，大部分都是放很久的食材做出來的，田螺有細菌，洗乾淨倒還好，但外面店很少有洗乾淨的。」宋楚頤擰眉：「妳以後也少吃點，消夜可以喝點粥之類的。」

晏長晴被他說的很掃興，嘟唇不滿：「跟你吃消夜一點意思都沒有，人家剛才特意跟臺裡的人都沒怎麼吃，就是想來陪你吃的。」

宋楚頤張了張嘴，正要開口，晏長晴突然抓起一隻雞爪塞進他嘴巴。

宋楚頤僵住，晏長晴站起來捂住他嘴：「不許吐，吃了。」

他才不得不硬著頭皮把雞爪吃了，吃完後眉頭緊皺。

「好吃吧。」晏長晴笑嘻嘻的說。

宋楚頤擰開自己保溫杯喝了口水。

「我也要喝。」晏長晴湊過來，油膩膩的嘴巴也沒擦就蹭上保溫杯，等她喝完後，保溫杯的邊緣印了一圈沾滿油漬的唇印。

宋楚頤拿衛生紙仔細擦掉那圈油漬。

晏長晴鼻子一哼：「嫌棄我，那我還要喝。」

宋楚頤擋住她的嘴，晏長晴扭過臉，在他嘴巴上親了一下，軟軟的問：「剛才那個小女孩得了什麼病？」

「顱底腫瘤。」

晏長晴面露同情：「這麼小就得這種病，她爸爸呢？」

「她沒爸爸。」宋楚頤淡淡說：「這孩子是她媽未婚生下來的，聽說她媽懷孕幾個月後，她爸就跟別的女人結婚了，也是她媽執意要生下這個孩子，一直都是她媽和外婆、外公在撫養，她媽為了給她治病，一天上好幾份班，平時在醫院，基本上都是她奶奶在照顧，不過家裡的錢也花的差不多了。」

「實在太可憐了。」晏長晴聽得心裡難受，「怎麼會有這種爸爸。」

「醫院裡，這樣的父親一天能遇上好幾例，正常。」宋楚頤臉上沒有任何一絲多餘的表情。

晏長晴默默的看著他，突然明白，在這樣臉色下的宋楚頤，其實內心是柔軟的，就像他剛才對那個小女孩。

「那個……我可以捐款嗎？」

「暫時應該不用，後天的手術錢她家人已經付了，如果失敗了……這條命也保不住了。」宋楚頤忽然壓低聲音。

「那你剛才還保證她說能活下去。」晏長晴嘟囔。

「也不是沒有希望，只是我不贊同跟小孩子說那些話，小孩子心裡承受能力本來就比較差。」宋楚頤頓了一下說：「如果真的救不活，我會讓那個孩子沒有任何疼痛的去世。」

晏長晴怔住，心臟好像狠狠一揪，連吃東西的心情都沒有了。她放下筷子，認真的說：「那你一定要救她。」

「……這個需要妳跟我來說嗎？」宋楚頤懶懶的掃她一眼：「不吃了？」

晏長晴搖搖頭：「吃飽了。」

「……要抱一下嗎？」宋楚頤突然朝她伸出手臂。

晏長晴臉紅著埋怨：「你把我當小孩啊？」

宋楚頤眼神懶懶的動了動，意思很明顯的告訴她，不把她當小孩那當什麼，晏長晴氣呼呼的想，誰會跟小孩成天卿卿我我啊。

「不抱就算了。」宋楚頤放下手臂。

晏長晴懊悔了，早知道還是要抱一下，小時候喜歡被爸爸抱，長大了，喜歡被老公抱。

「宋楚楚……」她突然閃閃爍爍的說：「要不，我們生個小孩吧？」

宋楚頤愣住，面露詫異。

「我覺得……小孩子好像也挺可愛的。」晏長晴說完後，開始粉紅的幻想。她跟宋楚楚的小孩像誰應該都是不錯的，就算女兒像爸爸應該也漂亮，而且宋楚楚一定可以很好的照顧他們的寶寶。

「長晴，要小孩不是件那麼容易的事。」宋楚頤沉吟了下次答：「現在，妳跟我工作都很忙，小孩不可能生下來就交給保姆照顧，如果妳懷孕，尤其是從事妳們這行的，一旦身材走樣，妳就要暫停主持工作，而且妳不能天天往外跑，必須安份在家養胎，同時，我現在工作很忙，也沒有太多時間陪妳，恐怕也照顧不好妳的情緒，懷孕最少一個月妳是不能出去工作的，一年裡，妳不能吃辣的，不然小孩喝奶的時候很容易上火，妳也不能喝酒應酬，妳得按時回家餵奶，別把懷孕這件事想的太簡單，這並不是精卵結合就夠的。」

晏長晴被說的呆了呆，她完全沒想過這些事。

「等明年或者後年再生吧。」宋楚頤說：「妳還年輕，我也還年輕。」

「……噢。」晏長晴知道他說的有道理，可心裡總泛起一股說不出的落寞，她覺得有些丟醜，人家根本沒想過要小孩，她還主動提出來，其實想想也是，宋楚楚都有做措施的。

「你說的對，時間不早，我先回去了。」晏長晴站起身：「垃圾我就不收拾了，你自己弄吧。」

她拿起包，轉身就走。

宋楚頤看著她走到門口，突然起身走過去，從後面抱住她。

晏長晴僵住，感受他的嘴唇附在自己耳邊說：「我現在不願要寶寶，最主要的是因為我已經有一個寶寶了。」

晏長晴心跳猛地加速，回頭，悄悄的睨他半邊俊逸的側臉，輕輕啞啞的說：「哪裡有寶寶了？」

深邃的眸專注的看著她，他突然低頭親了親她嘴唇，語氣暗啞：「妳不就是我的寶寶。」

晏長晴眨眼，一顆跳動的心臟好像靜止了，她傻傻的看著他，心一直的往下淪陷、淪陷，彷彿淪陷到裝的滿滿的蜂蜜罐子裡，有許許多多的蜂蜜溢出來，每一個角落裡都甜甜的。

「我才不要當你的寶寶……」她憋著通紅的小臉蛋傲嬌的說。

「傻。」宋楚頤低低說了一句，霸道的吻住那張飽滿紅唇。

晏長晴薄唇顫了顫，胸腔裡湧起一股激動，踮起腳尖，再次勾住他脖子，回吻他。

沒多久，牆上急促的鈴聲突然響起，宋楚頤放開她，低聲說：「快回去吧，明天請妳吃晚飯。」

晚飯？他都沒請過自己吃晚飯呢，唯一的一次，還是她請客，當然最後是他買單，她到至今也沒還錢。

十一點半，晏長晴才從醫院大樓裡出來，晚風吹過她滾燙的臉頰也絲毫沒有一丁點的降溫，她的心情是甜蜜且亢奮的，腦海裡總是迴蕩宋楚楚那句：「妳不就是我的寶寶。」

簡直就是本年度聽過最好聽的情話。

第二十四章　燭光晚餐

上午十點，《黎明之前愛上你》劇組在上緯召開會議。這次會議主要是針對晏長晴上次在劇組險些毀容的事情做出正式交代，另外文桐也得到可靠消息，這次傅愈也想重新調整劇組內部人員，同時，趙姝的助理雖然頂罪了，但外界似乎對趙姝並不買帳，她的形象依舊跌入谷底。劇組為了收視率保障，已經重新改寫了劇本，劇本趙姝的戲份可能會大幅度減少，為了彌補長晴，會增加她的戲份。

開會十分鐘前，晏長晴走進上緯集團，前臺的工作人員帶著他們直接上十二樓的會議室。

劇組的人已經到一半，晏長晴進去，蘇導立即站起身來說：「長晴，今天可算見到妳了，我一直為妳臉部受傷的事感到非常抱歉，幸好劇組找出真凶，妳的臉好像也好很多了吧？」

「好多了。」晏長晴注意到，趙姝也朝她這邊走來。

以前，趙姝對她總是愛理不理的，但這次，臉上卻掛著濃濃的歉意：「長晴，對不起啊，是我那助理心胸狹隘，沒想到她竟然背著我幹出這種傷天害理的事情，妳出事後，我心裡一直過意不去，想跟妳道歉，但又聯繫不上妳。」

晏長晴看到趙姝憤然的模樣，心想自己這專業的演技都不如她這業餘的啊。

「道歉？」晏長晴笑了笑：「我怎麼記得我助理的電話，好像一直是暢通的吧？」

「是啊，我也納悶。」文桐也笑：「上次是接到趙小姐經紀人的電話，可也只是讓我發表解釋的聲明，並沒道歉啊，可能是我錯過了什麼吧。」

趙姝漂亮的臉劃過絲尷尬，不過還是掩著冷意強笑的說：「我打過，不過確實在通話中。」

文桐本來還想說自己電話是有來電提示的，不過這時，門外傳來一陣動靜。

傅愈一身精緻的西裝褲、襯衫進來，他背後跟著四個白領級人物，氣勢凜然，他目光率先落在晏長晴臉上，微微一頓，然後聲音低沉而具威嚴的說：「大家坐吧。」

傅愈發了話，大家安靜的各自找位置坐下。

傅愈先展開了這次會議的開場白：「首先，上一次劇組發生的化妝品有毒物質事件，我代表公司向晏長晴小姐誠摯的道歉，我萬萬沒有想到某些人士，會為了一些私人恩怨幹出這種喪心病狂的事情，我希望你們劇組接下來能平平安安、順順利利的把這部戲拍完，如果再發生類似的事情，直接滾離我的劇組，並且，我會公告媒體，封殺你以後所有的活動、行程，我說到做到。」他聲音冰冷，整個會議室幾十人，大氣都不敢出。

「另外，我會更換製片主任，之前的製片主任讓我很失望，從今天開始製片主任由劉強仁負責，蘇導，以後有什麼事你可以跟劉主任負責。」傅愈語氣冷硬。

「我會的、我會的。」蘇導忙點頭，誰不知道劉強仁是傅愈的心腹，直接把心腹都派出來了，可見對劇組裡某個人的重視。

「蘇導，現在會議進度轉交給你吧。」傅愈身體靠進皮座椅裡：「聽說新的劇本已經出來了？」

會議室的人全部屏息，看樣子傳聞是真的，公司為了彌補晏長晴的虧欠以及教訓趙姝，這部戲將會出現兩個女一。

「是的。」蘇導趕忙站起來，親自發劇本。

劇本到晏長晴手裡時，她隨便翻了一下，便感覺自己的臺詞比之前多許多，而且香港、法國的取景都有她的份。她看眼對面趙姝的臉色，很難看，不過卻像在強忍著，看樣子，她也應該早就知情了。

接下來，蘇導又說了劇本的變化和拍攝進程計畫，最後敲定兩天後重新趕赴香港拍攝。

會議結束，晏長晴猶豫要不要和傅愈過去打聲招呼時，傅愈竟當著許多人的面微笑的朝她走來：「長晴，妳好像是第一次來我公司吧？時間還早，要不要我帶妳參觀參觀？」

「呃……不用啦，我還要回臺裡，有事。」晏長晴不大自然的說。

「那好吧，我送妳下樓。」傅愈倒也沒有強留。

「沒關係，我自己下樓。」晏長晴到底還是不自在，她和宋楚楚好不容易才和好，不想節外生枝。

傅愈突然面露傷感，苦澀的注視著她：「上次不是說好了嗎，以後做妳哥哥，用不著像以前那樣防著我，還是……妳已經不願跟我接觸了？」

晏長晴想起傅愈上次還警告讓宋楚頤對她好的話，心裡過意不去，下意識的點了點頭。

「走吧。」傅愈展開雙臂，引領著她往外走：「對了，我後來忘了問妳，妳和宋楚頤和好了嗎？其實我那天真的很抱歉，不過我已經在竭力控制自己情緒了。」

「那天我要跟你道歉才是，害你被打了。」晏長晴越發內疚：「傅愈哥，你臉還疼嗎？」

「後來回去用雞蛋敷過就消腫，不疼了。」傅愈微微一笑。

「真的對不起……」

「沒關係，只是那天在機場看到宋楚頤那樣對妳，我也有些氣憤。」

「我們已經和好了，那天是我們兩個心情都不好，才會發生那樣的事。」晏長晴猶豫的解釋。

「是嗎？」傅愈心裡擰疼的抽搐，沒想到他們會和好的這麼快：「那就好。」

傅愈帶她坐總裁電梯，關切的囑咐：「過幾天去香港拍戲，如果在那邊受了什麼委屈跟劉主任說，我也會讓劉主任多注意點，免得劇組裡再有人害妳，劉主任這個人很精明、心細，妳在那邊也不用害怕，認真拍戲就行了。」

「嗯。」晏長晴不傻，知道傅愈做的這一切至少一半都是為了她：「謝謝你啊，傅愈哥。」

「別總說謝謝，照顧自己的妹妹是應該的。」傅愈滿臉溫柔的摸摸她腦袋。

電梯打開，管櫻突然出現在旁邊等電梯的位置，她看著這邊，清麗的臉上沒有太多變化，只是眼神深處流露出深深的鄙夷。

晏長晴僵了僵，一時忘了動，還是傅愈擋住要合上的電梯門，挽著她肩膀走了出來。

「傅總。」管櫻朝他點頭打招呼，目光落在晏長晴身上，也淡淡的喚了句：「長晴。」

傅愈看看她，又感覺到渾身僵硬的長晴，眼眸動了動，說：「管櫻，不是在家養傷嗎？怎麼今天就來了？」

「薛哥說要我來一趟。」管櫻低聲說。

傅愈點頭：「那妳先上去吧。」說完，帶著晏長晴往大門口走，邊走邊問：「妳和管櫻怪怪的，之前不是感情挺好嗎？」

「我們一直都很好啊，可能是你在，不自在吧。」晏長晴心不在焉的回答：「好啦，傅愈哥，你就送我到這吧。」

「那行，你們開車小心點。」傅愈頓住腳步，揮揮手，目送她們離開。

返回辦公室，傅愈坐旋轉皮椅上思考了一會兒，按內線給助理吩咐：「讓管櫻稍後上來一趟。」

十五分鐘後，管櫻敲響外面的門。

「進來。」傅愈從沉思中抬頭，管櫻步子緩慢的走進來。

傅愈隨口問：「身體好些了嗎？」

「如果要出席公司的活動安排，恐怕還要一個月。」管櫻穿著一身簡單的裙子，模樣素淨：「傅總叫我來是有其他事嗎？」

傅愈敲敲桌面：「妳跟長晴怎麼回事？」

管櫻面色一僵，抬頭對上傅愈深邃的眸，竟然也不如以往那麼畏懼，反正傅愈一直是看在晏長晴份上才會提攜自己，如果傅愈現在要放棄自己，她也早做好心理準備了：「這件事，我不相信傅總心裡會不清楚。」

傅愈淡淡掃了她一眼：「妳說的是長晴和宋楚頤結婚的事？」

「看來傅總早就知道了。」管櫻臉色難看：「不過我看傅總剛才的樣子，好像也沒打算放棄吧。」

「妳說得對。」傅愈站起身來，淩人的氣勢帶著七分冰冷：「我和長晴從小認識，知道的時候，我很震驚，妳呢，難道妳不震驚？」

管櫻不語，只是嘴角彌漫出譏諷。

何止震驚啊，簡直感受到深深的背叛、打擊，好像被人背後捅了一刀。

她的好朋友背地裡搶走了她喜歡的人，但哪怕這樣，傅愈還是對晏長晴戀戀不忘，為什麼她就沒有這樣的好運呢？

她用力的握緊身後的拳頭，除了不甘還有瘋狂的嫉妒。

傅愈將她所有的眼神全部收入眼底，笑了笑：「妳不覺得現在是我們合作的時候嗎？」

管櫻輕扯了下唇角：「傅總這樣高高在上的人物，又怎麼會稀罕跟我這種小角色合作，還是傅總感覺到了難處？」

被人戳破的感覺並不好，傅愈蹙了蹙眉，不過確實，他得承認，他輸給宋楚頤。

他甚至不知道宋楚頤用什麼法子，突然之間讓晏長晴的心往他那邊靠，不願再給自己一絲機會，現在唯一的辦法就是讓晏長晴死心。

「難道妳不想搶回來嗎？」

「你們男人都喜歡晏長晴這樣的女人，我搶的過嗎？」管櫻冷笑。

「妳當然搶的過。」傅愈溫涼的說：「任何的婚姻都是有縫隙的，妳可別忘了，妳是宋楚頤的前女友。管櫻，我們好好合作，妳想要的，公司全部都會給妳，我們現在可是一條繩上的螞蚱。」

管櫻垂眸。是啊，用得到她的時候，他們就是一條繩上的螞蚱，用不到的時候她就連狗都不如，長晴啊長晴，為什麼身邊那麼多男人都會喜歡妳呢？

她可以不用吹灰之力便能得到一切，而自己卻得像螻蟻一樣，拚了命的拋去自尊去爭取。

回電視臺後，晏長晴事不多，四點多忙完，晏長晴就收拾東西準備回家。

她還記得，昨晚他承諾過要請她吃晚飯，究竟是什麼樣的晚飯呢，燭光晚餐？好期待啊。鄭妍邀她去逛街，晏長晴也拒絕了。

「妳又不出去應酬，回去那麼早幹嘛呢？」鄭妍神神祕祕的追問：「不會是有男朋友了吧？」

晏長晴笑而不答，弄得鄭妍越發好奇，在猛烈的追問攻勢之下，最後晏長晴承認有男朋友了，不過沒說是誰。

回家後，她看了一會兒電視，六點多，宋楚頤才說下班到門口了，晏長晴特意換了條碎花小裙，樂呵呵的跑出去，上車的時候，宋楚頤多看了她兩眼，晏長晴很滿意。

四十多分鐘後，他的車停在年代久遠的弄堂裡，一家看起來不起眼的法式風情西餐廳樓下，這家餐廳晏長晴沒來過，進去的人似乎還要提前好幾天預約，晚上的環境微暗，暖黃的燈光打在餐桌上，再搭配周圍木質的餐桌和紅色絲絨沙發，倒也浪漫又具有情調。

一名外籍男子微笑的走上來，卻說著一口流利的中文：「宋醫生，這位是您太太嗎？真漂亮。」

「謝謝。」宋楚頤介紹：「這位是餐廳的主廚沃爾森，他不但精通法國料理，對日式、韓式、義式料理都非常在行。」

「我唯一不會的就是中國料理。」沃爾森笑說。

「你是我見過中文說的最流利的外國人。」晏長晴敬佩的說。

「謝謝。」沃爾森哈哈一笑，帶他們去三樓鋪著草坪，露天的玻璃花房包廂，裡面搭配著絲絨沙發，布置溫馨，周圍花花草草，該掩映的全掩映住了，頭頂還能賞到月亮。

晏長晴對這裡的環境滿意極了，菜色也齊全，她點了一份牛肉和帝王蟹、生魚片等不少美食。

沃爾森離開後，晏長晴喜滋滋的站起來聞了聞一旁的繡球花，然後竄到宋楚頤坐的絲絨沙發上，嬌滴滴的親了下他下巴：「楚楚，謝謝你。」

宋楚頤低頭看著面前一張面若桃腮的小臉蛋，眸色動了動問：「謝我什麼？」

「除了同事、朋友外，我第一次跟自己的另一半來這種地方約會呢。」晏長晴小腦袋往他胸膛裡靠，以前她是常跟朋友去浪漫的地方，可那都是朋友的男朋友請客，或者來當個電燈泡，又或者是幾個好朋友、同事找個隱私、環境不錯的地方聚聚，對於沒有談過戀愛的她來說真的是第一次。

宋楚頤怔愣了幾秒後，手搭上她肩膀，輕輕攬了攬。

晏長晴像得到了鼓勵，更加肆無忌憚在他懷裡輕蹭。

有老公就是好啊，以後再也不用羨慕別人了。

宋楚頤低頭看著懷裡一臉滿足的小女人，眼神裡閃過一絲複雜的笑意，或許他之前忙於工作確實對她不夠好，以至於出來吃一頓西餐，都讓她如此雀躍和期待。

「不過……」晏長晴忽然又抬頭，桃花眼一閃一閃的像星星，閃爍著不掩飾的期待：「你覺不覺得，在這樣的環境下，如果能收到一束鮮花會更美好呢？」

宋楚頤毫不客氣的戳穿她：「這是在暗示，讓我送鮮花嗎？」

晏長晴嘟嘴，也不大好意思：「既然知道是暗示，又何必戳穿呢？」

宋楚頤似笑非笑，真是敗給她的臉皮了：「送花，看心情吧。」

「小氣。」晏長晴哼了哼，第一次向一個男人索花，卻被拒絕了，很沒面子的從他懷裡出來，又回到自己沙發上不理他，低頭拿手機打遊戲。

不過等菜上來，她就完全忘了。

因為美食實在太多，整個晚上，晏長晴都覺得自己處在食物鏈的頂端。作為一個吃貨，人生從來沒有這麼美好，連生魚片吃在嘴裡蘸了一丁點芥末，雖然嗆，但美味的入口即化，但因為東西太多，晏長晴再能吃，也沒吃完。

她可憐兮兮的看著那些東西還想繼續吃，完全不想浪費，直到宋楚頤實在看不下去，安慰她：「別吃了，下次再帶妳來吃。」

「下次是什麼時候，人家過幾天就要去香港拍戲了，得去一個星期。」晏長晴可憐兮兮的望著他，嘴唇還吃的紅嘟嘟的。

「這麼突然，那等妳從香港回來。」宋楚頤無奈的說：「先休息一會兒，等一下還有起司塔。」

「你怎麼不早說，我現在好漲！」晏長晴又從她那邊沙發上賴過來，揉著鼓鼓的小肚子：「你幫我揉揉，會消化的快點。」她拿著他大掌放肚子上，之前平坦的小腹，現在鼓鼓的，像個小氣球一樣。

宋楚頤看著她孩子氣的模樣，感到好笑。

用完餐，宋楚頤買完單準備離開，一名服務人員捧著一束包裝精緻的新鮮粉玫瑰走過來遞給她：「晏小姐，送您的。」

「哇，你們餐廳好好，吃飯還送鮮花！」晏長晴高興捧過，雖然楚楚沒送，但有鮮花總是好的，而且這粉色玫瑰真的好美啊！

宋楚頤淡淡看了她一眼，智商堪憂啊。

上車後，晏長晴捧著鮮花愛不釋手，還偷偷瞄了宋楚頤：「要指望收到你的鮮花那是不可能的了，我啊，也只能收收這種餐廳裡送的花了。」

宋楚頤低低的嘆了口氣，認真望著前面開車。

晏長晴見他不搭理自己，只當他心虛，做了個鬼臉，再打量鮮花時突然發現花裡有張卡片，肯定是餐廳裡一些歡迎再次光臨的話，不過出於無聊，她還是打開來看看，上面只寫了一個字「宋」。

晏長晴呆了呆，這個「宋」指的是宋楚頤來著？

她眨巴著桃花眼轉頭動腦袋問身邊的男人：「花該不會是你送的吧？」

駕駛座上的窗戶打開，宋楚頤一頭烏黑的短髮吹得慵懶迷人：「妳覺得哪家餐廳吃飯，會送這麼好的鮮花呢？」

「我以為……這個老闆是我的粉絲呢。」晏長晴被這個突然出來的消息衝的大腦嗡嗡的，聞著粉玫瑰的香味，感覺像在做夢：「你什麼時候讓人買的，我一點都不知道。」

「去洗手間的時候。」他一隻手搭窗戶上，側顏精緻。

晏長晴澈底為這張側顏傾倒了，她的老公，怎麼可以這麼的浪漫呢，明明她之前主動提出來，他說看心情，別提當時她有多失落了，可是失落過後的驚喜卻更加打動人心。

「楚楚，你真好。」晏長晴按捺不住歡喜，撲過去朝他臉頰親了一下。

「喂喂喂，我正在開車！」宋楚頤被她突如其來的舉動嚇了跳，趕緊用力抓緊方向盤。

過了幾秒後，車子平穩了，看到坐在副駕駛座上，笑的像朵桃花一樣的女人心頓時暖了。

不過就一束鮮花至於高興成這樣嗎？看來他的老婆太容易滿足了。

轉眼到了週一，是晏長晴前往香港拍戲的日子，一大早的飛機，她興致不高。

文桐早上來接她時，沒看到宋楚頤，倒是看到晏長晴旁邊跟著一個身材魁梧的黑衣墨鏡男人，手裡提著晏長晴的行李箱，而晏長晴戴著墨鏡，手提包、腳踩高跟鞋，一副千金大小姐出遊的畫面。

「宋楚頤沒來送妳啊？」文桐問。

「一大早就去上班了。」提到這個，晏長晴就不大滿意。

她都要去香港了，早上也只是抱了下自己，就急著去醫院上班。

不過讓她稍微欣慰的是，宋楚頤給她安排了一個保鏢，據說叫燕墨倫，身手很了得。

上飛機，正好碰到池以凝和她同一個機艙。

池以凝看到她旁邊跟著魁梧的保鏢，忍不住譏諷道：「喲，這是上次被化妝粉弄怕了，這次出門都請保鏢啦，不過一個會不會太少啦，應該多請幾個，明槍易躲，暗箭難防啊。」

「本來是想多請點，不過我這人低調啊。」晏長晴反唇相譏：「不像某些人，想請保鏢也沒那個必要吧，不過就是在那裡拍一天就能回家了，哎呀，我還真是羨慕妳，這麼快就能回去了。」

「妳……」池以凝氣得還沒說完，燕墨倫突然提著東西經過，她身材嬌小，一下就被撞到一邊，她氣憤：「喂，你怎麼走路的！」

「我走路需要妳來管嗎？」燕墨倫面無表情的回頭，他足足有兩百公分高，身材魁梧的完全不像中國人，肌肉健碩，讓人想到了美國動作片裡的主角。

微長的頭髮略微凌亂，皮膚黝黑，眼神鋒利，臉頰上還有道刀疤，粗獷的每一寸輪廓都散發著危險的氣息。

池以凝雙腿抖了抖，在他面前，下意識的感到一陣害怕，也不知道晏長晴從哪找來這麼窮凶極惡的男人。連她的經紀人也感覺到，兩人再多說一句話，這個男人絕對會掐死兩人。

「以凝，先坐吧。」經紀人拉了拉她，池以凝趁機找了個臺階下，落座後，餘光瞟了一眼再次經過的保鏢，心有餘悸。

晏長晴見狀偷笑，對文桐說：「妳有港幣嗎？幫我換幾張吧，免得到那邊不方便。」

文桐從錢包裡取了幾張給她，晏長晴接過，從手提包裡拿出自己錢包時疑惑了下：「我錢包什麼時候這麼鼓了？」

她打開，一疊厚厚的港幣在裡面，有各種面值的鈔票，一千、五百、一百、五十，旁邊還插了一張她從來沒有見過的新卡，晏長晴完全傻眼。

「哇靠，妳有這麼多港幣還要我換。」文桐沒好氣，又把自己港幣給抽回來。

「我真的不知道啊。」晏長晴完全迷茫：「我怎麼會有這麼多港幣，我平時錢包都扁扁的。」

文桐琢磨的看了她兩眼：「是不是宋楚頤給妳的啊？」

晏長晴眨眨眼，貌似除了宋楚楚還真沒別人，以前晏磊還會管管，提醒她一些事，可這次出去，晏磊還真的沒過問過她，甚至要走的時候電話都沒有，看樣子真的是宋楚楚啊，之前她的行李都是他最後幫忙塞進去的。

哎呀，完啦完啦，她一顆小心臟恨不得要蹦出來，現在去香港的心情都沒了，好想從飛機上蹦下去找宋楚楚，然後親親他、抱抱他。

高冷的宋楚楚怎麼這麼好呢，給就給嘛，直接給她就是了，還給她驚喜，他不知道嗎，驚喜才是最能俘獲女人芳心的，尤其是她這個完全沒有戀愛經驗的女人。

晏長晴拿著卡狠狠親了親，不知道這卡裡有多少錢呢。

飛機落地後，晏長晴第一時間打電話給宋楚頤：「楚楚，我錢包裡的港幣和卡是不是你放的？」

「嗯，卡裡有五十萬，密碼是妳生日。」宋楚頤早料到她會打過來，淡淡道：「如果十五天還不夠花，妳自己墊。」

「我每天都是拍戲，哪用得了這麼多。」晏長晴嘴上謙虛，內心雀躍的差點要跳起來。

五十萬這麼多，夠她在香港瘋狂 shopping 了。以前每次來香港雖然也是 shopping，但晏磊最多也就給她二十萬，剩下的用她自己的，用自己的不是特別捨得，這次用老公的，可以一點都不用省啦！

掛斷電話，晏長晴有些話電話裡不好意思講，還是傳訊息貼了好幾個萌萌的貼圖，外加一句：

『楚楚，你是全世界最大方的老公。』

醫院裡，宋楚頤看著手機笑了笑。

這個女人，還真是容易滿足啊。五十萬，在香港那種高消費的地方並不算多，只是他不能給她不透支的卡，不然還真是有多少就能被她花多少。

第二十五章　香港之行

中午，晏長晴帶著保鏢燕墨倫進入劇組，燕墨倫偉岸的身高，力壓劇組裡其他演員帶來的保鏢，有了他的保護，晏長晴在劇組裡如魚得水，連趙姝也不敢惹她。

平時拍完戲沒事後，嚐嚐香港美食，拿著宋楚頤的卡這裡刷刷、那裡買買，日子過的有滋有味，不知不覺人也胖了幾公斤。

這天早上，晏長晴在酒店餐廳裡邊吃早餐邊看劇本，傅愈出現的時候，她根本沒察覺，還是文桐咳嗽了好幾聲。

「長晴……」越走越近的傅愈看到那抹熟悉的身影，下意識的加快腳步，還沒到她面前，一隻古銅色的手臂擋在他面前。

「你做什麼？」傅愈順著那隻手看到一張頹唐又冷漠的臉，一猜便是晏長晴的保鏢。

「不好意思，你要跟她說話必須離她保持一公尺的距離。」燕墨倫語氣沒有一絲溫度和情面。

傅愈眼底綻放出火氣，眼看氣氛一觸即發，晏長晴忙站起來勸道：「他是上緯的老闆，也是我一個鄰居哥哥，讓他過來沒關係。」

「不好意思，妳並不是我的雇主，我只聽從付我錢人的命令。」燕墨倫看也不看她，晏長晴一瞬間尷尬的臉都漲的通紅，懊惱極了，怎麼會有這麼蠻不講理的保鏢。

「你給我讓開，我不管是誰叫你來的，她有人身自由權，你這是監視，你懂不懂！」傅愈立即猜到是宋楚頤雇傭的，他火冒三丈，好不容易把她人給弄來這邊，結果宋楚頤竟然給他來這齣。

「我又不是沒讓你說話。」燕墨倫冷笑：「如果是一個紳士，保持一公尺的距離說話有問題嗎？你們又不是耳朵聾，何況超過半公尺以上的距離說話，很容易噴口水到人家臉上，就像現在，你已經噴了幾次口水到我臉上了。」

傅愈氣得臉紅，他根本就沒有噴口水，簡直血口噴人。

「還是你想保持跟她近到不能再近的距離。」燕墨倫忽然冷笑：「是多少呢，零點幾公分，還是最好沒有任何距離，這樣真的好嗎？人家畢竟是有夫之婦。」

「好啦，別再說了。」晏長晴聽著都尷尬，更別提傅愈：「傅愈哥他就像我親哥一樣，燕墨倫，你幫我再去樓下買一份腸粉。」

「不好意思，我是保鏢，不是跑腿的，妳可以讓助理去。」燕墨倫再次說的晏長晴啞口無言：「我答應過某人，除了妳睡覺的時候，時時刻刻保護妳。」

晏長晴嘴角抽搐，她大概明白了，宋楚頤替自己安排這個保鏢，一是保護自己，二也是監視自己。

她氣餒認命：「傅愈哥，我們就這樣交談吧，對了，你來香港探劇組嗎？」

「是啊。」傅愈看了一眼杵在一邊的燕墨倫，差點想揍人，這讓他根本沒法好好交談，連一些私底下想說的話都不能說：「等一下我們一起去劇組吧。」

「……呃，好啊。」晏長晴看了下燕墨倫臉色，點頭。

上車後，傅愈才想起去片場坐的是大巴士，晏長晴坐最後面，他被燕墨倫擋著離她很遠，話都不能好好說。

在片場，因為燕墨倫在，也不能和她單獨說些什麼，有時候看她看久了，燕墨倫便擋在她前面。以至於晚上傅愈坐上返回北城飛機時，臉像打了寒霜一樣。

倒是長晴，一回酒店套房就打電話給宋楚頤，氣惱的說：「你是不是故意安排燕墨倫來監視我？」

「妳覺得我監視妳？」宋楚頤呵呵的道：「那行啊，我就讓他回來，正好省了雇傭費，不過妳在那邊是死是活，我就懶得管了。」

「哎哎哎，別啊！」晏長晴一聽就急了，她最近在劇組因為燕墨倫跟著可威風了，燕墨倫走了，就沒人防著趙姝、保護她了，而且有個人跟著自己，對她來說也不算什麼，有時候逛街逛累，還有人幫提東西，比起弊端，好處還是多一些的：「這個……我仔細斟酌了一下，其實也不算監視，反正我又沒做什麼壞事。」

宋楚頤扯扯薄唇：「我還以為妳嫌棄墨倫妨礙妳跟傅愈零距離的接觸。」

晏長晴頭皮發麻，沒想到這個燕墨倫彙報的這麼快啊，忙說：「沒有的事，我純粹是因為他從小照顧我，在那樣的情況下，給他幾分面子而已。」

宋楚頤似笑非笑：「是嗎？」

「不相信我就算了。」晏長晴氣鼓鼓的說完就掛了。

掛完後就後悔了，她還沒有好好的跟他聊一聊呢，夫妻倆的，夜深人靜的時候，不是應該說點柔情蜜意的話題嗎？為什麼完全沒有發生在她跟他身上。

晏長晴死死盯著手機，希望他再打過來，可是等到要睡得時候，也沒有再響起。

「還不睡啊，明天又要拍早戲。」文桐打著哈欠過來提醒。

晏長晴沮喪的垂下腦袋瓜子。

文桐推推她：「幹嘛呢？」

「文桐，妳來香港出差，妳男朋友有沒有天天給妳煲電話粥，說甜言蜜語啊？」晏長晴抬頭問。

「我每天忙得要死，哪有時間天天煲電話粥，無非就是傳個訊息、聊個微信，傳幾張照片給他過過癮之類的。」文桐說完後看到她垮下來的小臉，語氣不由自主的拉低：「妳跟宋醫生又出問題了？」

晏長晴搖搖頭：「我只是有點羨慕妳啊，我跟宋楚頤一天只會傳三、四則訊息，更別說微信了，打電話說甜言蜜語更是微乎其微，我以前也沒談過戀愛，不過總覺得這不是戀愛中該有的狀態吧。文桐，妳說他是不是其實根本就不喜歡我？」第一次，意識到這個問題，晏長晴胸口突然疼的擰了擰。

雖然有時候宋楚頤會說幾句甜到她心坎裡的話，但他從來沒有說過愛，更沒有說過喜歡。

文桐聽了沉默一陣說：「每個男人相處、談戀愛的感覺都不一樣，可能宋醫生比較高冷，不喜歡說甜言蜜語吧。其實有時候甜言蜜語也只會讓人聽著舒服，就像我這次來香港，我男朋友沒有給我一分錢啊，只會口頭上讓我注意注意，想我之類的，可也從來沒看過我，更別說宋醫生一次給妳五十萬，還給妳請保鏢，有些事妳還沒想到那個份上，他全幫妳解決了，妳只要每天過的開開心心就可以，我們都想找一個有錢又捨得為女人花錢，同時懂得各種浪漫甜言蜜語又帥的男人，但這樣的男人少之又少，相比起來，我可能會更欣賞宋醫生這種。」晏長晴被她這麼一說，頓時也明白了幾分。

「也許宋楚頤太過有事業心了。」文桐莫名傷感的嘆了口氣：「而我男朋友是太沒有事業心了，也許將來我跟他結婚，我還是得靠自己努力掙錢，長晴，別想太多了，妳已經夠幸福了，不要忘了妳們是商業聯姻，能這個樣子已經很不錯了，我見過很多商業聯姻的，都是貌合神離，男人背地裡在外面養小老婆，女人強顏歡笑，假裝自己過得幸福。」

晏長晴愣住，一時默默無言。

是啊，她都快忘了，他們是商業聯姻，其實愛不愛、喜不喜歡在他們的婚姻中沒有那麼重要，可能是她最近過得太幸福，宋楚楚給她越多，她就想擁有的越多。人，有時候傻點、簡單點，可能會過得輕鬆點。

在香港待了一星期，晏長晴坐飛機返回北城，在貴賓室等待時，旁邊一個女人拿了本雜誌在看，不巧，上面竟然有一張宋楚頤抱著管櫻上車的圖片。

「不好意思，可以借我看一眼嗎？」晏長晴委婉的問。

「當然可以。」女人把雜誌遞給她。

晏長晴只看了那篇報導後就還回去，她真的沒有想到，管櫻已經知道自己和宋楚頤結婚了，還會在醫院裡和宋楚頤呈現親暱的一幕，現在是什麼狀況呢？

晏長晴搞不懂，但不能否認，之前回北城的心情是雀躍的，現在彷彿經歷沉重一擊，有些乏味，尤其是當飛機落地北城機場，接到宋楚頤說不會來接她的電話時，晏長晴的失望跌入了谷底，但也來不及多難受，便風塵僕僕的趕赴電視臺錄製節目。

晚上七點多，演播廳裡，觀眾們陸陸續續的入場。

晏長晴坐在化妝室裡剛化好妝，梅崇突然過來問：「弄好了嗎？」

晏長晴點點頭：「有事嗎？」

「跟我過來。」

梅崇朝她招招手，晏長晴跟著她走出化妝間，往休息室那邊走。

梅崇推開貴賓休息室，指指裡面，笑的曖昧：「有人等妳。」

晏長晴走到門口，看到宋楚頤坐在沙發上，手裡端著一杯氤氳的茶，翹著雙腿，穿著白襯衫，在燈下一副優雅清貴的模樣。

晏長晴定定的看著他，喃喃的開口：「你怎麼來啦？」感覺像在做夢，他竟然會出現在這裡。

「呵呵，宋先生親自致電給臺長，問今晚的節目還有沒有座位，我給他安排了最好的位置，在第一排，離開場時間還有十五分鐘，你們可以聊十分鐘左右，我就不打擾你們了。」梅崇非常識相的把門關上。

休息室裡的電視機也沒開，裡面安安靜靜。

晏長晴低頭把目光轉向自己的腳尖，今天早上準備回來的時候心情很興奮，可是在香港機場看到那份雜誌，再加上他沒有來接自己，便覺得委屈，也會開始胡思亂想。雖然文桐說商業聯姻她已經得到的夠多了，可是，還是會奢望要的更多，甚至會害怕管櫻會搶走他，她眼睛忽然一酸。

「過來。」宋楚頤朝她招招手，嗓音低沉。

晏長晴站著不動，宋楚頤注視了她一會兒，邁開長腿，走到她身邊，手輕輕的摟住她腰，晏長晴突然不高興了，腰肢象徵性的扭動了兩下，然後被他抱入懷裡，分別一星期，再次聞到這懷抱的味道，竟是滿滿的想念。

宋楚頤低頭，摸了摸她秀髮說：「白天真的很忙，院裡一大堆事情，一轉身可能就是生死攸關的大事，知不知道？」

「嗯。」晏長晴默默的點頭，知道他在解釋。她不是那麼無理取鬧的人，其實，他今晚能來看她節目，她就已經不計較他不來接自己了。

宋楚頤忽然促狹的開口：「哭了，這麼想我？」

不提還好，一提晏長晴就來氣，懊惱的推開他，狠狠的瞪去：「你又沒想我，我幹嘛想你！」

「妳怎麼知道我沒有想妳？」宋楚頤漆黑的眸深邃的讓人不敢對視。

「反正你……和管櫻……」她嘟嘴，吞吞吐吐。

「妳說那本雜誌啊。」宋楚頤看著她半晌，突兀的笑了：「捕風捉影罷了，前兩天管櫻來醫院看骨頭恢復的情況，結果被一群記者包圍住扭傷腳，不過我看，她是故意扭傷的。」

晏長晴愣了愣：「故意？」

「為了讓我關注她吧。」宋楚頤嘴角勾起一抹譏諷：「不過我還是順便送她回家，也說清楚了。放心吧，她以後不會來糾纏我了，更何況她喜歡的根本不是我，只是我的家世。」

晏長晴試探性的問：「如果……她喜歡的其實是你的人呢？」

宋楚頤面色不變，淡淡道：「長晴，很多喜歡是建立在物質上的，大部分的人可能都沒意識到這點，就像一個有錢又多金的男人，即使長的不帥，女人跟他接觸久了也會逐漸被吸引，男人買單的時候、男人為一個女人捨得花錢的時候，或者他充分給足女人的面子的時候，這些都是可以為一個男人添加魅力的，就像現在很多漂亮的女人嫁的男人其實很多不帥，但她們依然喜歡，並不是她們不在意容貌，只是男人的能力和財富、金錢讓她們覺得很有魅力。」

晏長晴愣了愣，他這麼說好像也有幾分道理，她真沒想到，宋楚頤能把感情的事分析的這麼透澈。

「假如我不是宋家的人，我沒有這樣的家庭背景，就算我對管櫻再好，她還是會離開我。」宋楚頤盯著她雙眼：「妳明白了嗎？」

「嗯。」晏長晴點頭，忽然疑惑，他內心是不是也這樣想自己的：「其實我……」

「咚咚。」外面忽然響起敲門聲，文桐聲音傳進來：「長晴，該過去準備開場舞蹈了。」

「去吧，我在前面看著妳。」宋楚頤摸摸她腦袋：「太差的話，說不定我會中途離場。」

「你敢。」晏長晴小拳頭在他胸口搥兩下，那兩片被口紅抹嬌滴滴的嘴角又氣鼓鼓的嘟起來。

宋楚頤低頭吻了吻她臉頰，然後皺眉，擦擦自己嘴角：「一股子的粉味，妳塗油漆嗎？」

「上臺都要化妝的好不好。」晏長晴尷尬死了：「我沒怪你親花我的妝，我可能又要去補一下。」

她說著故意裝作氣呼呼的出去了，走到演播廳後臺，她打開化妝鏡看了看自己的臉。粉質倒還鋪的均勻，正好，在幫人補妝的化妝師從她面前走過，晏長晴埋怨：「你啊，以後能不能幫我少打點粉啊，我皮膚又不是不好。」

「本來就只幫妳上了薄薄的一層，妳還想怎麼樣。」化妝師和她很熟，不屑的朝她翻了個白眼。

晏長晴被堵得啞口無言。好吧，可能粉底液哪怕再輕薄，男人親起來都會不喜歡吧，不過哪有塗油漆那麼誇張啊，討厭的宋楚楚。她心裡埋怨著。

節目開始時，看到坐在最前面的宋楚頤，她傻眼了。

宋楚楚手裡拿的是什麼啊？螢光棒啊，拿著螢光棒的宋楚楚好粉紅、好可愛啊！

心裡小小的花癡過後，對上那雙深邃又清冷的眸子，晏長晴緊張的心裡七上八下，她一定要表現好點，給宋楚頤留下一個驚豔又優秀的主持人印象，再也不小瞧自己了。

全程，她的表現像打了興奮劑一樣，經常和她一起主持的左騫很快察覺到她的異樣，他注意到她今晚臉紅的次數特別多，表演舞蹈的時候動作也略微僵硬，目光還經常會往某個地方瞟。

他跟著望了幾次，看到坐在第一排的修長身影，雖然坐在最邊邊，那邊光線略暗，不是很明顯，但淡然的坐在那裡，五官完美的連他都有些自愧不如。

三個多小時的錄製，主持人和嘉賓鬧鬧騰騰接近尾聲，今天的嘉賓也是常來《挑戰到底》的熟人熊智凱、吳甜，一錄完就嚷著要一起去吃北城消夜。

晏長晴盛情難卻，但又實在是累了，正為難時，宋楚頤突然一隻手抄著口袋，長腿筆直的從下面走上來，面容清冷的望著她說：「走吧。」

晏長晴呆了呆，其他人也呆了呆，演播廳的工作人員、主持人、嘉賓都看著這個突然出現的男人。

修長的身形籠罩著一層高貴、乾淨的氣質，他站在當紅明星熊智凱面前，足足高出一截，而且熊智凱出色的容顏在他面前一比，莫名讓人覺得少了那麼幾分與生俱來的氣質。

周圍的保全也注視著他一動不動，從前錄製節目的時候也有很多觀眾不肯離場衝上來想合照，但很快就被保全人員拉走了，面對宋楚頤，周圍的保全動也沒動，在臺裡，他們見過太多有權有勢的人，有些人還是一眼就能看的出來，例如宋楚頤，一看就不是普通人。

吳甜率先回過神，曖昧的笑問：「長晴，這位是……」

晏長晴沒想到宋楚頤會明目張膽的上臺，這等於是讓臺裡的人都知道她有男人了啊！不過對她來說也沒什麼不好，相反，還有點小得意，這麼帥的老公不是人人都能找到啊。

「他是我……」晏長晴支支吾吾，沒想好說男朋友還是老公，只是漲紅臉，別人都以為她害羞。

這時宋楚頤突然輕輕挽住她腰，輕聲說：「不好意思，她之前一直在香港拍戲，一星期沒回來，今天晚上得好好陪陪我才行，今晚你們臺裡的活動，她就不參加了。」

「噢～」吳甜擠眉弄眼的拉長聲音：「理解理解，你們這也是小別重逢，肯定想過二人世界，我們就不打攪了，但是下次，下次可得一起吃飯啊。」

「這沒有問題……」宋楚頤微笑的話音一落。

梅崇正好笑容滿面的走過來：「宋少爺，這就要走嗎？不多玩一會兒。」

「沒什麼好玩的。」宋楚頤淡淡說。

眾人見他對梅導都這麼冷淡不客氣，而梅導竟然還沒生氣，依然堆著笑說要送宋楚頤親自下去，看在眼裡，頓時看晏長晴的眼色都不一樣了，大家都知道梅崇是出了名的勢利眼，能讓他客氣、討好的不是一般人啊。

停車場裡，宋楚頤筆直的朝自己的車走，走到一半，長期拽住他：「等等，我車上有很多東西，在香港買的，給你爸、奶奶他們買了伴手禮。」

「那今晚回宋家睡吧，順便把禮物給他們。」宋楚頤把禮物都搬到自己車上。

上車後，晏長晴也塞了一個嶄新的深藍色錢包到他手裡：「送你的。」

宋楚頤打開一看，左邊的錢夾裡放了一張相片，相片裡的女人模樣很熟悉，漂亮的鵝蛋臉微微低著下巴，顯得眼睛大而魅惑，水潤的唇微抿著，四十五度的手機標準自拍姿勢，顯得下巴尖尖的。

『做作。』宋楚頤腦子冒出這個詞，啼笑皆非，抬頭對旁邊的晏長晴說：「太假了，不像妳。」

剛坐上來的晏長晴差點抓狂，可惡，她特意選了一張最美的洗出來，他竟然說不像她，她用鼻子用力哼了哼：「反正不許你拿掉，人家拍了很久。」

宋楚頤看著她生氣的模樣，笑了笑，把錢包收好：「我回去再換。」

「這還差不多。」晏長晴滿意的勾起水潤的小嘴。

兩人回到宋家別墅，宋楚頤停好車，晏長晴先下來找出幾樣提在手裡：「我要自己拿著給你家人，這樣才能哄得你爸爸和奶奶更高興。」

宋楚頤看著她的身影暗暗好笑，說她笨吧，討好宋懷生和奶奶倒是挺有方法的，小馬屁精。

他跟上去，宋家人還沒睡，晏長晴進門就開始甜甜的叫爸爸、奶奶，還送上禮物，她挑的禮物深得宋懷生和奶奶的喜歡，就連戴媛也沒忘記。

上次宋懷生送了一隻昂貴的手錶給自己，晏長晴也感覺到戴媛不高興，這次便挑了一支伯爵的女士手錶，這款手錶也是剛上的新款，精緻又典雅，也是晏長晴挑了很久才選中的，她眼光一向不錯，戴媛也不過三十出頭，收到的時候也很喜歡。

「長晴，真是謝謝妳了。」她拉著她手，親切的說。

戴媛不傻，雖然上次有些不高興，但為自己肚子裡的孩子，她很樂意接下晏長晴拋出的橄欖枝。

晏長晴靦腆的笑著，宋懷生滿意的點頭，他最怕的就是這個兒媳婦像兩個兒子一樣，與戴嫒不和。

宋楚朗一臉冷漠，冷眼掃了宋楚頤，宋楚頤心裡也有幾分詫異，他猜到晏長晴也會給戴嫒帶禮物，但沒料到會是一支價格不菲的手錶，不過她給奶奶、爸爸買的東西也不便宜，看來自己的這五十萬，用在她自己身上的不多。

他也納悶，她幾時懂這麼多人情世故，還懂得利用一支手錶和戴嫒冰釋前嫌，禮物也不得罪人，真是奇了怪了。

這時，一直沉默在邊上沉默的宋楚朗突然開口：「對了，我沒有禮物嗎？」

晏長晴回頭看到宋楚朗眼底的薄涼時，瞬間就明白了，這個人故意在刁難自己，她壓根就沒有準備他的禮物。

一當然是她小氣，畢竟宋家的禮物一個都是上十萬啊，再給他買一個，自己肯定沒多少錢了，二她以為就算自己送他禮物，他肯定也會冷冷拒絕，所以乾脆不送。

晏長晴眨眨眼，畢竟是演員出身的，忙裝作望望身邊的東西後，一拍後腦勺：「大哥，你的禮物我放車裡了，可能剛才我叫楚楚拿的時候沒拿到。」

宋楚頤看著她臉上跟真的一樣的表情，自己恍惚的回想一下，明明下車的時候，他還向她確認，她一口肯定說就是這些，現在又是什麼情況。

他睇眸，晏長晴還怨怪的看了他一眼，只是兩人挨得近，也只有他才看到她眼睛的狡黠。

「你把鑰匙給我，我去拿禮物。」晏長晴說。

宋楚頤把鑰匙給她，晏長晴走出去，宋懷生點頭：「楚頤，晏長晴這媳婦，我越看越喜歡。」

宋楚頤淡淡笑笑。

不到兩分鐘，晏長晴拿了一條新領帶進來，這條領帶她是準備送給自己老爸的，幸好緊要關頭還有個東西應急。

宋楚朗接過看了看，往自己身上比了比，淡淡道：「這條領帶顏色好像比較沉重，更適合我爸這個年紀的人戴吧。」

「是嗎？那真的不好意思啊。」晏長晴無辜的說：「因為之前看大哥你穿的衣服，顏色都很深，我以為你喜歡深色的。」

宋懷生一聽，笑起來：「楚朗，我之前就說過，別一天到晚穿的那麼老氣，爸比你穿的還年輕。」

宋楚朗皮笑肉不笑的扯扯嘴角，這個晏長晴手段真是越來越厲害了啊。

「其實禮物好不好看，不重要，這都是晏長晴的一番心意。」戴嫒溫柔的笑說：「而且她大老遠從香港提回來，我倒覺得你這條領帶挺有氣質的。」

宋楚朗把領帶放回去：「妳說的沒錯，確實挺有氣質。」

晏長晴懸著的心這才鬆了口氣，她轉過身去，繼續和戴嫒、奶奶她們聊天，一直到奶奶哈欠連天才上樓回房。

臥室裡，聽到宋楚頤把房門關上後，晏長晴立即把疲倦的身子扔到大床上。

「妳倒是越來越會討好我家的人了，連戴嬡也不放過。」宋楚頤忽然淡淡說。

晏長晴揚起腦袋，看到他目光如炬，怕他生氣自己討好他後媽，趕緊坐起來老老實實的說：「其實是我去香港前我爸交代我的，我爸知道上次收了你爸的手錶，怕戴嬡不高興。我能明白你不喜歡戴嬡的心情，但是你哥已經很不喜歡我了，我不希望戴嬡也不喜歡我，這樣我會在你們家很難立足，時間長了，說不定戴嬡天天在你爸面前吹枕邊風，你爸也會開始反感我，到時候為難的肯定是你。」

說到這，晏長晴委屈的噘嘴：「其實我以前都不用想這些事的，我雖然是單親家庭，但我們一家人都很好，可能你們家家業大，人也多一些，我也只能開始想這些事，你別看我笑嘻嘻的，進來的時候我還是很緊張的，害怕說錯話。」

宋楚頤目光軟了軟：「妳沒有說錯話。」

「你是不是不高興我跟戴嬡走的太近？」晏長晴試探性的小聲說：「你不喜歡，我就少跟她接觸說話。」

晏長晴覺得比起得罪一個戴嬡，她更不能得罪宋楚楚，宋楚楚現在才是她的靠山，是她的衣食父母啊，反正日子是兩個人過的，非要選其一，她當然會站到跟自己過日子的人身邊。

宋楚頤深深的注視了她一會兒，他之前總以為她做事稀裡糊塗，經過這次，才讓他意識到，她小事糊塗，大事倒並不糊塗，但他怕的就是女人的精打細算，就像管櫻。

他自己也算是看人非常准的，但偏偏管櫻讓他看走眼了，可能是她的演技太高超，其實晏長晴有時候的演技也不差，只是大部分她用演技的時候，在他眼裡還是挺可愛的。

「也沒有。」宋楚頤淡淡說：「不遠不近是最好的關係，妳要明白，在這個家，妳跟任何一個人關係走的太近，另一方都會有想法。」

晏長晴愣了愣，不遠不近真的很難把握啊。

「你說的是你哥嗎？」晏長晴撇嘴：「我覺得不管我跟戴嫒走的近還是遠，他好像都很討厭我，反正我是不會去討好他。」

「妳以後儘量避免不要接近他就可以了。」宋楚頤嘆氣：「妳今天那件禮物，其實並不是送給我哥的吧？」

「是買給我爸的。」晏長晴面露淘氣，老老實實的回答：「我以為他那麼討厭我，就算送他禮物，他也會丟掉，誰知道他又跟我要。」

宋楚頤摸摸她腦袋：「我給妳五十萬，在我家人身上就花了近三十萬，妳自己買什麼？」

「我只買了幾套衣服、一些保養品，剩下的給我姐、爸，還有你都買了，剩下我自己吃吃喝喝，還倒貼了些呢。」晏長晴靈動的眼眸掃了他一眼：「放心，我是不會讓你給我補貼的，每次都花你的錢，我也挺不好意思。」

宋楚頤薄唇勾起一絲笑意：「有這覺悟是不錯的。」他說完，轉身去找遙控器開冷氣。

晏長晴看著他背影，有絲不高興，什麼覺悟是不錯，說的好像自己真會向他要補貼似的，拜託，她可是大部分的錢都花在他家人身上呢。

女人，有時候心情不好真的只是幾秒鐘的事，她默默的翻找衣服去浴室洗澡。

宋楚頤打開冷氣後，脫了上衣過去開門，門把一轉，發現鎖了。

他敲門：「開門。」

「我在洗澡。」嘩啦啦的水聲混著晏長晴聲音傳出來。

「開門，一起洗。」宋楚頤再敲了一下。

「不要。」

晏長晴看到他在門口站了一會兒走開，她站在花灑下站了一會兒，垂下眼睫。

第二十六章　老公摳門

晏長晴擦著頭髮出來，宋楚頤看了她一眼，自己去洗澡，洗完出來時，她一頭長頭髮還沒吹乾。

他坐上床，拿著一本醫科書籍看，過了二十多分鐘，晏長晴才慢吞吞爬上床，躺另一邊被窩裡睡覺。

他看了一眼她白嫩的臉頰，大約是剛擦完乳液，渾身上下散發著一股香噴噴的味道，他放下書，湊過去抱住她。

「不要……」晏長晴拿開他手，眼睛沒睜開。

他低頭往她臉上親，晏長晴別開臉，睜開雙眼：「說了不要就不要，我很累。」

「是嗎？剛才還挺好的。」宋楚頤深邃的眸緊盯著她。

晏長晴身體往被窩裡縮了縮，小聲說：「太熱了，不想你抱我。」

他蹙了蹙眉，眼神一言不發的盯著她，晏長晴被他盯得有些不安，乾脆側過身去背對著他。

宋楚頤坐起來，望著她後腦勺溫淡道：「妳要補貼，我給妳就是。」

晏長晴一僵，也坐了起來，看著他眼底的陰霾，她握緊了身上的被褥：「你以為我想要你的錢？」

她清澈的眸子流露出不可置信，宋楚頤抿了抿唇，除了這個他想不到別的，之前都好好的。

「你是不是覺得你們宋家很有錢，我在覬覦你們家的錢？」晏長晴氣憤，更多的是難受，她有時候是很傻，可是也很容易敏感，就像剛才進房的時候他就用一種奇怪又審視的眼神打量自己，弄得她好像做了什麼壞事一樣，她假裝什麼都沒有感覺到，然後和他解釋：「你是不是以為我送你們家人東西、巴結你後媽，我有其他目的？」

宋楚頤眉宇間閃過一絲陰鬱，其實他也說不上來，可能有時候會想到管櫻，而她，比管櫻更懂得討好自己的家人。

「宋楚頤，你真齷齪。」晏長晴說不清是失望多點，還是其他多點，很多事她可以忍，但關於自己的人格和自尊方面她永遠不會退讓：「沒錯，我們家是沒你們家有錢，我平時喜歡大手大腳，可我有錢沒錢的時候都一樣過的挺好，我拿你錢的時候挺高興，不是因為我喜歡錢，是因為，是我自己的老公給我錢，好像自己被寵著，以前除了我爸，沒有別的男人會對我這麼好，可能你們這些有錢人家的子弟，天生就怕別人覬覦你口袋裡的錢。」

是了，她早該料到這點的，就像管櫻，不管當初這兩個人怎麼相處的，宋楚頤在管櫻面前瞞著自己的身世，肯定也是怕管櫻看中宋家的家世，管櫻確實不對，但不能否認他們這些有錢人確實一直在提防著身邊的人。

「妳說完了沒有。」宋楚頤眉宇中的陰霾更甚。

晏長晴想了想說：「你要是捨不得錢，我把錢還給你就是。」

屋裡靜謐的能聽到窗外的蟬鳴聲。

宋楚頤背部靠著枕頭，白色的燈將他臉色暈染的更冷，一瞬間，晏長晴怕的想起來離開宋家算了。

「妳說的沒錯，剛才確實有那麼一刻，有那種想法。」宋楚頤終於清冷的開口：「不過也只有那麼一會兒，我很清楚妳並不是那種愛錢的人，看一個人，看她的成長環境就足夠了。你們家的成長環境很好，像我們家，我爸這種年紀的人，如果戴嫒不是看中他的錢會嫁給他嗎？戴嫒一直想生個兒子，不也是想有個兒子能在這個家裡有保障，將來能繼承宋家的一份家業。其實錢，我真的不是很看重，但錢，能看清楚很多人，不是嗎？」

「那我以後要注意點，也讓我家人注意點，免得你誤會，我們家是那種愛錢的人。」晏長晴知道他說的有道理，但還是難受，哪怕只有一秒鐘，他對自己也有過那些想法。

「妳別胡思亂想。」宋楚頤微微煩躁。

「……睡覺吧，我有些睏了。」晏長晴突然真的累了，這麼討論好像討論不出結果。

就像宋楚朗，第一次見到她的時候，也以為她要覬覦他們家的錢，可能商業聯姻，兩家人財富不是對等的時候，尤其是晏家要依附宋家的時候，就會出現這樣的局面吧。

晏磊這次讓她買禮物討好宋家的人，恐怕也有兩方面的意思，一是為了宋晏兩家的合作關係，二也是為了她在宋家的地位。

其實有時候人活的太清楚，沒什麼意思，所以大部分的時候，她寧可不去想，活的蠢一點。

誰也沒有想過，從香港回來的夜晚，兩人竟然是一人睡一邊。

晏長晴有時候很想哭，她強忍著，要是生活上磨磨嘴皮子、轉過頭撒撒嬌，哭一下是可以的，可面對金錢利益的事情時，總是讓人很無奈，她心裡也清楚，宋楚頤疼她、寵她，但未必愛她，就像這次香港，文桐經常和她男朋友甜言蜜語的煲電話。

他呢，也沒有說過想她，她可能沒有那麼大的魅力，能夠讓他愛上自己吧，不過她不怨怪，其實比起其他人，她真的幸福多了。

翌日早晨，晏長晴醒來的時候宋楚頤已經不在了。

走出房間，餐廳裡，正在吃早餐的戴嫒刀叉頓了頓，抬頭笑著開口：「楚頤和他爸在外面打球，餓了吧，快來吃早餐，今天的早餐比平常豐富。」

一旁廚房阿姨笑道：「都是太太讓我多做點的。」

「謝謝……」看到戴嫒熱情的笑臉，晏長晴有些尷尬，她開始只是抱著不要有嫌隙的想法，沒想到戴嫒對她的態度比往日好那麼多。

等她落座，戴嫒抬起右手，晏長晴看到自己送她的那支錶，愣了愣。

「昨天妳送我的錶真的很好看。」戴嫒笑著說。

「妳喜歡就好。」她硬著頭皮回答。

「妳知道嗎？其實我以為……妳應該不喜歡我。」戴嫒突然望著她笑說：「我比妳大不了幾歲，宋楚頤、宋楚朗一直都很討厭我，對我比較仇視，尤其是宋楚朗，不過我沒想到他對妳也仇視。」

晏長晴臉上只是掛著笑，繼續拿筷子夾蛋吃，也不發表意見，她沒打算和戴嬡成為親密無間的人。

「他們好像都以為是我破壞了他們家庭。」戴嬡卻像沒有察覺似的，繼續低聲說：「不過我覺得我們應該不會成為針鋒相對的敵人，因為在這個家裡，有一個看我們兩個都不順眼的人。」

晏長晴一愣，眉頭細細的擰了擰，低低道：「這個家的矛盾，我沒打算介入。」

「妳遲早會介入的。」戴嬡端著茶杯笑笑，意有所指。

晏長晴再次怔住，莫名背脊發涼，她已經不想聊下去，加快速度隨便吃了碗粥，抹著嘴角起身：「您慢吃，我還有點事得走了。」

「沒關係。」戴嬡溫柔的說：「我讓司機送妳，楚頤恐怕現在沒時間，這地方不方便叫車。」

晏長晴沒有拒絕，從樓上取了行李下來後，立即有輛車開過來，她上車後，司機問她去哪，她怔了怔，其實沒想好去哪，就是不想待在宋家。

她有些反感這裡的氣氛，除了宋奶奶外，每個人都抱著她猜不透的想法，就連宋楚頤的想法也變得齷齪，彷彿自己這個外人時時刻刻打他們宋家的主意。

「去晏家。」

車子在晏家停車坪上才停穩，羅本就歡快的撲上窗戶，晏長晴打開門，抱了個滿懷。

這種熱情的打招呼方式，晏長晴還是很喜歡的：「羅本，是不是想我？」

羅本熱情的「汪汪汪」。

「你啊，就是比你主人有良心，所以，我也給你在香港買了衣服，等著啊，馬上就給你穿。」

晏長晴謝過司機，提著行李就往家裡跑，看到晏磊在家，吃了一驚：「爸，你沒去上班啊？」

「休息。」晏磊笑著說。

「該不會知道我要回來，特意休息吧。」晏長晴一把抱住他：「爸，你真好，還是家裡最舒服。」

晏磊很敏銳：「怎麼，昨天在宋家待的不舒服？」

晏長晴臉上僵了僵，連忙搖頭：「才沒有呢。」

「還騙我，妳這雙眼睛可騙不過我。」晏磊寵溺的說：「是不是在宋家受委屈？」

「真沒有，就是不大喜歡他們家那種氣氛。」晏長晴半真半假的說：「可能是太有錢的緣故，不過我們家有錢也沒有這樣啊，我和姐姐好著呢，平時也就算計您的小錢，大錢沒想過。」

晏磊哈哈一笑：「我們家跟宋家的錢比起來還是差遠了，不過妳和妳姐也確實胸無大志，一個只知鑽研醫術，另一個當個小主持人，每天也過的有滋有味，說到底，還是妳們沒嚐過窮的滋味。」

晏長晴怔然，下意識的想到管櫻。

「這是爸這輩子最驕傲的事，我希望妳們以後也不會為窮而煩惱。」晏磊溫和的說：「只有人過的知足，妳們就不會渴望想擁有的更多，姐妹之間也會和睦，長晴，妳之所以會像現在這個樣子，是因為妳在一個非常健康的環境下成長，相反，宋家的成長環境其實並不是健康的，但楚頤是適合妳，因為他沒想過要爭家產，同時他也有足夠的經濟讓妳過的開開心心，如果妳嫁給的是一個家境不富裕的男人，妳可能花一千塊錢去買一件衣服都需要考慮很久，當然，那樣並不是不好，只是妳會從爸爸的寶貝變成一個女超人。」

晏長晴眼眶酸澀的紅了，她把臉默默的埋進晏磊胸膛。

她忽然想到，自己如果沒有嫁給宋楚頤，沒有宋家的幫助，晏家會變怎樣呢？

晏磊會因為欠債而坐牢，晏家倒閉，別墅、房產、車子都會被抵押，她和姐姐會背著一身的債，一無所有。

沒有晏家的支撐，馮臺長哪會將她看在眼裡，在這個競爭激烈的臺裡，她很快就被打入最底層，迅速的被淘汰掉。

她見過太多悲慘的主持人，而現在，因為宋家的關係，臺裡的人都對她親切，她的事業哪怕不用努力也是平步青雲。她的姐姐前陣子去了北京進修，回來後職位會再次提升，這樣的好事肯定也是宋家在後面幫了忙，晏氏也發展穩定，晏磊身體也不錯，其實，她有什麼資格抱怨呢，比起失去，她得到的更多，人，應該滿足。

晏長晴破涕為笑，抬起臉依舊笑的盎然：「爸，我現在沒有不高興了。」

「這樣最好。」晏磊摸摸她腦袋瓜子。

這時，晏磊手機響了，他轉過身去接電話，語氣柔和：「好，那我等一下過去接妳。」

晏長晴盯著他溫柔的模樣，心裡竄起一絲絲嫉妒：「爸，你要去哪裡、接誰啊？」

「妳沈阿姨。」晏磊微微歉意的說：「她好些年沒回揚州，我陪她回去看看，順便看看妳奶奶。」

「噢，原來你根本不是為了我才請假。」晏長晴嘟嘴埋怨：「你什麼時候又跟沈阿姨聯絡了，爸，你是不是會娶沈阿姨啊？」

她烏溜溜的大眼看著晏磊，裡面純粹乾淨的讓晏磊掠過不忍，他深思了下，低低說：「妳沈阿姨也是半輩子辛苦，以前為了妳和傅愈，忍痛離開揚州，現在妳和傅愈的障礙不在了，我和她才能這樣輕鬆愜意的相處，其實到我們這個年紀，沒有再想過你們這些年輕人的情情愛愛，無非是想有一個伴，老了、退休的時候，你們兒女成雙的時候，我們不至於太孤單。」

「爸，如果是沈阿姨，我不反對。」晏長晴強忍那抹嗆人的酸楚擠著笑說：「沈阿姨人很好，小時候把我當女兒一樣。」

「是啊，妳沈阿姨得了這場病，雖然動過手術，但也大不如前。」晏磊嘆氣：「傅愈忙著工作，每天只有一個傭人和看護陪著妳沈阿姨，其實她很寂寞。」

「嗯。」晏長晴深吸口氣推他：「爸快去吧，別讓沈阿姨等久了，順便幫我向奶奶問好。」

「那妳在家注意點，別跟楚頤吵架，我明天回來。」晏磊叮囑一番，離開後，大廳安靜下來。

晏長晴回樓上，不知怎的心裡空蕩蕩，然後就哭了，羅本從門縫溜進來，「嗷嗷」的朝她搖尾巴。

「要新衣服是吧，我給你穿啊。」晏長晴吸吸鼻子，找出羅本的狗裝給牠套上。

羅本從來沒穿過衣服，也挺好奇，配合她幫自己穿衣服，粉色的衣服穿在牠身上，後面有個帽子，尾巴處還多了條恐龍的小尾巴。

晏長晴看著看著就笑了，一把抱住牠說：「羅本，你實在太可愛了，來，親一個。」

下午，電視臺開會，一直開到傍晚，晚上又是臺裡副總編生日，晏長晴包了個大紅包，又是大家一起吃飯、唱歌。

吃飯的時候，大家就嚷著讓晏長晴把男朋友帶過來。

「他忙，沒時間。」

「是真沒時間，還是不想陪啊。」也不知道誰暗諷了一句。

氣氛凝固了一下。

鄭妍開玩笑的瞪了說話的人一眼：「你們這些人能不酸嗎？難道找個男朋友還時時刻刻得陪著。」

「就是。」副總編也忙附和舉杯：「來來來，敬大家一杯。」之後也老習慣唱歌，說唱歌其實還是喝酒，晏長晴也沒拒絕，到後面喝的自己難受。

夜裡十二點散場的時候，晏長晴醉的東倒西歪，不過意識卻還有。

文桐扶著她出去，掏她手機：「我打給宋楚頤，讓他來接妳。」

「不用、不用。」晏長晴壓著她手，含含糊糊的說：「妳送我回去就可以了。」

「大姐，我也喝了好多酒。」文桐頭疼。

「我送妳們吧。」左騫走出來：「我喝的不多。」

「……那麻煩你了。」文桐猶豫了下，點頭答應。

車到晏家門口，左騫忙解開安全帶，幫著文桐把已經要睡著的晏長晴扶出來。

「我扶她進去就可以了，你在門口等我一下。」文桐忙說。

左騫看著搖搖晃晃的兩人不放心：「妳扶得動嗎？」

「當然扶得動。」文桐轉身就扛著晏長晴走進去。

別墅的燈還亮著，一抹清俊的身影穿著睡衣坐沙發上翻雜誌，聽到動靜，眼簾抬了抬，看到醉醺醺的晏長晴時，又皺起眉頭。

「晚上臺裡有人生日，大家都喝多了。」文桐尷尬的忙解釋。

「嗯。」宋楚頤站起來，把晏長晴接了過去，對文桐說：「辛苦妳了。」

「沒關係，那我先走了。」

文桐離開後，宋楚頤橫抱著迷迷糊糊的晏長晴上樓，羅本屁顛屁顛的跟在後面，快進臥室時，門猛地關上，狗腦袋就那麼生疼的撞到門上，牠疼的「嗷嗷」撓門。

「快點去睡覺。」宋楚頤朝門外呵斥了一句。

晏長晴打了個激靈，抬起頭嘟嘴說：「你別凶，我馬上就去睡覺。」

「我沒說妳。」宋楚頤把她放到大床上，晏長晴立即熟練的把鞋蹭掉，往被窩裡鑽。

他注視著她一張一合的櫻唇，揉著眉心說：「羅本的衣服怎麼回事，夏天給牠穿那麼厚的衣服，要不是我及時回來，牠熱的都快中暑了，妳知道嗎？」

回答他的是一陣沉默。

就這片刻的功夫，晏長晴夾著被子睡著了。

他捂著額頭無奈的嘆了口氣。

晏長晴醒來，發現自己身上換了睡衣，旁邊好像也有男人睡過的痕跡。

她發了一會兒呆，下樓時，看到沒穿衣服的羅本，有點兒不高興，忙問張阿姨：「羅本衣服誰脫掉的了？」

「昨天晚上宋先生過來的時候脫掉的。」張阿姨笑著說：「衣服放櫃子了，妳也真是的，昨天羅本熱的都快中暑了，妳還給狗穿衣服，也要看天氣啊。」

晏長晴撇撇嘴，轉過身戳羅本：「真是沒出息，穿個衣服也熱，虧我還花了那麼多時間找合適的衣服，你知道衣服多貴嗎？還是我自己掏錢，你主人摳的要死，生怕我會花他錢一樣。」

羅本「嗚嗚」的呻吟，牠也想穿啊，可是真的好熱嘛。

「以後跟我過算了。」晏長晴嘟囔的說：「跟著一個摳貨過日子，能幸福嗎？吃都吃不飽，看吧，是不是來我家之後胖啦，都重的像小豬一樣了。」

這時，一旁的張阿姨猛地用力咳起來。

「張阿姨，妳怎麼啦？」晏長晴疑惑：「感冒了嗎？」

「沒有啦。」張阿姨強擠著笑衝她後面說：「宋先生，散完步回來啦？」

「嗯。」宋楚頤低冷的應了聲。

晏長晴回頭，身體僵硬：「你……沒去上班啊？」

「我上晚班。」宋楚頤清俊的臉陰沉的沒有一絲表情。

摳貨？他到底有多摳啊，竟然被自己的女人想的這麼小氣，他簡直氣得胃都抽搐了，長這麼大，從來沒有誰說過他小氣。

「呃……我去熱早餐啊，你們慢聊。」張阿姨見勢不妙，趕緊溜。

「我……我也去廚房看看，有什麼好吃的早餐。」晏長晴順勢就想跟上張阿姨。

「等一下。」宋楚頤突然清冷的開口：「反正我今天有時間，我們來好好的、深入的聊一聊。」

「聊什麼啊，我跟你沒什麼好聊的吧？」晏長晴停下腳步，眼珠子四處亂轉，還在為背後說人家壞話心虛。

「聊我摳的要死啊。」宋楚頤在沙發坐下，拍拍身邊的位置，瞇著一雙眼：「我到底有多摳。」

晏長晴咽了口水，硬著頭皮走過去，卻沒坐他旁邊，而是坐他對面，低頭看著腳下的仿古磚。

宋楚頤眉頭緊蹙盯著她片刻，緩緩開口：「我並沒有怕妳花我的錢，只是妳習慣大手大腳，我給妳多少就能花多少，妳知道嗎？」

「噢，我知道了。」晏長晴不冷不熱的應著。

宋楚頤面露煩躁，她根本就是不知道，還認定了自己摳門：「我並不摳門。」

「我知道啦。」晏長晴有點受不了，有幾個摳門的會承認自己摳門。

「我跟妳說認真的。」對於她這種應付的口吻，宋楚頤臉緊繃起來：「等一下一起去街上，妳要什麼我買給妳。」

晏長晴一愣，面色微微古怪：「不用啦，我沒想要什麼東西。」

「妳不是最喜歡買衣服、鞋子、包包嗎？」宋楚頤的眉頭自始至終都緊緊皺著。

「夠穿了。」晏長晴站起來，肚子真餓了，不想跟他在這討論莫名其妙的話題。

「那就買首飾、項鍊、珠寶。」宋楚頤長腿伸直，上前一步抓住她手臂。

晏長晴被他弄得煩，回頭說：「要買我自己買，不要你給我出錢，別到時候錢掏出去，又以為我要占你們宋家便宜，你不就是想洗脫摳門的嫌疑嗎？我承認你不摳門，你只是跟你哥一樣，疑神疑鬼，好像我要從你們家身上撈多少錢似的，其實我也能明白啦，像你說的，你爸那麼大了，戴嬡嫁給你爸不是為錢，還能為什麼啊？可能你們兩兄弟以為全世界的人都像戴嬡吧，這也沒錯，防人之心不可無。」

宋楚頤第一次發現她那張嘴，甜起來甜的要命，但吵架的時候也能活活把人給氣暈。他覺得自己挺正常的，怎麼從她嘴裡說出來，好像他有病一樣。要是其他的也就算了，但，摳門，對男人來說，被扣上這樣的頭銜，簡直就是奇恥大辱，偏偏她好像又說的又幾分道理，他確實是疑心比較重，但這能怪他嗎，現在愛錢、勢利的女人太多了。

「妳上樓換身衣服，我現在就帶妳出去。」他用命令的口氣說。

「不去。」晏長晴被他強硬的態度弄得有點畏縮，想了想，還是說：「我們的婚姻能不能走到頭還不一定，要是將來有一天離婚，你在我身上花的錢，要我如數退還怎麼辦，那得給我多大的壓力啊，我總不能向我一把年紀的爸去討錢吧。」

「我們不會離婚。」宋楚頤一字一句，咬牙切齒，英俊的臉都猙獰了。

「未來的事難說。」晏長晴嘀咕道：「我們電視臺有個真人真事的節目，有對夫妻就是因為離婚，男方讓女方退聘金鬧上新聞，現在各種奇葩男人都有，太匪夷所思了，我還是留個心眼好。」

宋楚頤實在聽不下去，直接扛著她就往別墅外走。

「喂，你幹嘛！快放我下來，我還穿著睡衣。」晏長晴要瘋了，拚命拍他肩膀。

「沒關係，等一下商場有賣。」宋楚頤說不過她，直接把她扔進車裡。

晏長晴爬起來，他把車門反鎖，從另一邊上駕駛座，抓住她，狠狠警告：「妳給我坐好。」

他一肚子的怒火，開車也比往常開的快，晏長晴還真有些怕，趕緊繫好安全帶，抓住頭上的扶手。

到達北城最昂貴的商場，宋楚頤拽著她上去，晏長晴腳上還穿著拖鞋，又是睡衣，簡直像個異類，好在這種貴的商場人不多，再加上又不是週末，她捂臉低著頭。

宋楚頤拉著她進了一家國際牌子店，銷售員看到兩人愣了愣，不過還是微笑的說：「歡迎光臨。」

「給她挑幾套衣服，要最貴的。」宋楚頤特別加重了後面幾個字。

銷售員眨眨眼，一般上午生意是最少的，現在來了個這麼豪氣的大顧客，她有些傻眼：「幾套是多少套？」

「隨便，五套、六套、十套，二十套都行。」宋楚頤陰沉的說。

晏長晴傻了，如果換成以前，她一定會覺得宋楚楚迷死人，但現在沒有，她拽拽他衣袖，小聲說：「我把之前說的話收回來還不行嗎？別賭氣浪費錢，這根本就是不必要的浪費。」

「我有的是錢，我今天就是喜歡浪費錢。」宋楚頤鬆開她手，直接把她推到店員身邊。

其他店員見狀，一個個眼睛放光的湧過來，把晏長晴圍的水泄不通，晏長晴第一次遇到這種陣仗，手忙腳亂：「不用、不用，真的不用。」

「哎呀，您就是晏主播吧，北城好多電視臺的主持人都在我們這買，放心，我們會好好保密，絕對不會傳出去。」店長笑意盎然的沖店員擺手，然後晏長晴就像被洪水沖進更衣室，一套又一套的衣服拿過來，店員伺候著換衣服。

開始的時候還會讓宋楚頤看一看，後來晏長晴基本上累的就像個娃娃，任由她們擺弄。

「先生您看，這套衣服穿在晏小姐身上，簡直為她量身定做。」

「嗯，買下。」

「先生，這條裙子晏小姐穿著非常活潑可愛。」

「買了。」

「先生……」

「買了。」

「先……」

「買了。」

「夠了、夠了！」晏長晴覺得再這麼下去，這家店的衣服要被搬空了：「已經夠多了。」

宋楚頤沉眉看了那一大堆衣服，深思的點點頭：「也是，換個牌子再買，多少錢，刷卡。」

「好的、好的。」店長早就一件一件的算好了：「宋先生，今天開始您就是我們的VIP，可以打九折。您啊，真是我見過最大方、最闊綽的客人了，麻煩您填地址，東西我們直接送到府。」

宋楚頤聽了，眉目聳動的望向一旁的長晴，用眼神告訴她：「看到了吧，人家都說我很闊綽。」

晏長晴無語的翻白眼，第一次發現宋楚楚簡直比她還幼稚。

離開這家店，宋楚頤帶著她往珠寶店走，晏長晴在電梯口拽住他：「我承認你大方行了吧，別再買了。」

宋楚頤冷笑：「妳真的承認我大方，還是假裝附和我？妳是不是還想著，怕離婚我逼妳退錢、還不起啊？」

晏長晴嘆氣：「你還說我花錢大手大腳，我再大手大腳也不像你這樣亂花錢啊，我買的都是自己喜歡的和想要的，你根本就是隨便亂買，你自己也只是個醫生，說白了，你過度超支還不是要花宋家的錢，何必呢，傳到你爸耳朵裡倒也罷了，要是你哥知道了，又會說我像個狐狸精一樣的迷惑你，我之前跟你說的話道歉還不行嗎？」

宋楚頤盯著她片刻瞇眸：「妳現在真的覺得我不摳門了？」

「你不摳門，你很大方，是我見過最大方的，OK了吧，我們回去行嗎？」晏長晴說完轉身就走。

宋楚頤想著她剛才模樣，突然覺得自己好像被她給哄了，想不到有一天，他竟然會淪落到要這個又萌又笨的女人哄自己，宋楚頤捂額，他今天的智商真是被她澈底拉下線了，他上前拉住她：「既然來都來了，就再逛逛吧。」

「我不想逛。」晏長晴煩悶的說。

「走啦。」宋楚頤把她攬進胸膛，低哄道：「我承認，前天晚上是有不對，跟你們家比起來，我的家庭欠缺太多幸福的因素，我和我家人的身邊，圍繞著太多想從我身上得到更多的益處和金錢的人，有時候……可能會把人想的不那麼好，我向妳道歉。」

晏長晴心底那根被紮傷的神經終於一點點止住了傷口，他什麼時候是認真、沒有任何懷疑的道歉，她還是感覺得出來。她也不是揪著一點事就要吵很久的女人，更不可能因為這點事就離婚，所以也只能選擇遺忘，才能活的開心點。

「嗯，我知道啦。」晏長晴低頭望著自己腳尖：「我也明白你說的，我確實太大手大腳了，你沒有做錯，以後還是該怎樣就怎樣吧。」她想好了，反正自己也會工作，想要什麼自己也可以買，不一定要靠男人，男人這種東西，靠多了，就會上癮。

宋楚頤聽了眉頭舒緩開，但隨即又擰了起來，這樣的話從她嘴裡說出來似乎特別的不像。

「妳還是和以前一樣吧。」他開口，聲線很乾淨：「錢放在銀行裡只是擺設，也是用來花的。」

晏長晴都有點受寵若驚，仔細抬頭看他眉目，這還是從前的宋楚楚嗎？

「看什麼。」宋楚頤推開她臉。

「沒什麼。」晏長晴搖搖頭，沒再做聲了。

她現在相信宋楚頤不摳門，但是晏磊以前跟她說，有時候別人說的話不要太當真了，也許人家只是客氣客氣，她以前確實是無所顧忌，總之以後還是注意點吧。

「走啦，給妳買個戒指。」最後宋楚頤還是牽著她走進珠寶店，但晏長晴還是不敢大手大腳，選了顆幾千塊的鑽戒，很小很小。

第二十七章　雲央歸來

快到中午，兩人才返回晏家，正好品牌店把上午的衣服送過來。

張阿姨看到那麼多衣服，笑道：「怪不得廚房熱個早餐，你們就不見了，原來是去買衣服。」

長晴不好意思的笑了笑：「爸中午不回來嗎？」

「上午打了電話，說吃完中飯才回來。哎呀，我廚房的菜快熟了。」張阿姨趕緊小跑回廚房。

晏長晴回樓上，衣帽間實在騰不出地方放新衣服，只能暫時堆積在地上。

望著那麼多新衣服，她暗暗嘆了口氣，今年都沒必要買衣服了啊。

「下半年我們的新房裝修，就有地方放衣服了。」宋楚頤走到門口，突然說。

「……噢。」晏長晴眨眨眼，低頭要從他身邊走出去，一隻大手突然抓住她，她回頭，對上他一雙深不見底的眼眸。

她微怔，那傻傻的桃花眼刺激著宋楚頤上前，將她抵在門檻上，狠狠的侵略這張在商場裡就想占有的薄唇。

從香港到現在，還沒有好好的親過，這兩天，更多的是從她粉唇裡說出刺耳的話。

「不……唔……」晏長晴被他貿然衝動的模樣嚇了跳。

現在的宋楚楚簡直恨不得把她吃了似的，難不成是餓的太久了？

「分別了這麼久，一點都沒有想嗎？」宋楚頤拂開她耳邊一縷髮絲，暗啞的問：「再過幾天妳又要去法國取景了。」

晏長晴心裡一堵。是的，再過兩天又要去法國，三、四天才能回來，兩人說起來正是新婚燕爾的時候，不是不想的。在香港夜深人靜的時，輾轉反側都是他的身影，好不容易回來，她到底心軟，不願意在爭執中度過。

她抬頭，眼眸裡全是他英俊灼熱的模樣。

宋楚頤直勾勾的凝視著她烏黑發亮的桃花眼，那眼睛裡的心軟讓他俯身，唇再次用力壓下去，他竭盡全力想克制著，可真到那一刻，身體由不得自己控制了。

兩天後，晏長晴又和劇組坐上前往法國的飛機，到法國時，晏長晴收到宋楚頤傳來的訊息：『上次給妳的那張卡匯了五十萬，幫我奶奶挑個生日禮物，她過幾天生日。』

晏長晴愣了愣。她這次來法國不過三、四天左右，這手筆有點大啊，果然是那次爭執後大方了，不過她這次可長了教訓，不敢亂用。

三天說短不短，說長也不長。

宋楚頤偶爾會看一下手機。

這次怪了，手機裡竟然沒有關於信用卡花錢的訊息提示，上次在香港，每天銀行提示花掉的額度一天有二十多則，這還真是奇了怪了。

他主動打電話過去，關機，到晚上晏長晴才回電：「之前在睡覺。」

「給我奶奶的禮物買好了沒有？」宋楚頤換了個方向詢問。

「還沒有啊。」晏長晴悶悶說：「沒時間逛街，明天去，買什麼給你奶奶比較好，多少錢的？」

「這個隨便。」宋楚頤清清嗓子：「法國的珠寶、化妝品挺好，妳可以買一些，錢少了跟我說，我再匯給妳。」

「有了，我買一條項鍊給你奶奶。」晏長晴立即有了主意。

宋楚頤皺眉：「我說的是妳，不是我奶奶。」

「好啦，我知道了。」晏長晴應著。

第二天宋楚頤給病人看診完，訊息多了一條二十多萬的花費，他還算滿意，繼續打電話過去：

「今天買了什麼？」

晏長晴有點受寵若驚，上次在香港也沒看他這麼積極的打電話問她買什麼，難道是用另一種方式暗示她少花點錢？

她仔細斟酌一遍，覺得極有可能，幸好她沒買太多東西：「沒買什麼呀，幫你奶奶買了一條項鍊，二十三萬，你覺得……價格怎麼樣啊？」

「還好。」宋楚頤眉頭蹙的更深，所以那二十三萬全是買奶奶禮物用的，她自己什麼都沒買？

「那就好。」晏長晴鬆了口氣，幫這種有錢人家買禮物就是麻煩，要把握好尺度，買貴、買便宜了都不好，幸好她問了自家老爸。

宋楚頤咬牙：「那妳自己買了什麼啊？」

「我看了一圈，沒看到想買的，可能是上次買太多了。」晏長晴說的非常委婉。

她是買了，不過用自己卡刷的，但當然不能跟他說，不然他又會以為自己認為他摳門，所以有時候男人簡直比女人還麻煩啊。

宋楚頤揉著眉心，不大相信她的話，她那種購物能力，到法國那種購物天堂會不想買，鬼才相信：「總之妳沒有花光所有的錢，不許回來。」

他惡狠狠的撂下電話，說話聲音太大，弄得一旁經過的小護士都目瞪口呆：「哇塞，宋醫生，您對您太太真的好大方噢。」

一般老公都是怕老婆花錢啊，只有宋醫生這麼霸氣，錢不花完不能回來，她也想要這樣的老公。嚶嚶嚶。

宋醫生整整白大褂，擺出一張高冷的側顏，淡淡說：「自己老婆都不大方，那對誰大方。」

法國，晏長晴揉著被震痛的耳朵。

宋楚楚他吃錯藥了吧？明天就要回國，該逛街的時間已經沒有了，她現在要去哪花錢，有個神經病的老公真的很煩啊。

最後，晏長晴回國的那天，也沒花掉那五十萬，不過當天晚上，宋楚頤不在家，去外地出差了，晚上十點，才風塵僕僕的回來。

張阿姨幫他煮了一碗麵，他就著一些小菜吃的乾乾淨淨。

晏長晴有點吃驚的看著他：「你怎麼這麼餓啊？」

「沒吃晚飯。」宋楚頤拿衛生紙擦擦嘴角：「開了四小時的車。」

晏長晴算了算，那不正好是六點就開車趕回來：「幹嘛不吃了飯回來？」

張阿姨正過來收碗筷，聽到那話，忍不住搭了一句：「為什麼，肯定是早點回來見老婆啊。」

晏長晴聞言一窘，悄悄看了他，見他一雙黑眸沉靜的注視著自己。

她臉熱了熱，等張阿姨一走，她昂起下巴，厚著臉皮笑的十分欠揍的說：「真的是為了我啊？」

宋楚頤面無表情的解開胸前幾粒鈕扣，聲音溫涼的說：「錢沒花完。」

晏長晴臉上僵住，做小媳婦發誓狀：「我是真的努力想花了，但這次真的太趕，沒時間花，後來還是匆匆忙忙在機場免稅店買了一個包。」

「別以為我不清楚，妳在法國買的化妝品和香水全都是用妳自己的卡刷。」宋楚頤英俊的臉色猛地一沉。

晏長晴嘴唇蠕動：「燕墨倫跟你說的？」

宋楚頤瞇眸暗沉的盯著她不說話。

晏長晴心虛的垂下腦袋瓜，心裡暗暗的把燕墨倫狠罵了幾遍，說過讓他別打小報告，結果他又打。

宋楚頤幾乎是咬牙切齒的說：「妳口頭上說我不小氣、敷衍我，心裡還是覺得我摳門對不對。」

「沒有啦。」晏長晴戳著食指指尖，覺得男人真麻煩：「我以為少花一點，你會覺得我比往日裡節省，還不是怕你反感嗎……」

宋楚頤冷笑：「為了讓我不反感，妳一毛錢都不花，我這個老公有跟沒有沒什麼區別。看樣子妳挺有錢的，既然如此，以後妳去哪，我一毛錢都不給了，以後家裡誰生日，妳給妳的、我給我的。對了，我忘了跟妳說，婚後長輩過生日都是要給紅包的，而且費用不少，以後我們倆搬進別墅，家裡的水電費、生活費、其他費用也由妳承擔。」

他說完起身上樓。

晏長晴低頭算了算，越算心裡越涼，趕緊跑上樓，等宋楚頤洗完澡，她立即狗腿的纏上去：「楚楚，我錯了、我不對，我以後再也不敢這樣了，你原諒我好不好。」

「走開，別擋我。」宋楚頤繞開她上了床鋪。

晏長晴非常敏捷的爬上床，抱著他腰撒嬌：「楚楚，我的好楚楚，我親愛的楚楚，我最愛的楚楚，別這麼對我嘛。」

宋楚頤雞皮疙瘩都被她叫出來了，真想一腳把她踹床下：「別煩我。」

「你不答應，我就一直煩你。」晏長晴嘟嘴。

「沒出息，還以為妳有幾分骨氣呢。」宋楚頤嗤笑，拿起床頭櫃上一本醫科書，懶洋洋的靠在床頭說：「以後再發生類似的事情，看我怎麼教訓妳。」

「好好好，聽老公的。」晏長晴老老實實應著。

「嗯，這次暫時放過妳吧，那張卡好好收著，以後就給妳用了，我會不定時匯錢進去，偶爾會查查款，要是一個月妳沒有花掉個十七、八萬，月底那天晚上我們就好好的來七次。」宋楚頤翻過一頁，哼哼的說。

「七次？」晏長晴傻眼，小腿都打個哆嗦：「這麼多，你確定你吃得消？」

宋楚頤眼猛地一瞇：「妳說什麼，不相信？今晚要給妳試試嗎？」

「不用、不用。」晏長晴嚇得趕緊往被窩縮。

宋楚頤眉頭稍稍挑起，算她識相，其實也只是嚇嚇她，真來七次，他也吃不消。

一旁，晏長晴腦袋縮在被裡，一邊高興一邊苦惱。以前，她每個月都要為怎樣節省錢而煩惱，而現在，她是要為花不完錢而煩惱，她想了想，拿手機傳訊息把這個煩惱告訴阮恙。

阮恙迅速回覆：『賤人就是矯情。』

她是賤人嗎？晏長晴捂臉，好像挺賤，還賤的這麼矯情，沒辦法，誰讓她最近被宋楚楚寵壞了。

她爬起來，鬱悶的看著一旁的宋醫生：「老公，你幹嘛對我那麼好呢，你又不愛我。」

宋楚頤看書，懶得搭理她。

晏長晴繼續矯情的戳他胸膛：「說不說說不說說不說……」她嗡嗡的像個蚊子，吵得宋楚頤一個字都看不進去，他放下書，翻身撲過去，堵住她那張喋喋不休的小嘴。

「你要……幹嘛？」晏長晴被他吻得渾身戰慄，桃花眼也瞪得圓乎乎的。

「做點讓妳消耗體力的事。」宋楚頤攜帶著低啞嗓音的薄唇緊貼住她唇，沒多久，那本扔在床上的書就被踢到地板上，誰也沒理會。

過了兩日，到了宋奶奶生日，晏長晴一醒來就打電話給宋奶奶，宋楚頤從洗手間出來，就看到她甜甜的在說：「奶奶，生日快樂，祝妳長命百歲，壽比南山、福如東海，越活越年輕，越活越靚麗，沒事跳跳土風舞，活到一百五……」

宋奶奶笑的合不攏嘴：「妳這小東西，一大早嘴巴抹了蜜一樣甜，晚上記得來家裡吃飯，早點來，陪奶奶說說話。」

「奶奶，我今天要錄節目呢，可能要錄到晚上去了，不過我錄完節目就過來找您，您看怎麼樣？您千萬別生氣啊，其實為了您，我根本就不想去錄節目，唉，可是節目錄不了，下星期電視臺就沒辦法正常上檔。」晏長晴一臉痛心疾首的說。

宋楚頤嘴角抽搐，這表演功底……

宋奶奶聽得心都軟了：「沒事沒事，妳能有這份心就夠了，先忙工作，晚點過來不遲。」

「謝謝奶奶，愛妳一萬年。」晏長晴掛了電話，宋楚頤雞皮疙瘩都掉了一地。

「楚楚，你看，我是不是表現的很棒！」晏長晴得意洋洋的說。

「很棒，回頭賞妳根棒棒糖。」宋楚頤沉吟了下：「妳要是沒時間的話，晚上沒到也沒關係。」

「不行啊，雖然我不是很想去你家，不過這也不大好，我答應過奶奶，不能食言，只要我過去，不管多晚，那都是我的心意。」晏長晴赤著腳鑽進了更衣室換衣服。

傍晚，宋家的庭院裡，停了五、六輛豪華轎車與越野車，看車牌不是〇，就是八或者七，這些車都是極熟悉的。老太太生日，請的無非是交情極好的朋友，還有宋家的親戚。

宋家傳到宋懷生這一脈，老太太當初生了四個兒子、一個女兒，女兒遠嫁海外，有的兒子移民，留在國內的其實也只剩宋懷生和老四了。

宋楚頤停好車，往主宅走，遇到蹲在門口看池裡各色小金魚的宋蕎蕎。

五歲的小丫頭目不轉睛的盯著裡面的小魚兒，還不時的用手戳了戳。

旁邊的四叔宋政儒手裡夾著菸，溫聲的說：「楚頤，回來啦。」

宋蕎蕎抬起頭，圓潤的小臉蛋上立即扯開一抹燦爛的笑容，邁著小腿張開手臂朝他撲過來：「楚頤哥哥，要抱抱！」

「嗯，蕎蕎又長高了啊，還胖了……」宋楚頤低頭親了親她臉蛋。

宋蕎蕎不滿的噘了小嘴：「我這不是胖，是可愛，別人都說我可愛。」

宋楚頤低低笑了，為什麼覺得懷裡這個五歲的小女孩，噘嘴的時候跟自家屋裡那位那麼像：

「對，可愛，越來越可愛了。」

宋蕎蕎這才滿足的笑了：「楚頤哥哥，聽說你找了一位漂亮的姐姐，是真的嗎？為什麼我沒看到她跟你一起來呢？」

「她上班啊，要很晚才會來。」宋楚頤想了想，加了一句：「妳一定會比較喜歡她。」

宋蕎蕎眨巴雙眼：「為什麼？」

「因為……她跟你一樣啊。」宋楚頤思索了一會兒回答。

「一樣？」宋蕎蕎睜大雙眼：「難道她跟我同歲，楚頤哥哥，你們是忘年戀嗎？」

一段日子不見，小妹妹連忘年戀都知道了。

宋政儒瞪了女兒一樣：「不要亂說。」

宋蕎蕎被爸爸訓了，嘟嘴不高興，分明就是楚頤哥哥說跟她一樣啊。

宋楚頤將目光轉身宋政儒，淡笑道：「對了、四叔，還沒恭喜您，最近升遷了。」

「等了這麼多年，也該升遷了。」宋政儒睬著精湛深邃的眸子，徐徐抽了口菸：「等過些日子，位置坐穩些，我再幫你打聲招呼，幫你在院裡的位置提上去。」

「也不急。」宋楚頤溫淡的說：「我現在資歷不夠，醫術還有很多進步的空間，再磨練一段日子也無妨。」

宋政儒拿菸指著他，笑了笑：「你爸說的沒錯，你還真是個醫癡，看你對職位不太有興趣。」

宋楚頤沉默一笑。這倒是真的，作為醫生，權術他不是很看重，重要的是治病救人帶來的滿足感。

「不過……總不能一直這樣。」宋政儒說：「你爸的意思是，如今你成家立業了，總該抽點時間生個小孩，別一頭心思撲在醫術上，其實小孩子還是蠻可愛的。」

「對啊，就像我一樣。」宋蕎蕎立即甜甜的抬起臉蛋：「楚頤哥哥，加油，生一個像我這麼可愛的寶寶，這樣我就當姑姑了。」

宋楚頤啼笑皆非，才五歲就想當姑姑。

「楚頤回來了，一直站門口怎麼回事啊，快進來陪奶奶。」裡頭的大堂哥宋駿樂說。

「那我先進去了。」宋楚頤想把宋蕎蕎放下，不過小女孩不肯撒手，就是要他抱著，他沒辦法，只好抱著宋蕎蕎進去，一一跟客人親戚打招呼。

晚飯快開始時，親戚中有人說了一句：「怎麼楚朗還沒回來？」

「打個電話吧。」戴嫒說著看向宋楚頤。

宋楚頤拿手機打給宋楚朗，響了一會兒沒人接，他說：「應該快到家了，所以才沒接。」

「接個電話又不要多少錢。」有人笑說。

「先上菜再等吧。」宋懷生說。

一大桌的菜上來時，外面傳來汽車的聲音。

「應該是楚朗回來了。」老太太笑著站起來。

客廳裡熱熱鬧鬧，言笑晏晏，只是當看到門口走進來的那兩抹身影時，客廳的笑卻突然都頓住了。

一直窩在宋楚頤懷裡的宋蕎蕎突然感覺被抱得有點緊，也難受，她抬頭看了看宋楚頤忽然僵硬的臉色，又看看安靜的眾人，最後目光落在楚朗哥哥旁邊的漂亮身影上，童言無忌的她先打破了沉默：「楚朗哥哥，這是你女朋友嗎？」

「不是，也是姐姐。」宋楚朗看向身邊的人，她霧靄一般的雙眼盯著某處泛起一股潮濕的霧氣，他輕喚：「雲央……」

她驟然清醒，抱著手裡的禮物上前，聲音格外沙啞的說：「奶奶，好久沒見到您了，知道您今天過生日，我在印度的時候，幫您求了一條小葉紫檀佛珠，祝您長命百歲。」

宋奶奶看著沒動，只淡淡說：「我們泱泱中華什麼佛珠沒有，非要去印度求。」

宋雲央臉上劃過一陣尷尬。

宋楚朗接過她手裡的盒子，直接塞到宋奶奶手裡：「奶奶，雲央也想在國內幫您買，只不過她這幾年都隨醫療團隊在國外漂泊，這次才回來，這是她的一番心意，您就收下吧。」

宋奶奶見大家都注視著這邊，皺著眉接過，然後說：「好啦，既然人都到齊了，那就開飯吧。」

不知道是不是多了一個人，宋家的親戚也不如剛才熱鬧，倒是宋懷生的朋友，笑著問：「老宋，這位小姐是你哪位侄女嗎？」

宋懷生沉默的看了坐在宋楚朗身邊的人一眼，好半晌才說：「不是，是我收養的女兒。」

「原來你還有一個女兒。」朋友恍然大悟，還想再問，身邊的另一位同來的友人，手臂輕輕的撞了撞他，眼神裡含著一絲警告。

他愣了愣，忙適可而止的沒再多問了。

大桌上，除了宋蕎蕎外，便只有另外兩個宋家小孩子在鬧：「楚頤哥哥，我要吃魚。」

「楚頤哥哥，我要吃蝦，你幫我剝。」

等宋楚頤幫她夾了，宋蕎蕎又把碗裡的東西全弄他碗裡：「我不要了，楚頤哥哥，你幫我吃掉。」

四嬸瞪她；「蕎蕎，別吵楚頤哥哥。」

「沒關係。」宋楚頤溫和的說。

吃完飯，宋楚頤自告奮勇陪親朋好友打牌，中間，宋懷生對宋雲央說：「妳跟我上樓一趟。」

「我陪妳去吧。」宋楚朗立即站了起來。

宋懷生狠狠瞪了他一眼，但也沒辦法，只好把他們叫上了樓。

「楚頤，發什麼呆呢，快出牌啊。」牌桌上，宋駿樂敲敲桌面，不耐煩的說。

他微微一醒，才抽出張牌推出去，大約過了半個小時，宋懷生三人才從樓上下來。

宋楚頤把錢包裡最後幾張鈔票拿出去，宋駿樂接過眉開眼笑的道：「你手氣今天也太差了點，都輸光了吧，位置讓出來，去旁邊去。」

宋楚頤尷尬的潤了潤薄唇，一旁的宋政儒忽然說道：「還要不要打，我借你。」

「借吧。」他說。

十點多，外面再次傳來汽車聲，宋奶奶笑著站起來：「肯定是長晴來了。」

客廳裡因為她這句話突然沉寂，戴嬡看了一眼自始至終都低著頭的宋雲央，笑著附和：「肯定是。」

幾分鐘後，晏長晴蹬著高跟鞋出現在門口。她今天穿著前些日子在香港剛買的 Fendi 新款套裝，上面是比較可愛甜美的刺繡燙鑽襯衫，下身一條水洗的牛仔短裙，她身材極好，這套衣服顯得她凹凸有致，不過本該是可愛俏皮的風格，卻被她穿出一種風情妖嬈的味道。

晏長晴那雙桃花眼在大廳裡轉了一圈，看到還有那麼多人，侷促了下，不過畢竟是主持人出身，還是很快大方的朝宋奶奶走過去，甜甜的笑說：「奶奶，生日快樂，不好意思，我來晚了，本來想更早點來的，不過節目好多地方錄的磕磕絆絆。」

「沒關係、沒關係。」宋奶奶拉著她手笑著說：「本來想等妳一起切蛋糕，不過那幾個小朋友一直嚷著要吃，就先切了，不過奶奶給妳留了一塊。」說著朝傭人打聲招呼，蛋糕被遞過來。

「這可是楚頤的姑姑特意從國外給我訂做，空運來的，很好吃。」

戴嬡打趣：「那幾個小朋友想多吃一塊，奶奶都不讓。」

「奶奶對我最好了！」晏長晴甜甜的嚐了口。

她從小生活的環境很好，又愛吃，各樣的美食哪怕是國外的也嚐過，蛋糕她以前也吃過。不過為了讓老太太高興，她還是表情做的十分到位：「真的特別好吃！」

這時，一個圓乎乎的小腦袋湊了過來：「我也可以吃一點嗎？」

晏長晴看著面前這個粉嫩的像個丸子一樣的小女孩，拿了一支新叉子，弄了蛋糕餵她：「妳好可愛啊，叫什麼名字呀？」

宋蕎蕎咬著蛋糕，含糊的回答：「我叫宋蕎蕎，妳可以叫我蕎蕎，妳是楚頤哥哥的漂亮姐姐嗎？為什麼他說妳跟我一樣，我覺得不一樣啊，害我一直擔心楚頤哥哥忘年戀。」

晏長晴不敢置信，看著這個吃的嘴上全是奶油的五歲小女孩，宋楚頤竟然說自己跟她像？他什麼眼神？忘年戀？這小朋友好早熟。

「不一樣。」她硬著頭皮說：「我比妳大好多，肯定不是忘年戀。」

宋蕎蕎小朋友點點頭，放心了：「那你們什麼時候有小寶寶，我想當姑姑，我們幼稚園好幾個小朋友都當了姑姑。」

好早熟的姑姑。

晏長晴再次尷尬，這肯定是宋楚頤哪個叔叔的女兒，不過能有這麼小的女兒那應該是他四叔：「我儘量，呵呵呵。」

一旁的戴媛「噗哧」一笑：「連蕎蕎都催你們，看來你們要加把勁了。」

晏長晴滿臉通紅，每次來都要遇到小孩子的問題。

她抬起頭四處望了一圈，宋楚頤還在打牌，沒過來打聲招呼，她有點懊惱，又瞥到宋楚朗那邊，眼珠差點瞪出來。

宋楚朗竟然帶了一個女孩過來，模樣和管櫻有幾分相似的清秀，水晶燈下，一頭長髮如黑緞一般光芒閃耀，她的皮膚不是自己那種牛奶白的，偏蜜色，顯得很健康的模樣，身上簡單的牛仔衣褲，像個大學生，眼睛明亮的像晨曦中的霧水，對方用那一雙霧靄濛濛的眸子看著自己，像在探究，又像是打量，眸底有傷感、憤怒、複雜……

晏長晴感覺有點不大舒服，不過還是主動詢問：「妳是？」

戴媛笑著說：「她是懷生以前收養的女兒，宋雲央。」

「噢。」晏長晴恍然大悟，記得宋楚頤床頭櫃邊上就有張全家福照，上面確實有個妹妹，不過她有點臉盲，沒記住樣子：「妳好，我叫晏長晴。」

「嗯。」宋雲央斂眸，淡淡應著。

「楚頤，長晴過來了，你一直在那邊打牌，像什麼樣子。」宋奶奶朝另一邊打牌的幾個男人說。

宋楚頤清淺的聲音飄過來：「奶奶，打完就過去。」

晏長晴旁邊的宋蕎蕎突然笑嘻嘻的握住她手：「我帶妳去找楚頤哥哥，他今晚輸了好多錢，都是借我爸爸的。」

「好啊。」晏長晴總覺得這邊氣氛怪怪的，任由宋蕎蕎牽著自己離開。

到宋楚頤那邊，宋駿欒朝她招招手說：「來的正好，楚頤借了四叔不少錢，要不然妳幫忙還了？」

晏長晴窘，不少錢是多少啊，她錢包裡從來都只會帶幾百塊，早知道還是待在那邊。

「算了吧。」宋楚頤淡淡一笑：「她從來不帶現金出門，你要說刷卡還行。」

「是啊。」晏長晴窘迫的摸後腦勺，低頭看宋楚頤又輸了一把，他們似乎打挺大，一把輸贏幾千，她瞧得肉疼。

「不打，沒錢了。」宋楚頤站來，對宋楚朗說：「哥，你來打吧？」

「我不玩。」宋楚朗搖頭。

「那三缺一啊……」宋駿樂眨眼。

「那就別玩了。」宋奶奶說：「也不早了，小孩子都要睡覺了。」

「那下次再玩吧。」宋政儒站起來，接過自己女兒：「蕎蕎，我們回家好不好？」

「不好，我可不可以和楚頤哥哥他們一起睡？」宋蕎蕎嘟嘴說。

「妳楚頤哥哥都怕妳呢。」四嬸笑道：「過年的時候跟楚頤哥哥睡，半夜裡哭著吵著要媽媽，害的他大半夜的都沒睡好。」

宋蕎蕎哼了哼。

客人們陸陸續續離開，今晚的主角宋奶奶、戴嫒也陸續回房，客廳裡還剩下宋楚朗、宋雲央、宋懷生幾個人。

宋楚頤喝了口茶水後說：「我們也回房吧。」

「好。」晏長晴正好也想休息了。

上樓時，她總感覺有好些目光在盯著他們，她沒回頭，怕一不小心對上宋楚朗那陰森的視線。

回房後，她趕緊把門關了上鎖問：「奶奶還喜歡那條項鍊吧？」

「喜歡。」宋楚頤頭也不回，筆直往浴室裡走。

晏長晴摸摸後腦勺，他是怎麼了，平時進房要不是很累都會抱自己，難道是今晚打牌輸很多錢，心情不好？

她覺得很有可能，於是等宋楚頤洗完澡繫著一條浴巾出來時，她忙說：「楚楚，其實沒關係的，誰都有手氣不好的時候，這次輸，下次肯定能贏回來。」

宋楚頤看了她一眼，心中嘆氣：「知道，妳快去洗澡。」

半夜，晏長晴有點想上洗手間，起來發現身邊竟然是空的，她揉揉眼睛，四下望望，廁所也沒人，倒是在陽臺上看到一抹淡淡的剪影。

宋楚頤背對她望著外面的月色，他身上穿著一件白色背心，手裡拿著一抹猩紅往嘴裡送。

他竟然在抽菸，從來不抽菸的宋楚楚竟然在抽菸？他的背影被月光暈染的都有些讓晏長晴認不出來這是宋楚楚。

晏長晴坐在床上看了一會兒，赤足下床，輕輕的拉開陽臺推拉門。

「妳怎麼醒了？」宋楚頤回頭，墨色的瞳孔深深。

「起來上廁所。」晏長晴端詳他：「楚楚，你是不是有心事啊，還抽菸，你以前都不抽菸的。」

宋楚頤熄滅手中的菸，淡淡說：「想個病人的事情。」

「那肯定是個比較麻煩的病人。」晏長晴點點頭，能理解，他是盡職的醫生，為病人煩惱正常：「不過你晚上不睡好，神經系統沒休息好，第二天腦部運作會比其他人緩慢，反而不利你幫病人，你還是先什麼都別想，好好休息好，說不定一覺醒來就能迎刃而解了。」

「妳現在說話，還真是半個醫學專家了啊。」宋楚頤笑了笑。

「那當然，我現在是知名外科醫生的老婆。」晏長晴挑挑眉，非常得意的說。

「知道啦，外科醫生的老婆，不是要上廁所嗎，要我抱妳去嗎？」宋楚頤低笑的朝她伸手。

「才不要。」晏長晴後退一步：「我去廁所，你快點回來睡啊。」

宋楚頤點點頭，望著她背影，眼睛深處劃過隱憂。

第二十八章　醫療風波

金色的陽光從沒拉上的窗簾處灑進來，晏長晴還沒睡夠，煩躁的拉被子蒙住臉。

「別睡了，起來吧，我要上班了。」宋楚頤又拉開被子，把她從裡面拖出來。

晏長晴今天沒事，想多睡一會兒，可宋楚頤走了，她一個人留在宋家，她又不樂意，於是揉揉眼皮，還是勉強睜開眼，櫻紅飽滿的唇微噘，撒嬌伸手：「抱我去洗臉。」

「妳多大的人了？」宋楚頤頭疼，是不是以後有小孩，大清早的，他得左邊拎一個小的，右邊拎一個大的。

「我爸說過，女人嫁了就是老公的寶寶，我們現在沒孩子，所以我現在就是你的寶寶。」晏長晴理所應當的說：「說不定等我們以後有寶寶了，我就成了根草，所以能享有這個權利的時候，我就要充分利用。」

宋楚頤無言，真是不要臉啊，不過覺悟還是挺高的。

「走吧。」他直接把這個巨大的寶寶從床上撈起來。

清晨七點半，晏長晴和宋楚頤剛打開臥室的門出來，樓下便傳來重重的筷子放桌上聲音。

晏長晴心臟一提，下意識的拽住宋楚頤的手。大清早的下面發生什麼事嗎？

宋楚頤沒看她，臉色陰沉的邁開步子下樓，從樓梯上的角度正好可以看到，餐廳裡幾乎全部到齊在吃早餐，不過宋奶奶臉色不大好。

宋楚朗站著，一臉鐵青，他旁邊的宋雲央拽了拽他衣襟，輕聲說：「大哥，坐，行嗎？」

「早安。」宋楚頤淡淡說。

餐廳的氣氛稍緩，除了宋雲央外，大家都往這邊望過來，彷彿剛才的爭吵只是一場錯覺。

宋奶奶和顏悅色的說：「你們起來啦，過來吃早餐吧。」

「不吃了，我還要趕著去上班，長晴也還有事。」宋楚頤站在客廳裡對餐廳裡的人說。

晏長晴愣了愣，望了他異常清冷的臉，微微詫異，不過她沒說什麼，樂的不用和宋楚朗一起吃早餐，而且昨天來的宋雲央好像也不大喜歡自己。

「那就讓人給你們裝兩份早餐，家裡的還是健康些，外面的不衛生。」宋奶奶也沒強求，只是她剛說出口後，手腳俐落的傭人便開始打包，不到兩分鐘裝好遞了過來。

走出主宅後，宋楚頤不發一言的徑直往自己車走去。

晏長晴愣了愣，叫住他，叫了幾句他也沒應，於是微微氣惱的拿出一個湯包往他頭上扔過去，砸的很準確。

宋楚頤回頭，摸了摸泛油的短髮，沒好氣的咬牙切齒：「晏長晴！」

「誰讓我叫你，你不聽。」晏長晴心虛：「我就是告訴你一聲，我開自己的車。」說完好像怕他會報復自己一樣，趕緊上自己的車溜了。

宋楚頤看了一眼草地上的湯包，狠狠的上前踩了幾腳，結果裡面的汁全部濺到自己的白球鞋上。

「靠。」他低咒。

上午的柏瀚醫院，宋楚頤從主任辦公室出來，帶了一個實習生去二十五號病床的汪老太太那。

汪老太太今年八十二歲，剛做完手術，成天昏昏沉沉的。

他剛進去，汪老太太的點滴打完一陣了，血倒流許多，老太太睡著沒察覺，她的兒子睡在另一邊空著的病床上，一身酒氣。

朱超上前趕緊換滴瓶，嘆氣說：「她這兒子陪著簡直跟沒陪一樣，睡得比他媽還沉。」

宋楚頤心情本來就不好，此刻冷若冰霜的俊臉上，兩條眉峰鎖的緊緊。

這個人他是極清楚的，汪老太太的手術是他親手做的，手術之前的談話、治療、簽字相關事宜，他找了這個汪強好幾次，要麼找不到人，要麼拎著酒瓶坐老太太旁邊酗酒，醉了就睡覺。

最可氣的是，老太太手術當天，他竟然人都沒有看到，最後還是叫了妻子過來簽名。

他上前用力踹了一腳汪強睡的病床，病床搖了搖，對方睡得像死豬一樣，紋絲未動。

朱超說：「宋醫生，您就算了，叫醒他，他也是醉醺醺的，之前有個病人跟他們一間房，她兒子整天鼾聲如雷，那病人受不了都搬到另一間去了。」

宋楚頤冷著臉不理會他，伸手直接把汪強從床上扯起來。

「嗯……你誰啊，抓我幹什麼……」汪強迷迷糊糊的看著他。

「你知道這是什麼地方嗎？」宋楚頤清冷的說：「你是陪護，你母親才是病人，不是你，你成天躺著怎麼一回事啊。你媽年紀大成天昏睡，你也成天昏睡，護士不可能時時刻刻盯著，她在打點滴，藥水沒了會血液回流，你媽本來就低血壓，你還想不想她活了？」

汪強有氣無力的朝他翻了個白眼，呵著一口酒氣說：「每天交那麼多錢給你們醫院，護士當然得看著她，出了什麼萬一，我找你們醫院麻煩，要你們賠償，全賠，我告訴你們，我……不是一般人你知道嗎，不好好看著，我讓你們醫院開不下去。」

宋楚頤眸微瞇：「護士不是看護，你當吃喝拉撒都要照顧嗎？你做兒子的連媽都不管，成天醉生夢死，你是來醫院照顧病人的，還是當這是旅館，任由你醉生夢死。」

「交了錢吃喝拉撒都要照顧，你們好好的伺候著，知道不，你放手，你別抓我，不然別怪我不客氣啊，你這臭小子，大爺我當初赤手空拳幹人的時候，你還在穿尿布呢。」

汪強呵呵的輕蔑嗤笑，泛黃的牙齒也不停打顫。

宋楚頤氣得把他往胸前一扯，朱超忙上前勸道：「宋醫生，冷靜點，他就是喝醉了，你跟一個酒鬼說不清。」

「我沒醉，清醒著呢。」汪強閉著眼哼哼的說：「他要是動手，連我一記拳頭都擋不住。」

宋楚頤連連深吸了好幾口，為什麼醫院裡總是這麼多的奇葩家屬。

這時，昏睡的汪太太醒了過來，連忙嘆了一口氣勸阻：「宋醫生，您別管他了，他啊，醉了十多年了，這次能來就不錯了，平時我哪裡不舒服，連個人影都見不著，見著了就找你吵架，這次，至少還在身邊，就算他喝醉了，也總好過身邊一個人都沒有強。」

宋楚頤心中微酸，手放開汪強，他又嗤嗤的罵了幾句，然後繼續一頭倒病床上睡著了，不一會兒還發出了如雷般的鼾聲。

汪老太太見狀又傷感的嘆了口氣。

朱超說：「老太太，您也要勸勸您兒子，我看他臉色枯黃，又瘦，再這麼醉下去會得肝癌。」

「勸了，不聽。」汪老太太說：「去年還住院，出院後一樣的喝，我啊，只希望他別走在我前面就心滿意足了，其實人啊，活到我這把歲數了真沒什麼意思，辛辛苦苦生了兒子，卻是個酒鬼，兒媳婦又要照顧還在讀書的孫子，老伴又早早的去了，唉。」

從汪老太太病房檢查出來，朱超跟在宋楚頤身後感嘆：「汪老太太實在太可憐了。」

宋楚頤陰沉著臉說：「像他兒子這樣的人你去肝膽科看看，你就會知道有多少這樣的人。」

朱超忙閉嘴，今天宋醫生真的心情很不好啊，到底誰得罪他了。

「宋醫生，這裡有位美女找您。」前面一個護士朝他招手。

宋雲央一動不動的站在護士旁邊看著她，眼神倔強而又痛苦。

宋楚頤雙腿頓時像灌了鉛一樣的沉重，半晌，回頭對朱超說：「你先去巡房吧，我等一下過去。」

「好的。」朱超納悶的看了宋雲央一眼才走。

宋楚頤輕吁口氣，對宋雲央說：「妳跟我來。」他走在前面，宋雲央跟著走在後面。

進辦公室後，他在門口等了一會兒，等她進來，宋楚頤把門關上，轉過身想把病例放下，一隻手突然用力扯住他。

「雲央，妳放手。」宋楚頤深吸口氣：「我已經結婚了。」

「宋楚頤你這個騙子！」宋雲央咬牙切齒說完，仰頭一串串的眼淚落下來：「當初明明就答應會等我，你一直在騙我，你把我們的承諾當什麼了！我信你，你知不知道？我一直都很相信你，可是現在，我回來了，你讓我面對的是什麼！」

宋楚頤僵硬著身子，從喉嚨深處，每一個地方彷彿都在抽痛。

他閉了閉眼：「雲央，那個時候我可能不夠成熟，我以為我愛妳，就會愛一輩子，其實後來妳離開後，我才知道我根本不是，可能我骨子裡比較花心吧。妳看，國中的時候我就開始談戀愛……」

「那根本就不算戀愛！」宋雲央哽咽道：「你親口說過，那只是想讓我嫉妒！」

「所以說年少無知。」宋楚頤撥開她手，眼睛裡泛起一層淡淡的薄涼：「我挺喜歡我妻子的，她尤其可愛，雲央，對不起，我已經不愛妳了。」

啪！一記耳光落在他臉上。

宋雲央滿眼悽楚的說：「我不相信你已經不愛我了，你以為我不知道嗎？你不就是想成全我跟大哥在一起嗎？因為我跟你說過，我二十八歲的時候一定會回來，你趕著在我回來之前結婚，跟那個晏長晴根本就沒有結婚多久，只見了一次面就登記，你從來就不是一個對感情隨便的人。」

宋楚頤閉眼沒動：「我去年就已經有女朋友了。」

「去年那個女朋友大哥說跟我像。」宋雲央哭著嘶吼。

宋楚頤面容僵硬：「沒有。」

「我不管奶奶、爸爸他們怎麼想，我要去找晏長晴說清楚，你本來就是我的，別想用這種方式逃避我！」宋雲央扭頭就衝出去。

宋楚頤心裡泛起一陣難以名狀的不安，他邁開長腿追了上去，在電梯口逮住宋雲央把她拉到人少的窗前，暗啞著聲音、緊皺眉頭說：「雲央，不要去找她，長晴她什麼都不知道，她是無辜的。」

「既然知道當初是無辜，就不應該把她捲進來。」宋雲央冷冷的說。

「她是我妻子。」宋楚頤沉下臉重複：「她永遠都是我的妻子，雲央，我對現在的婚姻狀態很滿意，並且我希望可以一直這樣下去，請不要去找她，就算她走了，我跟妳也不可能。妳想過大哥的感受沒？就算我曾經愛妳，但是大哥比我愛妳的多，他這麼多年都沒有結婚，身邊沒有任何一個女人，除了妳之外他心裡根本就裝不下別人。」

「別說了……」宋雲央眼眶痛苦的泛紅：「你對現在的婚姻很滿意，別跟我說，你愛上她了？」

宋楚頤聞言一怔，愛這個問題，他從來沒想過，他只知道跟晏長晴在一起太過開心，看到她傻乎乎的模樣會心軟，她的一舉一動總是忍不住想要人去疼寵。

他沉默了好一陣，才重新開口：「雲央，她是一個很美好的人，遇到她之後，我也變好許多，她能改變我，她能讓我開心，兩個人在一起，這些是最基本的，我和妳之間，早已經沒有了。」

她一震，踉蹌的掙開他手，捂著臉後退幾步，目光透著絕望。

「對不起，我還要忙，妳回去吧。」宋楚頤心裡無奈的嘆了口氣，轉身離開，宋雲央沒跟上來，只是站在遠在遠處悲傷的看著他背影。

回到辦公室，宋楚頤打開抽屜，取出一包菸，點燃其中一根，眉頭蕭索。

傍晚，宋楚頤從醫院裡出來，手機突然響了，看到上面的名字，他停頓了一陣才按下接聽鍵。

「我車在你前面，你跟我來，我們找個地方聊一聊。」宋楚朗說完就掛了。

前面一輛越野車的燈閃了閃，宋楚頤蹙了蹙眉，上車發動轎車跟上去。

越野車開了七、八分鐘，進了一處荒廢的社區，宋楚朗打開車門先走了下來。

宋楚頤在車裡喝了口礦泉水，才解開安全帶走下去：「哥。」

宋楚朗手裡夾著一支菸，他低頭狠狠吸了口，吸得太急，狠狠嗆了嗆，咳嗽了一陣，抬起來時，英俊的臉泛著狼藉的紅：「楚頤，跟晏長晴離婚，我保證會讓他們晏家在北城過的順風順水，晏家也會發展的越來越好。」

「你夠了……」宋楚頤皺眉嘆息。

「你才夠了！」宋楚朗掩唇咳幾下，猛地把菸往地上一丟，狠狠的拽住他衣襟，眼圈發紅：「當年的事就是我不對，你們根本就不該分開，你愛她，她也愛你，這根本就沒有什麼錯，你不知道，雲央今天上午從醫院離開的時候，哭的有多難受，我不允許你們分開，知不知道？你們要在一起，好好的在一起，所有的痛由我一個人承擔都行，她是無辜的！」

宋楚頤眼眶一熱：「對不起，我不能答應。」

「宋楚頤！」宋楚朗面露憤怒：「你別逼我！」

「雲央以後交給你。」

迎面一記拳頭狠狠的打在他臉上，宋楚頤趔趄的後退數步，腳上掀起一層塵土。

宋楚朗再一次揍過來：「你答不答應？」

宋楚頤一動不動。

「宋楚頤，你會後悔的！」宋楚朗紅著眼眶狠狠的指了指他，上車摔門絕塵而去。

宋楚頤被灰塵嗆得咳了咳，摸了摸嘴角，苦笑了聲，流血了。

回到晏家，晏長晴看到他臉上貼了兩個OK繃，顴骨處還微微發青，嚇了一跳：「你去幹嘛了？」

「我……下班去買東西的時候，不小心碰到一個瘋子，然後被打了幾下。」宋楚頤不大自然的別開臉解釋。

晏長晴眨眼：「你得罪人嗎？」

「……沒有。」

「那他腦子有病吧，應該送去精神科！」晏長晴義憤填膺的罵道。

「嗯。」宋楚頤拿遙控器換臺，顯然不想再說這事了，而晏長晴也因為早上拿湯包砸他，心虛，悄悄的也不再多說了。

一個星期後，宋楚頤在停車場裡找了一個車位，剛下車，往住院部走，到門口，便看到一身清貴的宋楚朗站在那裡打電話，黃昏的光落在他英俊的臉上，鍍上了一層溫柔的顏色。

宋楚頤腳步頓了幾秒，猶豫要不要過去時，宋楚朗也看到了他，掛斷電話，聲線比以往要淡漠：「準備上班了？」

「嗯。」宋楚頤眼神裡帶著探究的意味，自從那次被打後，兩人一直沒聯繫，再次看到宋楚朗，他有一種不大好的預感：「哥，你怎麼會在這裡？」

「等人。」宋楚朗無聲無息的看了他一眼。

宋楚頤一雙黑眸安靜的盯著他，正想問等誰時，身後突然一聲輕喚讓他瞬間明白過來。

他回頭，看到宋雲央從大樓裡走出來，她身邊還跟著郭主任、嚴醫生等人。

「郭主任，你們這是……」

「托雲央的福，你大哥晚上請我們還有院長吃飯，可惜你今晚加班，不然可以和我們一起去。」

郭主任輕笑的拍拍她肩膀：「從今天開始，雲央進我們科室上班，正好最近科室人少了些，雲央別看年紀輕輕，也和你一樣畢業於史丹佛大學，還在德國的海德堡大學進修過，聽說也是你妹妹啊，怎麼沒聽你說過？宋家真是人才輩出，年紀輕輕就有如此造詣，院長很高興醫院能來這樣一個人才。」

宋楚頤愣了愣，回過頭，看向一旁的宋雲央，她低著頭，沒看他，看不清楚在想什麼。

他又看向宋楚朗。

宋楚朗也沒看他，只對郭主任說：「時間不早了，過去吧。楚頤，再見。」

宋楚頤看著他們走遠，才臉色凝重的抬起腳步回樓上。

和他交班的是辛醫生，交換工作的時候辛醫生笑道：「你有個妹妹，怎麼沒聽你說過。」

「她經常在國外。」宋楚頤低頭穿上白大褂。

「我知道，不過你這個妹妹還真厲害啊。」辛醫生說：「聽說她這幾年跟著醫療團隊，非洲、美洲都去過，院長看過她寫的論文，知道她能來，特別高興，她在外科學術領域比我們都要廣，要是能跟她一起工作，確實能學到很多東西，雖然我們醫院經常和國外的醫院進行學術交流，但到底也有限。」

「嗯……」宋楚頤繫上白大褂扣子。

辛醫生繼續說：「你妹妹長得還真嫩，看起來只有二十一、二的樣子，我真是越來越佩服她了，最近幾年那些地方一直都不太平啊，經常戰亂發生，聽她說在醫院工作的時候，經常聽到外面的有子彈和炮聲，你說一個女孩子的跑那種地方工作，你們家人也不攔攔。」

宋楚頤背影微僵。

「我先下班啦，這裡交給你了，對了，二號病房的那個病人要格外注意，我跟郭主任商量過，他肯定撐不過這幾天，我已經和他家人說過，讓他們帶他回去算了，他家人都很難纏，最好別讓他死在醫院裡。」辛醫生離開後，宋楚頤才慢慢的轉過身來，眸色複雜。

今晚腦外科走到哪每個人都在議論新來的女醫生，凌晨四點，二號病房的病人發作，搶救無效，宣布死亡。

翌日的走廊上，哭的吵的鬧的，第一天上班的宋雲央剛換上白大褂，就看到走廊上圍著一群人。

一個身材魁梧的男人拎著宋楚頤的衣領，滿臉通紅的怒罵：「你算個什麼狗屁醫生，我昨天走的時候我爸還好好的，一回來人就死了，你到底會不會治病，這是什麼垃圾醫院，我看你還很年輕，這麼年輕就能做主治醫生，是不是走了後門啊。噢、對了，我前幾天聽那些護士在討論什麼你是醫院股東的兒子是吧！醫院隨便把這些病人當成你們有錢人的小白鼠是嗎！」

宋楚頤鐵青著疲倦的俊臉：「你爸的病之前是由辛醫生負責，我相信辛醫生早就跟你們說過，你爸的病已經沒救了，醫生也提醒過你們，你爸最遲熬不過這個星期，也通知過你們儘快把病患抬回家，甚至你爸在醫院裡去世，我們概不負責的聲明也簽好了，是你們一直拖拖拉拉，高先生，您現在在這裡跟我鬧未免也太不講道理了。」

「我只知道，如果不是你這種靠關係，當上主治醫師的庸醫，我爸也不會昨天晚上突然死了！」高先生激動憤怒的罵道：「換成任何一個有能力的醫生，肯定都能救活！」

旁邊已經不少不嫌熱鬧的病人和家屬，拿手機拍照，高先生對旁邊圍觀的群眾說：「你們評評理，我親耳聽他們醫院說過，他就是醫院幕後大老闆宋懷生的兒子，聽說將來這家醫院也會由他接手，就他這種技術，當院長了以後誰敢來這家醫院就診！」

宋雲央實在聽不下去，走進去冰冷道：「宋醫生畢業於美國的史丹佛大學，國際還拿過好幾個醫學獎，他的醫術在研究院裡是頂尖的，更別說他救過無數病人，大家有目共睹。他只是一個醫生，不是神仙，能救每一個病人，不是所有人的年紀和醫術都成正比，論專業資格，宋醫生排在科室前三，這些是錢買不到的，一家醫院不會蠢到拿病人當小白鼠試驗，除非這家醫院不想開了。」

「妳誰啊，你們看看，又來一個年紀輕輕的，我看肯定是剛大學畢業，就靠關係當上醫生了！」高先生看到她胸前的牌子，伸手抓過去。

宋楚頤猛地抓過去，握住他手腕沉臉：「你的手幹嘛！」

「哎喲，醫生要打人了！」高太太突然嚷起來，一副急的哭的樣子，惹得其他病房的人也都探出腦袋來看熱鬧。

宋楚頤臉微冷，放開高先生，擲地有聲的說：「北城醫院有幾十家，但是來柏瀚醫院就診的人數卻是排名前三，更有許多是從別的城市過來的，為什麼大家會選擇來，因為我們醫院的治癒率是全城最高的。以往無數個醫療案例都證明柏瀚在醫學這方面態度是嚴謹、慎重的，我們從來都不會接受沒有能力的醫生，你父親的病，所有醫療證明都記錄在案，清清楚楚，我明白你父親去世難受，但凡事也要講個道理。」

「道理？講什麼道理啊！別跟我說什麼史丹佛大學、醫學獎，誰知道是不是真的！」高先生指著他鼻子，氣衝衝的說：「現在隨便哪個三腳貓醫生，有點錢，什麼證拿不到啊！你們這些有錢人就是不把人當回事，我告訴你，不管什麼，這件事沒完，現在媒體新時代，我還怕你！」

高先生說完，高太太蹲在地上撒潑似得哭起來：「醫生仗勢欺人啊，欺負我們這些小老百姓，你們給評評理啊，昨夜我爸在他手裡去世，他就是醫院大股東的兒子啊！」周圍的人開始議論紛紛，交頭接耳。

郭主任帶著人走過來，蹙眉對眾人道：「都回去吧，站在這裡，會讓醫生沒辦法正常工作。」他說完看向高先生和高太太和顏悅色的說：「我們進裡面談吧。」

「怎麼，你們現在是心虛沒臉，怕丟你們醫院的醜是吧？」高太太哭著罵：「我們不去裡面談，就要在外面談！」

郭主任無奈的說：「我相信辛醫生早就和你們談過，你們的父親已經沒有救了，最多熬不過這個星期。熬不過這個星期的意思是，能隨時都會去世，同時也告知你們儘快把病人帶回去準備後事，當時醫院為了避免萬一，你們也是簽了字的，文件上面寫的清清楚楚。如果你們要一直吵，沒關係，可以請律師，我們可以提告你們破壞醫院的名譽，如果你非要說宋醫生的資歷，沒關係，他的資歷經得起任何鑒定。」郭主任畢竟有年紀、有資歷，板著臉頓時將那兩人的氣焰給壓了下去，最後夫妻倆也同意進病房商談這事。

「你回辦公室，給這樁病情的施救過程寫份詳細的報告。」郭主任溫和的對後面的宋楚頤說。

「嗯。」宋楚頤點點頭，頂著眾人議論的目光往辦公室走。

宋雲央蹙眉擔憂的跟上去：「二哥……」

「我沒事，在醫院裡久了，這種病人常有。」宋楚頤回頭對她說：「妳去上班吧，別耽誤病人的時間了，我要去寫報告。」

「嗯。」宋雲央握了握拳頭，眼眶微熱，注視著他走遠。

回辦公室，宋楚頤幫自己沖了一杯咖啡，專心打報告，快九點時有人敲門進來。

他抬頭，宋雲央手裡拿著一碗稀飯和雞蛋、兩個包子：「剛給你在餐廳裡弄了點早餐。」

「……謝謝。」提到早餐，宋楚頤才發現自己確實有些餓了。

「你看你，又空腹喝咖啡，還是跟以前一樣。」宋雲央走過去皺眉，直接把咖啡倒垃圾桶裡：

「忘了胃不好嗎？」

宋楚頤看著那個咖啡杯，揉揉眉心：「我現在胃挺好的，今天的事謝謝妳了。」

「你的醫術我很瞭解，不管是作為醫生還是同事，或……別的什麼，我都沒辦法假裝看不到。」

宋雲央微微傷感的放緩聲音。

宋楚頤眉頭微鎖，安靜了一會兒說：「聽說妳之前去過戰亂國家的醫院工作，這是真的嗎？」

「是啊。」宋雲央自嘲的笑了笑：「之前看你去非洲那邊工作，想離你更近點就去了。」

「雲央，妳不用如此。」宋楚頤深深的愧疚。

「現在說這些會不會太晚了，我為什麼學醫，不也是為了你？考同一所大學，結果還是分開。」

宋雲央臉上在笑，聲音卻含著淺淺的沙啞：「早知當初寧可死在那些戰亂國家，就算我死了，你恐怕也不會有一點難過吧？可我還是會關心你怕你餓著，算了，現在說這些對你恐怕也沒什麼意義，我先去上班了，你把早餐吃了。」她離開的時候把門帶上。

宋楚頤短暫的僵硬後，再次想認真投入那篇報告裡，沉思了好久，卻也沒打出幾個字。

第二十九章 禍事

上午十點多，宋懷生來電話，讓宋楚頤下班後回家一趟，宋楚頤整理完報告後，親自送到郭主任那裡，回宋家已經是一點多了，客廳裡，只有宋懷生一個人。

宋楚頤累的很，直接在沙發上找了個舒服的位置坐下：「院長跟您說什麼了嗎？」

宋懷生緩緩開口，聲音低沉：「你升職之前遇到這種事，這件事沒那麼簡單，醫院誰在亂嚼舌根查清楚了嗎？」

「嚴醫生。」宋楚頤面目淺淡的說：「查過了，是他故意讓相熟的護士，在醫院裡散播我的事，也是真倒楣，正好我值班的時候病人死了，給病人家屬發難的藉口，其實那個家屬不過是想撈點錢。」

「嗯，你動作還是快。」宋懷生翹起二郎腿：「現在高家拿這件事要脅，你怎麼看？」

「錢一分都不給，錢是小事，給了錢反而會讓別人覺得，我醫術有問題。」宋楚頤面容變得嚴肅：「他要鬧，可以，我不介意上法庭，不過我看他不會真的想打官司，他們家並不富裕，也沒那麼多錢跟我們醫院耗，再加上他父親的病他們也是簽字的，不管他怎麼找律師都怪不到我頭上，只要醫院氣勢強硬，根本拿我沒辦法。」

「我倒不擔心他會提告，無非是做做樣子，就怕鬧大了，會影響你的名譽。」宋懷生低低說：「今年主任的位置……」

「今年不行就明年吧。」

宋懷生臉沉了沉：「那宋雲央……你大哥把她弄進醫院，你怎麼想的？」

「沒有怎麼想，我現在已經結婚了。」宋楚頤面無表情的說。

「那就好，你哥怎麼想的，我清楚，不過我只求一個家宅平安。說實話，你哥非要娶雲央的話，我也不贊成。」宋懷生緩沉的盯著他雙眼，像是在探究。

宋楚頤瞳孔不著痕跡的微微一縮，別開臉。

晏長晴剛從演播廳下來，忙著卸妝，文桐走過來小聲說：「我剛回來的時候，碰到本地新聞臺的人出去採訪，聽說柏瀚醫院上午一個醫生醫術不精，弄死了一個病人。」

「誰啊，這麼倒楣。」晏長晴邊摘耳環邊漫不經心的問。

「聽說是……柏瀚醫院大股東的兒子，姓宋。」文桐低低說。

晏長晴一愣，見鬼似的回頭看她，連耳環都忘了摘：「不可能，是不是搞錯了？宋楚楚平時在醫術方面臭屁的很，他不會犯這種錯。」她瞭解，宋楚頤雖然算不上一個特別好的老公，但確實是好醫生，大晚上的都經常在看醫科書。

「我問過幾遍，沒弄錯。」文桐嚴肅的搖頭：「家屬現在都在醫院鬧。」

晏長晴聽不下去，拿手機撥給宋楚頤。

「喂。」裡面傳來慵懶磁性的聲線。

「宋楚楚，我剛聽到小道消息，你醫死病人，這是真的嗎？」電話那端安靜了一陣，晏長晴懸著心臟提心吊膽，她可不想年紀輕輕的就守寡：「你說句話啊？」她快急死了。

「有點……一言難盡，妳下班了嗎？先來宋家吧，我在這裡。」宋楚頤低聲說。

「我馬上回去。」晏長晴一聽低沉的口氣，不對勁啊，看來真的有什麼隱情，電話裡都不好說了。

晏長晴浮想聯翩，連妝也沒心情卸了，開車回宋家的路上，急的心臟怦怦亂跳，也懊悔，早知道不該老是跟宋楚楚鬧啊。

他要是因為醫療事故坐牢，以後那討厭的樣子都沒得見了，沒老公不好啊，以後也沒人抱著她睡，半夜餓了，沒人給她去買東西，每次出去玩，不會有人在她錢包裡塞錢，感冒了，也不會有人給她治病，在外面被人欺負了，也沒人幫她出頭，還有羅本啊，都還沒找老婆呢。

晏長晴越想，突然覺得宋楚楚對她好的地方還是挺多的，想著想著，不知怎的，眼眶越來越酸。

到宋家的時候，眼睛是紅彤彤的，她匆匆忙忙下車，在客廳裡遇到看電視的戴媛，戴媛詫異：「長晴，妳怎麼來了？」

「找宋楚楚！」晏長晴看她那副高興的模樣，心裡第一次對她反感，真是的，宋楚楚都要坐牢了，不難過就算了還笑得出來，就算是後媽，裝裝樣子也還是要的吧。

「楚頤在樓上睡覺……」戴嫒還沒說完，就見她一陣風似的上樓。

她莫名其妙，是在哪裡受了委屈吧，眼睛都哭過似，這是忙著跟老公去哭訴吧。

晏長晴打開臥室的門，裡面開著冷氣，宋楚頤穿著一條褲衩睡床上，肚子蓋著毛毯，睡得正沉。

晏長晴湊過去，看到他嘴角上一圈的鬍渣，看著頹唐了好多，她坐在床邊，忍不住想到電視劇裡，勞改犯若干年後出獄的模樣，滿臉鬍鬚，像個糟老頭，說不定下次見到宋楚楚也是個糟老頭了。

眼淚撲簌簌的從眼角滑落，晏長晴慢慢的趴到他胸口，宋楚楚要是去坐牢，她怎麼辦呢？

宋楚頤睡得正沉，朦朧中感到胸口有濕漉漉的感覺，他睜開眼簾，就看到一個小腦袋趴在他胸膛上小聲啜泣。

他愣了愣，搖搖她：「哭什麼？」

晏長晴抬起頭，眼妝哭的像熊貓一樣，她自己卻一點都沒察覺。

宋楚頤嘴角微微抽搐，摸摸她腦袋，指腹想擦掉她眼睛下面的眼影，結果越擦越黑，變成了一隻澈澈底底的小熊貓。

晏長晴突然嘟著紅紅的小嘴沙啞的問：「你會不會坐牢？」

宋楚頤一怔，這才想起之前睡熟的時候接了她電話，他當時故意聽她緊張的口氣，不知怎的就想騙騙她，沒想到一睜開眼就看到她哭的這麼厲害，想到她為自己哭，心情莫名愉悅了。

他清貴的眉目蹙了蹙，薄唇抿成了一條直線，陰沉中透著一股憂傷：「妳說，我要是去坐牢了，妳怎麼辦？」

晏長晴不知所措的睜大雙眼，看樣子是真的了，要坐多久啊，該不會是無期徒刑吧？無期徒刑應該不大可能，坐個二十年總要吧。

晏長晴傻愣愣的看著他，他現在三十，坐個牢出來不就五十了，自己估計也四十多了，那個時候還生的出孩子嗎？她還是想當當媽媽的滋味的。

「看著我做什麼。」宋楚頤眉頭越鎖越深：「要改嫁嗎？」

晏長晴想也沒想的搖頭，抽噎說：「不改嫁，等你出來。」

「醫療事故是要坐很久的牢的。」宋楚頤盯著她雙眼。

「坐多久都等。」晏長晴癟起小嘴，又要哭了：「不過，去之前，能不能留個寶寶給我，這樣我也不會太無聊，至少有人陪我。」

宋楚頤眼眸劇烈的觸動了，低頭溫柔的捧起她小花臉親了親：「傻，我不會去坐牢的，就妳這個樣子，我去坐牢了，妳還不得被人欺負。」

晏長晴懵了懵，抬頭抹眼淚：「你不是治死人嗎？」

「我什麼時候說我治死了人？」

「……電視臺的人說的。」晏長晴眨眨眼：「你也沒有否認啊？」

「我只是說有點一言難盡，我可沒說我過醫死了人啊。」宋楚頤一臉無辜。

晏長晴一臉茫然：「可是……你剛問我……你要是坐牢了怎麼辦啊？」

「妳先提到坐牢的，我就順口問問。」宋楚頤回答的很自然。

晏長晴覺得哪裡不對勁，是她胡思亂想，還是有受到了欺騙之類的啊？

越想，她越認為是後者，她不哭了，氣鼓鼓的瞪著他：「為什麼不說清楚，你知道來的一路上，我有多擔心嗎？還有坐牢那種事，可以隨便問的嗎？很容易讓人亂想好不好，你是不是故意拿我尋開心。」

「妳想多了。」宋楚頤面不改色的說。

「你這個人真是太可惡了。」晏長晴越想越不甘心，抬起拳頭往他身上搥去：「你幹嘛不去坐牢啊！坐牢了我就可以自由自在的尋歡作樂，我就可以換老公了！」

「妳說什麼！」宋楚頤狠狠把她拽進懷裡，往她屁股上拍了拍：「還想換老公，信不信我打妳。」

「你噁心，壞流氓！」晏長晴面紅耳赤，又不甘心的捏他，小混蛋捏的又狠又重，宋楚頤的身上不一會兒被她捏出了好多青印，晏長晴痛快的捏完後，看到他身上的痕跡就有點想跑。

「下了毒手就想跑，跑哪去？」宋楚頤揪住她。

晏長晴心虛的趕緊轉移話題，一本正經的說：「不跟你鬧了，到底怎麼回事，為什麼我們電視臺的人會說，你們醫院大股東的兒子醫死人，難道說的不是你嗎？」

「說的是我，但我沒醫死人，是那個病人本來就要死了，醫院也早跟病人家屬說，讓他們抬回去準備後事，誰知道昨天晚上我值班的時候，病人搶救無效死了，他們家屬就是想訛錢，昨天那種情況換誰都救不活。」宋楚頤不屑的看了她一眼：「也不想想，妳老公的醫術能醫死人嗎？」

晏長晴本來還想安慰他幾句的，聽到他後面臭屁的模樣，便忍不住說：「你要是醫術高明，再病危的病人也能救活吧！」

「我不是神仙，他的病，醫學再進步幾十年說不定還有機會。」宋楚頤哼了哼：「我救不活的，我們醫院任何人都救不活。」

「那現在怎麼辦，出這種事故，不管如何對你的名聲也不大好吧。」晏長晴轉移話題。

晏長晴還是第一次看到這樣不要臉的宋楚楚，人相處久了，本性就真實曝露，她都替他不好意思。

「不會有事的，我已經跟明惟打過招呼了，電視臺會看著報導。」宋楚頤脫掉她的鞋子，夏天就是好，女人絲襪都不會穿，下面就是穿了條簡單的裙子，露出白長的大腿。

「喂，你手在幹什麼！」晏長晴察懊惱的抓住他手，不過男人的力量不是她能抗衡的。

宋楚頤抬頭直視著她雙眼，嘆了口氣：「妳看，要不是醫院提前和病人家屬簽字，這起醫療事故真的會讓我坐牢，現在想想覺得挺後怕，妳別看我嘴上說的輕鬆，其實我心裡也挺緊張的。本來今年要做主任的，現在也沒機會了，我猜，院長為了平息這件事，肯定會給我調動職位，到時候我只會更累、更辛苦，趁我現在還有精力的時候，妳就讓我親熱下，不然真的是親熱一次精力就少一次。」

晏長晴被他說的一愣一愣的，沒轉過彎：「會調你去哪個單位啊，不會是……婦科吧？」

宋楚頤蹙眉想了想：「很有可能啊。」

「不許去！」晏長晴一臉著急，不敢想像，自己老公以後去婦產科工作會變成怎樣，會不會天天對著女人那裡，然後變態了吧，而且她真的接受不了，自己老公看別的女人啊。

「難說啊。」宋楚頤嘆氣。

「不許去、不許去！」晏長晴抱緊他脖子：「要不然我去跟你爸說聲，讓你爸跟院長去說，你去婦產科，我就不要你了！」

「妳敢，看我不好好收拾妳。」宋楚頤趁著她終於主動抱自己，低頭用力的堵住她唇。

老婆真是傻瓜啊，他是神經外科，怎麼可能調到婦產科去，小笨蛋。

傍晚時分，晏長晴挽著宋楚頤下樓，宋奶奶見狀很滿意的點頭：「這小倆口過的幸福，懷生，看來你當初介紹的這門親事，一點都沒錯。」

宋懷生笑了笑，也挺詫異，其實當時也是抱著試試的態度介紹，沒想到這兩個人結婚的那麼快，而且也沒出什麼矛盾，結婚沒多久越過越滋潤。

之前他還以為，宋楚頤會一直活在宋雲央的陰影中，良久，他感慨的說：「可能有些緣分真的是天註定吧。」

宋楚頤一臉淡然的落座，好像說的根本不是他。

傭人盛了飯上來，晏長晴看看桌上的人，戴嫒、宋懷生、宋奶奶、宋楚朗，她想了想：「雲央呢，怎麼沒見她？」

宋楚朗臉色微沉，淡淡說：「在上班。」

「噢。」晏長晴本來還想問問宋雲央做什麼工作，但不想和宋楚朗交流，也就沒做聲了，低頭，看到碗裡滿滿的一大碗，她直接拿筷子掃了一半到宋楚楚碗裡。

「這麼一點都吃不完。」宋楚頤皺眉：「又減肥？」

「不是啊，今天錄節目的時候，吃了很多好吃的。」她說到最後面三個字，眼睛亮晶晶的，透著幾分孩子氣的純真。

宋楚頤深深的目光裡流露出一絲溫柔，宋楚朗眉目微沉，低頭吃飯。

宋懷生問道：「你弟弟那件事，處理的怎麼樣了？」

宋楚朗淡淡說：「嚴醫生在柏瀚工作了十多年，醫術經驗豐富，不能說開除就開除，要找一個合適的機會，用正當的藉口開除，這個機會我已經在著手進行了。」

「嗯。」宋懷生頷首，對他的效率很滿意：「嚴醫生醫術不錯，早幾年去國外深造過，也是主治醫師，要開除他確實可惜，其實他這次用不著做這種事，院長也是打算提拔他，只是他太心急，這種事也不能算了，不然別人以為我們宋家的人好欺負，不過這麼好的人才既然不能屬於我們，也不能便宜了其他醫院。」

「我知道。」宋楚朗應著。

兩父子像尋常一樣聊天的口氣，晏長晴吃著吃著，回過神來莫名覺得有些心驚。

宋懷生那話裡的意思，是要毀掉這個嚴醫生吧？

只要一個人的醫生資格抹黑，其他醫院永遠不敢錄取，她心底深處升起一絲涼意，可能宋懷生對她太和善了，她都快忘了，宋懷生曾是一個比宋楚朗還心狠手辣的商人。

「長晴怎麼一直吃飯不吃菜啊？」戴嬡笑著提醒。

眾人目光都落在她臉上，她尷尬的「哦」了聲，連忙夾菜。

飯後休息了一會兒，宋懷生頗有興致的叫兩個兒子一起去打網球，晏長晴陪宋奶奶、戴嬡聊天，聊著聊著不知怎的說到打牌的事情，宋奶奶覺得玩玩牌挺好的，讓傭人去拿牌。

晏長晴上樓拿錢包，正好碰到戴嬡從三樓下來，她現在肚子略大，晏長晴怕她走路不方便，想扶一把。

「我沒事。」戴嬡笑道：「我現在爬幾層都沒問題，以前看別人懷孕看著覺得走路不方便，現在輪到自己，還真就那麼一回事。」

「還是注意得好。」晏長晴看著她手裡的錢包，大約也是上樓拿錢：「怎麼不叫傭人拿就好。」

「剛那一會兒不知去哪了，可能在忙吧，剛吃完晚飯，大概在整理。」戴嬡笑笑：「沒事總要動一動，現在成天坐著，腰這一塊難受，我跟妳說，懷孕的時候最好做些孕前準備，提高一下身體體質，我就是沒做孕前準備……」

晏長晴想到她和宋楚楚遲早要有孩子的，也就留心聽了。

樓梯走到一半時，她突然腳上一滑，身體迅速的向下栽去，她正好手上還纏著戴嬡的手臂，一切發生的太快，她聽到戴嬡傳來慘叫聲，腦袋空白了一下，然後狠狠的磕在階梯上，剎不住的往下滾，身體停下來時，她疼的腦子一片發黑，身體也被什麼重重的壓住，周圍迴蕩著一片尖叫。

她吃力的忍著劇痛抬眼，看到戴嫒壓在她上方，她肚子裡一大片血漬湧出來，晏長晴頓時感覺到自己大腿都被血漬黏濕了。

「天啊，快來人啊！」宋奶奶急的差點暈過去：「快叫救護車、救護車，叫二少爺來！」

「疼……疼……」戴嫒昏迷之中發出低低的呻吟。

晏長晴看到身上血淋淋的一幕，連自己身上的疼也感覺不到，一股冰涼的恐慌從四面八方湧過來。

她動也不是，不動也不是，她不知道該怎麼辦，急的滿臉蒼白。

「還愣著幹什麼，快把她身子翻過來，別壓到孩子啦！」宋奶奶急的大叫。

晏長晴正要爬起來，外面突然傳來一個急促的制止聲：「別亂動！」

「雲央……雲央！妳來啦，快看看，怎麼辦？」宋奶奶像抓救星一樣，抓住出現的宋雲央：「一定要保住這孩子啊！」

「奶奶您別急。」宋雲央快速低頭檢查了下戴嫒，眉頭狠狠的皺起：「孕婦出了很多血，送醫院來不及了，現在唯一的辦法只能生了。」

「生？」宋奶奶身子晃了晃：「這才六個多月，怎麼可能生啊？」

「沒辦法，如果不生的話，小孩子在肚子裡會停止呼吸和跳動，現在生了送到保暖箱裡還有一絲存活的機會。」

宋雲央當即抬頭對一旁的傭人道：「你們快來幫我把病人挪動一下，奶奶，您快去幫我拿乾淨的毛巾，還有倒盆熱水過來。」

晏長晴已經緊張的快不能呼吸，她腦門上也不少血液快流到了眼睛，手臂、膝蓋哪裡都疼，可現在也不敢叫疼，只能睜大眼睛看著這個冒出來的宋雲央，還有希望宋楚頤快點過來。

「怎麼回事啊！」就這片刻的功夫，外面猛地傳來宋懷生緊張的暴喝聲，晏長晴轉頭，看到宋楚頤、宋楚朗、宋懷生快步走了進來。

宋懷生沉著臉暴跳如雷，急急忙忙朝戴嬡走過去。

宋楚頤看了一眼下身都是血的戴嬡，又看了一眼額頭流血的長晴，快步走過去把她從地上扶起來。

「楚楚……」晏長晴害怕的窩在他懷裡哭出來，她真是快嚇死了，最讓她害怕的，恐怕是她摔下來的時候不小心勾住了戴嬡，也才讓會跟著摔下來。

宋楚頤低頭見她在懷裡驚恐顫抖的模樣，心下意識的沉了。

宋楚朗皺眉望過來斥道：「楚頤，還不快過去幫雲央，現在人命關天，弄不好會一屍兩命，雲央說要把孩子生下來，這才多大怎麼生啊，你們再想想還別的辦法，救護車過來也還要一下。」

宋懷生一聽，轉過身來暴喝：「還不快過來幫忙，多一個人多一分勝算，你們都是學醫的，得給我把這孩子保住了。」

晏長晴還是第一次看到宋懷生那麼陰森森的口氣，嚇得抖了抖，連自己身上的疼和血也顧不得了，忙推他：「你快去吧，別管我了。」

宋楚頤只得把她放到沙發，迅速走到宋雲央身邊，只看了一眼，便知道再不生的話就來不及了。

「妳接生，我來叫醒戴嫒。」宋楚頤迅速和宋雲央交匯了下眼神。

戴嫒從昏迷中被宋楚頤叫醒，救護車趕過來的時候，只聽到客廳裡迴蕩著孕婦的慘叫聲，和宋雲央的催促聲。

漫長的時間不知過去了多久，從裡面捧出一個血淋淋的小嬰孩，嬰孩就像剛出生的貓兒一樣大，看的人都不敢相信會有這麼小的孩子。

救護車很快載著戴嫒和小孩離開，宋雲央、宋懷生也跟著上了救護車。

宋楚頤用手臂擦掉額頭上的冷汗，轉過頭時看到長晴，這才想起她被救護車遺漏了，他心裡劃過絲內疚，扯了些家裡的繃帶和藥水包住她額頭。

晏長晴聞到他身上的血腥味，緊張的渾身還是在發顫：「那個……那個小孩能活下來嗎？」

「……不知道。」宋楚頤無奈的看著她說。

宋楚朗陰沉的轉過頭問家裡的傭人：「到底怎麼回事？」

一個女傭戰戰兢兢說：「我……我從外面澆完花進來，正好看到晏小姐拽著夫人摔下來。」

晏長晴心裡一緊，頓時感覺到宋奶奶看著她的生氣目光：「這是真的嗎？」

「我……沒有。」晏長晴急的拉著宋楚頤的手：「我下樓的時候滑了一下，我不知道她怎麼就也摔下來了。」

宋楚朗皺眉問：「是不是妳滑下來的時候撞到她？」

晏長晴嘴唇慘白的顫了顫，半晌也說不出一個字，她無力辯駁。

她知道宋楚朗說的是真的，雖然她當時摔下來的時候，完全沒反應過來，但確實也感覺到自己的手勾住了戴媛：「我不是故意的，我開始是想扶她……摔下來的時候，我想鬆開已經來不及了。」

「妳自己都站不穩，為什麼還要去扶她？」宋奶奶失望的指責她。

晏長晴害怕，還有一絲心冷、不知所措。

她最害怕的就是，曾經喜歡她的人用討厭的眼神看她，她怕和藹可親的宋奶奶不再喜歡她了，還有宋懷生，戴媛更是會恨死她，如果那個孩子有什麼三長兩短的話，根本不會原諒她，她自己也沒辦法原諒自己。

「對不起……」她落淚，氤氳的桃花眼求助的看向身邊的男人。

宋楚頤低低嘆口氣，抱緊她：「奶奶，她也不是故意的。」

「楚頤，六個月的孩子生下來，器官都沒成熟，能不能活下來，還是個很大的問題。」宋楚朗突然轉過臉，俊臉一片冷漠和凌厲：「就算勉強活下來，也不可能健全。」

「哥，我有個朋友在美國，專門研究新生嬰兒這一領域，六個月的嬰兒存活率很高，明天她們母子要是暫時沒事，我就安排孩子送過去。」宋楚頤冷冷的說。

「真的嗎？」宋奶奶聽得心裡稍微好受點。

「嗯，我帶長晴去醫院了。」宋楚頤抱起一直失魂落魄的晏長晴往外走。

晏長晴一路上像靈魂出竅，上車後，宋楚頤拿衛生紙擦掉她臉上的血漬，又檢查了下她的傷口，摔傷的地方不在少數，就她那副嬌氣的樣子，摔得這麼嚴重也沒哭也沒說痛，算是難得了。

「別胡思亂想了。」他低頭，輕柔的吻落在她額頭的紗布上。

「能不胡思亂想嗎？」晏長晴抬起一雙空洞的眼睛：「你說，我怎麼那麼笨，那麼不小心？奶奶說的沒有錯，我自己都走不穩，為什麼還要去扶別人，如果我不去扶，她就不會有事，楚楚，我是壞人，我是笨蛋，你的家人肯定都不會原諒我。」

晏長晴無助的抓緊他衣袖，大滴的眼淚從她臉上滾落，她怕，她真的好怕啊！她以後都不敢來宋家了，她不敢見宋懷生、不敢見戴媛，也不敢見宋奶奶。

「別哭。」宋楚頤抱住她，看到她手背上擦掉的一大塊皮，低低輕嘆：「我帶妳去醫院看看。」

「我不想去醫院。」晏長晴搖頭，眼裡流露害怕。

「要去醫院，妳頭受了傷，照個X光，我比較放心。」宋楚頤溫柔的撫了撫她秀髮：「別怕，發生任何事，我站妳這邊。」

「楚楚……」晏長晴小嘴一癟，哭的更厲害了，小身板一抽一抽的：「我疼，哪都疼，頭也暈。」被他幾句軟語一哄，晏長晴的難受像洪水一般傾瀉出來。

「嗯，忍忍。」宋楚頤聲音沙啞的哄她，也頭疼，雖然他是個醫生，但也止不了疼啊。

醫院裡，宋楚頤親自幫她脫衣服檢查傷口，身體很多地方都撞傷了，之前那白白嫩嫩的肌膚現在青一塊、紫一塊。處理好表面的傷口後，又帶她去放射科，好在頭部只受了些皮外傷，不過晏長晴一直說頭暈，宋楚頤知道她頭肯定滾下來的時候還是有點震盪，準備送她回晏家。

「還是……去看看你阿姨吧。」晏長晴支支吾吾的說。

宋楚頤知道她怕，低低道：「算了，明天再去吧，妳不是也不舒服嗎？」

「我這點不舒服跟戴嫒比起來算什麼。」晏長晴現在想通了。她是怕的，可不代表怕就一直不去面對，遲早是要面對的，去的越晚，就越會讓宋家人心裡有意見，更何況，她確實擔心戴嫒和那孩子。

宋楚頤注視了她一會兒，最後還是點點頭，扶著她去住院部，她走的很慢，膝蓋疼。

戴嫒剛送進ＶＩＰ病房，還在昏迷中，只有宋雲央、宋楚朗和幾個醫生在。

宋雲央衣服還沒來得及換，身上都是大片戴嫒的血漬，見他們倆進來時，眸底微微黯淡的轉開。

宋楚頤複雜的開口詢問：「她怎麼樣了？」

「已經脫離危險，不過要恢復得一段時間。」

宋楚朗沉浸在蒼白燈下的俊臉半分顏色都沒有：「小孩在新生嬰兒科那邊，還得觀察，能不能活下來是未知數，爸去了那邊。」

宋楚頤淡淡點頭。宋懷生很緊張這個孩子，他很清楚。

明明都已經有兩個兒子了，大約是年紀上來了，老來得子越發的讓他高興，只是這個孩子不是女孩，如果是女孩的話後果怕是更不堪設想。

「雲央，今天這件事謝謝妳了。」宋楚頤目光微柔，轉向旁邊渾身是血的女人：「妳當機立斷的很好，否則別說孩子保不住，很容易一屍兩命。」

「這是我應該做的。」宋雲央看了一眼一直縮在他懷裡羸弱的女人，心裡一堵，她都不知道，他會喜歡這麼柔弱的女人。

宋楚頤話鋒微轉，帶點疑惑的問：「不過……妳今晚怎麼會突然來宋家？」

「我來拿我的衣服啊。」宋雲央下意識的擰起秀氣的眉頭：「沒想到會碰到這種事。」

宋楚頤收回視線，沒再說話了。

宋楚朗語調帶著幾分涼意說：「我勸你先送晏小姐回去吧，爸知道了，已經很不高興。」

晏長晴一聽，臉上劃過絲不安。

就在這時，宋懷生和院長從外面一起進來，宋懷生目光落在晏長晴身上，臉頓時拉的很沉。

「爸，對不起。」晏長晴內疚的垂下長長的睫毛。

「妳回去吧。」宋懷生收回視線，看也不看她，淡淡說：「楚頤，你帶她回去。」

「爸，長晴也不是故意的。」宋楚頤扶住長晴，對宋懷生說：「這件事我會負責的，我已經聯繫過美國那邊的朋友，那邊對新生嬰兒研究技術是非常厲害，六個月的嬰孩在他們醫院，百分之九十的存活率，孩子長大後身體機能還是不錯。」

宋懷生聽完轉頭看向宋雲央：「妳也在美國學醫，妳怎麼看？」

宋雲央怔了怔點頭：「確實是這樣。」

宋懷生臉色這才轉好點，指著宋楚頤說：「既然如此，這件事由你全權負責，明天就安排孩子送過去，但是，你現在說的信誓旦旦，如果中間出了什麼問題……」

「我全權負責，一人承擔。」

「好。」宋懷生神色這才好轉點，看著晏長晴也沒之前那麼冷漠：「都回去休息吧，如果孩子能平安無事，這是最好的結果。」

第三十章　真相

晚上，兩人回觀湖公館。

晏長晴洗完澡，一言不發的躺床上縮成一團。

雖然後面宋懷生語氣寬容了些，但是戴嫒渾身是血的樣子總在她面前浮現，她第一次覺得自己如此的笨手笨腳，小時候，爸總說她愛闖禍，可這次，她真的闖大禍了。

「別胡思亂想了，下次注意點。」宋楚頤不忍責備她：「妳說妳下樓的時候滑了一下？」

晏長晴弱弱的點頭：「我也不知道啊，樓梯上突然很滑……」

宋楚頤眼眸在黑暗中沉默了，等晏長晴入眠後，他才起身穿上衣服離開公寓。

車徑直開進宋家，宋家的燈基本上已經滅了，安安靜靜，他打開燈，把之前作證的傭人叫醒，這個傭人來宋家才一年多，叫黃慧，平時主要是負責家裡的環境清潔。

黃慧侷促的看著他那張陰沉冷漠的臉，忐忑不安：「二少爺，您叫我是有什麼事嗎？」

宋楚頤冷聲問：「我就想問妳，妳在哪個位置看著他們摔下來？」

「大概是中間的位置。」黃慧指了指樓梯。

宋楚頤順著她手指望過去，然後往上走，彎腰仔細看了看樓梯面，然後又用手摸了摸。

「二少爺，您在看什麼？」黃慧支支吾吾的詢問。

「最近樓梯是妳打掃嗎？」宋楚頤臉突然一寒：「為什麼長晴摔下來的時候，覺得樓梯很滑？」

「是我打掃的，可是我每天都打掃的乾乾淨淨。」黃慧一臉畏懼的說：「家裡有一個孕婦，怕出意外，每次拖完地後，我都立刻就用乾毛巾擦乾，我不知道為什麼，太太會滑下來，可能沒走穩。」

「是嗎？」宋楚頤手插口袋一步步走下樓，目光鋒銳的猶如一把利劍。

黃慧下意識的後退幾步，眼神閃爍的厲害。

「楚頤，大晚上的在幹嘛？」突然傳來宋楚朗的聲音，頎長的身影籠罩在走廊的陰影圈裡，透著一股說不出來的壓抑。

宋楚頤回頭對黃慧說：「妳回去睡吧。」

「是、是。」黃慧如蒙大赦，迅速的回了後面的傭人房。

宋楚朗一步一步從樓上走下來：「不是回晏家了嗎？」

「我們出去聊聊吧。」宋楚頤說。

宋楚朗眉頭微微一動，慢條斯理的跟著他走到花園，他一身藏藍色睡衣，步伐從容。

「是不是你讓黃慧在樓梯上動手腳？」宋楚頤回頭，英俊的表情一寸寸的變冷。

「我不明白你在說什麼。」宋楚朗偏頭，淡淡開腔。

「一石二鳥的計策用起來很舒服吧。」宋楚頤瞇起幽深的眸，冷冷的說：「從你知道戴嫒肚子裡的是男孩後，你不是就很想除掉嗎？正好，今天晚上能讓宋家的人都討厭長晴，樓梯隨時可以讓人動手腳，之後戴嬡出事，大家手忙腳亂，買通一個傭人毀掉證據是很簡單的事。」

「楚頤，不能憑你臆想胡亂猜測。」宋楚朗瞥都不瞥他一眼：「我能事事算的那麼好，能算到她們同時下樓，又算到晏長晴下樓時拉上戴嬡？」

「你這麼聰明，精於算計，又怎麼辦不到？」宋楚頤憤怒的太陽穴突突跳動：「所有的湊巧在一起發生時，反而是處心積慮的陰謀。今晚不是你主動提出去打球的嗎？我不在，戴嬡出了事想救都來不及，要不是雲央正好回來，孩子早就死了。」

「你要這麼想，我也沒辦法。」宋楚朗一雙深淵的雙眼深不見底：「不過，戴嬡這樣子，對我們來說可能是最好的結果。你說的沒錯，我不贊成這孩子來到人世，戴嬡處心積慮，不也是想要分我們宋家的家產嗎？這女人，破壞我們家庭，我允許她入門就不錯了，難道我還讓她如意算盤得逞？」

「戴嬡她怎麼想的，我不管，但是孩子是無辜的。」宋楚頤像看陌生人一樣的看著宋楚朗：「如果不願意孩子分家產，到時候可以有許多種方法，為什麼非要去剝奪一個孩子的生命。」

「有很多萬一是我們無法掌握的。」宋楚朗輕吸口氣：「楚頤，自從你當醫生後，就變得越來越仁慈了，還有，自從你和晏長晴在一起後，我們兄弟倆的距離就走的越來越遠，還有雲央，你們曾經那麼的相愛，現在在雲央最痛苦的時候，你一點都沒有在意過她的感受……」

「所以你就布了今天這個局是嗎？」宋楚頤咬牙切齒的打斷他：「你適可而止行嗎？我要是能跟雲央在一起，早就在一起了，如果你再這樣下去，我跟你……也只能保持距離了。」

「你說什麼？」宋楚朗氣極反笑：「你難道忘了，當初爸媽離婚的時候，是誰難過的跟我說，以後這個家就剩我們兩個相依為命了。」

「曾經，不管任何時候，我都得意自己有一個哥哥。」宋楚頤喉嚨暗啞的說：「可是現在，你卻做著一些傷害我身邊人的事，長晴做錯什麼了，不要帶著你的偏見去看待別人，因為雲央，你覺得我身邊的每一個女人都處心積慮，不是所有人的人都像管櫻，長晴很單純，她生活在一個健康的家庭，請你停止傷害她的行為，不要讓我們這個骯髒家庭，弄髒她的思想。」

「骯髒的家庭？」宋楚朗薄唇勾出譏誚又冷冽的弧度：「現在你一心護著她，可到底是誰曾跟我說過，除了雲央，這輩子再也不會愛上任何人？」

「那是因為，我不知道，原來我還可以跟另一個女人，相處的這麼舒坦。」宋楚頤疲倦的說：「哥，你下次認真跟長晴接觸一下，不帶一點偏見，你就會知道，跟這樣一個女人在一起，日子會變得多乾淨舒適，每次去他們家裡吃飯，看到他們一家人發自內心其樂融融，都是在我們家飯桌上沒有感受過的，我想要的婚姻就是這樣子，我覺得很溫馨，我真的不希望，我們會走到讓我恨你的那一天。」

宋楚頤複雜的看了他一眼，頭也不回的朝自己的車走去。

宋楚朗望著他背影，臉色難看。晏長晴那個女人真那麼好，他完全不信，她根本比不上雲央。

每次查到消息，除了在自己弟弟面前狐媚還有什麼，楚頤就是被小狐狸精給迷昏頭了。

回公寓後，宋楚頤輕手輕腳換上睡衣坐床邊，複雜的盯著床上熟睡的那張臉蛋看了一陣。

她眉頭突然擰起來，身子輕輕轉動了下，低低的呻吟了聲，睜開雙眼。

「怎麼了？」他彎腰，伸手輕輕的攬住她肩膀，一隻手與她手指交叉，深夜的嗓音沙啞而溫柔：「疼？」

「嗯，頭疼。」晏長晴像小孩子要哭了似，發出細小的呻吟。

他低低嘆口氣，抱著她小臉靠到自己胸膛，低頭輕輕的吹著她腦袋上的傷口。

「還有膝蓋疼……」晏長晴又細細的嘟囔。

「嗯，幫妳揉。」他另一隻手輕輕的揉著她膝蓋。

晏長晴的臉蛋貼在他胸口，這才慢慢的閉上眼睛，沒多久便發出輕柔的呼吸聲。

這一覺，晏長晴後來睡得還算不錯，宋楚頤半睡半醒的，主要是擔心她又會疼醒。

晏長晴七點醒來時，不小心驚醒一旁熟睡的宋楚頤。

他頭漲的昏昏沉沉的，大約是太累了，前天晚上一夜沒睡，上午又在醫院寫報告，下午回家就睡了三、四個小時，昨天晚上基本上也沒睡，眼睛裡充斥著血絲。

晏長晴看到他眼底的臥蠶比往日裡更重，心裡微微愧疚：「你要不再睡一會兒吧？」

宋楚頤看看時間，把她抱進懷裡，眼睛一闔上，就像萬能膠要黏住似的，但懷裡的女人一動，他就醒了，低頭親親她臉蛋：「睡不著了？」

「嗯。」晏長晴低低說：「你睡吧，我先起床。」

「算了，我也要去上班了。」宋楚頤嘴上說著，身體卻沒動，渾身懶洋洋。

晏長晴看得出他真的累了：「要不然你請假吧，這樣子怎麼上班？」

「不行。」宋楚頤心裡默默嘆氣：「昨天病人鬧事可能還沒解決，再者……」

他後面的話沒說，可晏長晴知道他要說什麼，立即坐起來：「我跟你一起去醫院吧，我去看戴嫒，她應該醒了。」

宋楚頤深深的注視了她幾秒，摸摸她腦袋，又把她抱進懷裡。

聞著他身上的男性味道，晏長晴眼眶一酸，嘟囔的說：「你怎麼了，是不是擔心我，沒關係的，我一覺睡醒，已經做好心裡準備了，她要罵就罵吧，反正……總不至於會打我吧，要打也就打吧，打其實也不疼，不過她要是打的重了，你要攔一下噢。」

「傻。」宋楚頤捕獲那張喋喋不休的小嘴，貪婪的、密不透風的吻她。

晏長晴眼眶一下子濕潤起來。抱著他胳膊，用力的抬起小腦袋，昨天摔下來的時候，看到戴嫒滿身是血的時候，她恐慌的無所適從，怕他討厭她，覺得她笨手笨腳的，弄得他家裡都不安寧。

嚐到她唇上的鹹澀味道，宋楚頤身體僵了僵，然後一點一點把她的吻乾淨，低啞的說：「對不起……」

「你幹嘛跟我說對不起。」晏長晴吸了吸鼻子：「是我該和你說對不起啊，攪亂了你的家庭。」

「不是，妳什麼都沒做錯，真的。」宋楚頤溫柔的撫摸著她秀髮：「等忙完這兩個星期，我帶妳出去渡假，好不好？」

「嗯。」晏長晴恨不得立刻就出發渡假，可以不用去面對這些煩惱的事，但是逃避也不是個事，還是等面對完後再出去吧。

「楚楚，你突然之間對我這麼好，我好不習慣啊。」晏長晴懵懂的抬頭。

「說的我以前對妳不好的樣子。」宋楚頤又想捏她臉蛋，不過忍住了。

「以前沒現在好，而且都不怎麼溫柔。」晏長晴嘟囔的靠進他胸膛，小聲說。

宋楚頤心頭再次泛起一股難以言喻的複雜和抽疼、內疚，低低說：「我以後會對妳溫柔點的。」

晏長晴眨眨眼，感覺像見了鬼。

要是換成以前，她肯定會高興的不得了，但現在真的沒那麼多心情去高興了。

不過，這個時候他還是維護著自己，她還是挺感動的，至少不管發生任何事，面對的不是她一個人，還有他。

醫院ＶＩＰ病房門口，晏長晴面緊張的深吸口氣，邁開腳步走進去。

正靠在枕頭上讓看護餵粥的戴嬡，一看到她慘白的臉，立即往一邊扭去：「我不想看到她。」

晏長晴料想過戴嬡會討厭她，但當真正面對這一刻的時候，她還是內疚的後退，身後，宋楚頤輕輕托住她腰，看到她這副害怕的模樣，眉也心疼的擰起來。

「戴嫒，楚頤已經拜託朋友送孩子去國外，會好起來的。」宋懷生在一旁語氣威嚴的說：「而且他說過，會全權負責，當然，出了意外，他也要負上責任。」

戴嫒看了宋楚頤一眼，蠕了蠕唇，似乎有點不大信任。

宋楚頤冷冷的戳破她道：「放心吧，我是一個醫生，起碼醫德還是有的，難道我還會傷害一個這麼小的孩子不成，再說，孩子要有什麼三長兩短，對我有什麼好處？」

戴嫒沒想到他會直言不諱的說出自己的顧慮，微微尷尬，冷臉淡聲說：「我要休息了。」

「我們走吧。」宋楚頤片刻都不想多待，拉著晏長晴就離開病房。

等電梯時，一身白大褂的宋雲央從旁邊電梯裡出來。

晏長晴微微一愣：「妳也來這裡上班了？」

「是啊，我和楚頤一個部門。」宋雲央目光落在她們兩個人牽著的手上，不是滋味的說：「我來看阿姨，聽說她醒了。」

「嗯，她醒了，去看看吧。」宋楚頤不想三人這樣待著，斂眸拉著晏長晴就進了電梯。

宋雲央回頭看他們，目光複雜。

電梯關上後，晏長晴轉頭看身邊的男人：「你妹妹和你同一個部門，你怎麼沒跟我說過？」

「又不是什麼大事。」宋楚頤五指不自覺的與她相扣：「而且她也才來沒幾天，最近事多。」

晏長晴無精打采的點了點頭，最近事確實挺多的。

送了晏長晴離開後，宋楚頤回到科室，換上白大褂後，對朱超說：「和我一起去看看五號病床的婁女士。」

朱超複雜的回頭說：「宋醫生，婁女士昨天吵著跟院方的人要求換醫生，現在已經由楊醫生負責她的病了。」

宋楚頤怔忡了一會兒：「那就去看八號病床的病人。」

朱超摸著後腦勺，再次尷尬：「那位病人也跟院方反應說想換醫生治療，不止那兩位，還有其餘幾個病人聽到昨天爭吵，也對您的治療表示……排斥。除了ＶＩＰ病房的曹總，因為是您朋友介紹過來的，對您的醫術很瞭解，所以對您很信任，剩下的就只有剛做完手術不久的汪老太太……」

「……那就去看汪老太太吧。」宋楚頤淡淡說。

病房裡，汪老太太依舊是一個人。

今天她醉酒的兒子不在，人也略微清醒了些。

宋楚頤給她檢查的時候，她精神還不錯的說：「昨天我兒子也不知在哪，聽說您醫死人的事情，可是我不信，我身上一生的病，大大小小的醫院沒住過五間，也有六間了，之前我們那邊市裡最大的醫院建議我轉到大醫院，打聽了半天，說你們醫院最好，自從我動完手術後，我自己也感覺的出來，比以前好多了，而且你這醫生我也挺喜歡的，對我們這些年紀大的病人沒歧視，也願意跟我說話。你啊，是我見過最好的醫生，像以前我住院的那些醫生，他們愛理不理的，還心高氣傲，看不起我們這些窮人，有些話別人說著我不信，我啊，只相信自己看到的。」

「謝謝您。」宋楚頤微笑著說。

「當然，最主要的還是你心疼我們這些老人。」汪老太太嘆氣的說：「我兒子成天醉成那鬼樣子，你還會教訓我兒子對我孝順點，這麼好的醫生肯定有醫德，又怎麼會亂治病人。」

宋楚頤只是含笑聽著。

這樣的老人他見過太多，住院的時候家人少陪，再加上耳朵不好使，家裡人往往不願陪她說話。作為醫生，他的傾聽就足以讓老人家高興了，別的病人不肯讓他治，沒關係，那是他們不瞭解他。

上午，他難得空閒，正好人也累，剛休息了一會兒，郭主任打電話叫他一起去院長辦公室。

余院長讓助手倒了兩杯茶給他們，無奈的說：「楚頤，你應該聽說了，你們科室從昨天到今天，你不少病人要求換醫生……」

「這個我知道。」宋楚頤翹著腿說：「高家人那邊一直不肯退讓嗎？」

「僵持著。」郭主任說：「就是想要錢，姓高的夫妻倆早上在門診鬧。」

宋楚頤點點頭：「那倆口子出了名的要錢，我也想教訓他們一頓，但也不想用這種不正當的法子，怕弄巧成拙，反而讓病人以為，我用身分壓制他們，倒更覺得我是靠關係進來，近幾年我們常遇到這樣的病人，他們以為能訛醫院錢就多訛點，我希望院長您能以院方的身分，正式提告他們夫妻倆，並且公開審理這個案子，同時給類似的病人家屬警告，只有公開審理，外界才知道我行的端、坐的直。」

「你沒意見我當然支持。」余院長笑道：「下午我就讓人公開在醫院的網站上發布律師函，不過你是我們醫院裡醫療技術頂尖的，真讓你在科室裡晾著也挺心疼，我和郭主任商量過了，打算調你去急診科工作一陣子，你放心，這邊事情解決了，馬上調你回來。」

「沒有問題。」宋楚頤想也沒想的點頭。

宋楚頤回科室後，便著手交接手裡的工作，接替他手裡病人的是嚴醫生。

嚴醫生進來時掛著一臉愧疚：「楚頤，沒想到郭主任會安排你去急診，我們都知道你是無辜的，可那姓高的夫妻就是不講道理。」

宋楚頤抿唇淡笑。

嚴醫生接著安慰：「我明白你心情不好，急診室那地方又忙又累，值夜班也比這邊多，不過可以讓于主任少給你安排些工作。」

宋楚頤終於抬頭笑了笑：「我像是那種走後門的人嗎？嚴醫生，這種話你在外面說說就算了，怎麼跑到我面前說這些？」

嚴醫生略微一僵，嘴角扯著笑：「楚頤，我可沒有在外面亂說，你別誤會。」

「是不是誤會我很清楚。」宋楚頤低沉的嗓音很清冷：「那批新來的實習護士急著想轉正留在醫院工作，你利用這個契機誘使護士不經意間，向病人透露我是大股東的兒子身分，你說只要她們說了，就會想辦法幫她們轉正，那些病人都很敏感，就算沒有高家這齣意外，之後肯定還會有別的。」

嚴醫生眼角下的皺紋一條條的抽動，沉著臉說：「楚頤，我知道你心裡有氣，不甘心，但你不能把這事扣我頭上，我們的交情還是不錯的吧。」

「其實我能明白，你年紀比我大那麼多，來醫院又比我早，我越過你坐上那個位置，你不甘心也能理解。」宋楚頤打斷他，臉上始終表現的很平靜，也並沒有生氣：「不止你，部門也有其他醫生不甘心，但他們想的明白，上面這麼急著把我往上拉，為的是名正言順能讓我早日坐上院長的位置，你以為我看上的真的是主任這個位置？不過是過度，資歷夠了，我很快就會往上走，到時候這位置還是你的，而且，我上去之後，自然會感謝你的大度，也會在上面說你好話，提拔你，嚴醫生，這個道理大家都想的明白，你只看到眼前的利益。」

嚴醫生臉色灰敗的和他身上的白大褂差不多，他沒說話，只是站在房裡，額頭也開始冒冷汗。

宋楚頤低低嘆了口氣，朝他招招手：「過來吧，我跟你說下我手裡的病人，其實也沒多少了。」

嚴醫生基本上沒怎麼聽，他現在滿腦子都是宋楚頤到底掌握了多少證據。

「嚴醫生，你能不能仔細聽我說。」宋楚頤眉頭終於陰沉的一擰：「你是一個專業的主治醫生，能好好尊重你的病人嗎？這些病人都是重患，醫生稍有差錯就是出人命的事。」

嚴醫生面色全無，卻也只能打起精神仔細聽他說。

這邊，還在和嚴醫生交接病人的情況，那邊又有其他醫生收到宋楚頤調科室的消息過來道別。

中飯後，宋楚頤著手安排送戴嫒的孩子出國，四點左右，宋懷生打電話給他：「楚頤，我覺得，還是你親自去趟美國我放心點，院方這邊，我已經跟院長說了，反正這幾天科室你也沒太多事。」

「好。」宋楚頤低聲應著。

「還有些話，有其他人在，我不方便說。」宋懷生頓了下，語氣稍微壓得低沉了些許：「你們倆兄弟到現在為止，不待見戴嫒和她肚子裡的孩子，我都清楚，尤其是你哥。可不管待不待見，我都希望這孩子從美國接回來的時候是完好的，出了什麼差錯，這件事必須得有人負責。」

「我明白了。」

「你明白就好，你平時對我尊重，其實跟你哥走的更親近，但近歸近，你得適可而止。」宋懷生再次開口。

「好。」掛斷電話後，宋楚頤望著落地窗裡的自己，嘴角鬍渣頹喪的他都快不認識自己了。

下午三點，宋家安排的直升飛機到了後面飛機場，上飛機前，他打了電話給晏長晴：「我去趟美國，大概三天左右回來。」

晏長晴愣了愣，但很快明白他要送戴嫒的孩子去美國：「那你小心點。」

「嗯，我不在的這幾天，妳不要去醫院看戴嫒，也別去宋家，等我回來再說，不說了，起飛了。」宋楚頤彎腰鑽進飛機，掛斷了電話。

宋楚楚去美國了，晏長晴額頭又受傷，電視臺安排的節目和活動都推了，基本上在家養傷。

到第三天晚上，得知宋楚頤要回來，晏長晴也沒出去，在晏家等著他。

計程車開過來的時候，她帶著羅本跑過去，看到進來的宋楚頤有點傻眼。

這還是她的宋楚楚嗎，一臉的鬍渣，誰來告訴她高貴清冷的宋楚楚去哪了？

「妳看我什麼表情？」宋楚頤對她站在幾公尺之外不上前的舉動不滿。

「呃……」晏長晴很想跟他說實話，不過想到他是為了自己闖的禍去美國，於是硬生生的說：「我是覺得你這個樣子太有型了，想遠遠的多看看你。」

宋楚頤聽著滿意，走過去抱抱她，又低頭親了親。

晏長晴沒感覺到他唇的軟度，反倒被鬍子扎的有點傻，好在宋楚頤沒親她多久，便放開了她，摸著嘴角問：「妳真的覺得我這個樣子挺有型的？」

晏長晴摸摸後腦勺，生怕他一直留著鬍子，於是又委婉的說：「其實刮掉鬍子會更有型。」

宋楚頤瞇眸，晏長晴感覺到危險氣息：「我覺得我還年輕，更喜歡清秀乾淨的男人。」

宋楚頤捏捏她小臉，果然說出心裡話了：「不過我這個樣子，在國外挺受歡迎，很多身材火辣的美國美女都跟我搭訕。」

「那你怎麼沒帶幾個辣妹回來啊。」晏長晴酸溜溜的說。

「後來我跟她們說，我家裡已經有一個辣妹了，她每天像一隻蜘蛛精一樣吸我精氣。」宋楚頤笑咪咪的低頭看著她。

「討厭，分明是你每天吸我精氣。」晏長晴掐掐他的胸膛又把臉埋進去，他幾天不在，很想他。

宋楚頤微笑的摟著她往裡走，羅本「汪汪」的圍繞在兩人身邊。

進屋後客廳沒人，晏長晴說：「我爸陪沈阿姨回揚州了。」

宋楚頤愣了愣：「沈阿姨？」

晏長晴不好意思的回答：「其實我爸跟沈阿姨，好早以前就有那麼點互相喜歡了。」

宋楚頤挑眉：「那傅愈不就成為妳名正言順的哥哥了？」

晏長晴吐吐舌頭，想到傅愈要成為她哥哥了，這種感覺真的很奇妙啊。

宋楚頤薄唇染起抹淡淡的笑，這樣倒也好，少了個情敵，不過傅愈大概會氣死：「我先去睡一會兒，太累了。」

晏長晴這才發現他眼睛裡的血絲比上次還要濃：「你這幾天沒睡好？」

「沒有，時差沒倒過來，而且到那邊，還和從前老同學聚了一會兒，沒怎麼休息。」宋楚頤現在感覺自己累的快要暈了，他只想找張床快點躺下。

「那你快去睡吧。」晏長晴趕緊推著他往樓上走，他以前每次回來，再累都是洗個澡再上床，這次澡也沒洗，只脫掉衣褲直接就睡了，晏長晴坐在床邊，不到一分鐘就見他睡得死沉，她趴在一邊看了他一會兒，也沒打擾他。

第三十一章　楚楚生病

晚飯時間，張阿姨端菜出來，見宋楚頤還沒下來，問道：「要不要叫他起來吃飯？」

晏長晴想了想：「還是等他睡醒了再吃吧，給他留點。」

晚飯後，晏長晴看一會兒電視，玩玩電腦，到十點多的時候還不見他醒來。

躺上床睡覺時，不自覺的往他身上滾，剛碰著他胸膛的時候，卻像火炭一般燙。

她愣了愣，又抬手摸摸他額頭，嚇了一跳，這發燒的溫度有點高，不會燒的昏過去了吧。

晏長晴趕緊用力搖了搖他，搖到她決定叫救護車時，宋楚頤終於扯開眼簾，喉嚨沙啞的看著她：「妳幹什麼？」

「你發燒了。」晏長晴眨著長長的睫毛緊張回答：「我還以為你昏過去了。」

「沒有啊，只是睡沉了。」宋楚頤吃力的坐起來，身體真是一點力氣都沒有了。

「我看你是人不舒服才睡的那麼沉，我叫家庭醫生過來。」晏長晴穿上拖鞋匆匆忙忙往樓下找張阿姨，要了家庭醫生的電話號碼，醫生說大概二十多分鐘才會到。

張阿姨給了她一個冰袋，晏長晴捧著上樓。

宋楚楚靠在床上一副又要睡著的樣子，她小心翼翼的把冰袋放他額頭上，冰涼的觸感從額頭上擴散開，宋楚頤難受的睜開眼，便看到站在面前的女人，一張白淨的臉上掛滿了擔憂和緊張。

他摟過她腰，晏長晴坐到床邊，上身靠進他懷裡仰頭，他低頭，上面的冰袋滑下來砸到她鼻樑。

晏長晴生氣：「你看你，生病了都不安份，快點躺著，別亂動。」

她輕而易舉的推開他胸膛，宋楚頤難得任由她擺弄躺下去，冰袋重新放上額頭。

她坐在一邊，嘀嘀咕咕的說他：「虧你是個醫生啊，自己發燒都不知道，就你這個樣子，怎麼好意思給別人治病，真當自己是神仙啊。」

他無力說話，其實早就察覺到自己身體不對勁，上飛機的時候也吃了退燒藥，似乎沒有好轉。

「我看你在美國碰到辣妹搭訕，根本就不是因為家裡有我吧，肯定是人不舒服，沒力氣。」晏長晴嘛著小嘴趴著：「要不然，你肯定跟羅本一樣。」

宋楚頤嘴角無力的抽了抽，能別拿他和羅本那隻好色的狗比嗎？

二十多分鐘後，家庭醫生過來，給他打點滴退燒。

晏長晴也不敢睡，坐在邊上守著他，好幾次快睡著了，又猛地坐起來打自己兩巴掌。

點滴一直打到凌晨一、二點，家庭醫生拔了針管離開的時候，宋楚頤也沒醒。

晏長晴猶不放心：「醫生，他這個樣子沒事吧？」

「要是明天還沒退燒，我再過來，還是要好好休息，我看他是太累了，抵抗力下降才會感冒。」

晏長晴送醫生下樓的時候，醫生嘆氣道：「現在很多年輕人啊，都是勞累過度不睡覺猝死，身體還是很重要啊，千萬不要仗著年輕就瞎搞。」

晏長晴聽得心驚膽顫，回房後拿手機查因為勞累過度而猝死的人，一查發現還真不少，每年都有。

第二天，宋楚頤醒來，一個小腦袋瓜壓在自己胸膛上，他仰頭，晏長晴又橫著睡了，兩人睡成了一個T字型，小丫頭的睡裙又全部捲到腰上，大清早的也不安份。

他賞心悅目的看了一會兒，伸手把她腰上的睡裙拿下來。

晏長晴被這細小的動作吵醒，睜開迷糊的眼，立即看到扯住自己睡裙的大掌，小臉一板，坐起來訓斥：「宋楚楚，你真是色欲熏心，都病成這個樣子了，一早醒來還不安份。」

「我沒有……」宋楚頤低啞的開口。

晏長晴才不相信：「你知不知道，現在社會上多少年輕人，年紀輕輕就因為勞累猝死，你說你們做醫生的，總是動不動就上晚班，二十四小時不睡覺，當初我認識你的時候，你還是一個風華正茂的男人，現在再多看兩眼簡直像個糟老頭子。」

「妳說什麼？」宋楚頤整張臉色都難看起來：「我不就是沒刮鬍子嗎？」

晏長晴不理他，繼續說：「以後朵瑤和阮恙她們找老公，一定要告訴她們，千萬不能找醫生，也不能找那些動不動就熬夜的，這樣的男人就算當時長得帥，也會老的快。」

宋楚頤已經聽下去了，他吃力的坐起來揪過她，對著她臀部就拍了兩下，他是想對她溫柔的，但這個女人果然一溫柔，就上房揭瓦，現在壓根沒把他放眼裡了。

「你討厭，前幾天還說要對我好的，今天又打我。」晏長晴噘嘴生氣：「男人果然都是騙子。」

宋楚頤只好硬生生的把這口氣嚥下去，這麼一折騰，自己才恢復的力氣又沒有了。

晏長晴見他不動了，望過去，瞧著他無力的模樣，又有點過意不去，自己是不是有點過分了，她眨眨眼，討好的爬過去：「楚楚，我幫你刮鬍子吧。」

宋楚頤懶洋洋的瞥她一眼，這女人到底有多嫌棄他的鬍子啊？

他不說話，晏長晴趕緊跑到浴室，浴室櫃上放著一把電動的刮鬍刀和一把手動的。

她想了想，怕電動的不好掌控，乾脆拿了手動的刮鬍刀，裝了盆熱水出去。

宋楚頤抬眸看到無語的皺眉：「妳也拿點刮鬍泡吧，這樣刮是想疼死我嗎？」

「我又沒有替男人刮過鬍子，怎麼知道？」晏長晴撇嘴，又回去找半天，把刮鬍泡找出來。

難得自己女人想為自己服務，宋楚頤也樂得懶得動。

晏長晴先拿毛巾擦擦他臉，在鬍子上都擠滿刮鬍泡，抹了他一臉的白色泡沫，她覺得好玩，這裡擦擦，那裡擦擦。

最後宋楚頤覺得，自己只剩鼻子、眼睛和嘴巴上沒泡沫，他實在忍無可忍：「刮鬍泡到底是給我刮鬍子還是玩？」

晏長晴趕緊老老實實幫他刮，不過沒刮多久，刮鬍刀一不小心劃進他肉裡，鮮血汩汩的冒出來，宋楚頤發出一聲低低的呻吟。

晏長晴嚇了跳，趕緊拿紙給他擦，堵了一陣沒流血。

看到宋楚頤瞪圓的眼睛，她心虛的說：「剛才不小心的，這次肯定不會了，我已經掌握技巧了。」

「如果再有下一次……」宋楚頤咬牙切齒的閉眸。

晏長晴小心翼翼的點了點腦袋瓜：「我肯定會的，畢竟你帥點，我也會看的心情愉快點。」

宋楚頤眉頭直跳，弄了半天，自己女人其實是一隻顏狗？

他還沒來得及仔細想，臉上又是一陣劇痛。

睜開眼，看到晏長晴又一臉緊張的找衛生紙，他忍無可忍的坐起來：「妳是不是想毀我容？」

「是你的刀片太鋒利了……」晏長晴嘟囔的縮脖子。

宋楚頤懶得理她，自己奪過刮鬍刀往浴室走，再讓她這麼亂搞，估計自己這張臉就要被毀掉了。

刮完鬍子後，又給自己白白淨淨的臉上貼了兩個OK繃。

晏長晴看他貼好後，厚著臉皮，笑咪咪的抱著他胳膊說：「楚楚，你太帥了吧，人帥就是好，貼OK繃都這麼有型噢，可以為OK繃代言了。」

宋楚頤不想搭理她，也不知道幾分鐘前，是誰抱怨不要找醫生當老公，老的快，像糟老頭之類。

他洗完澡，吃了些早餐，又睡到中午才起來。

這一次，他睡得足夠，精神恢復了百分之八十。

張阿姨一桌子的菜，他一口氣吃了兩大碗。

晏長晴在旁邊看的驚嘆，看來真是累壞又餓壞了。

吃飽了放下碗筷，宋楚頤擦擦嘴角。

如果不是臉上那兩個OK繃一定是一個完美的清雋男子，不過自從他找了她後，臉上似乎什麼傷都有過，連嘴巴上都有。

張阿姨收碗筷，他衝她招招手：「過來。」

張阿姨不看他們，臉上卻掛著一絲笑，晏長晴不好意思，假裝沒聽到，沒動。

宋楚頤眉心略微一蹙，她不過來，他只好過去，坐到她旁邊的椅子上，親暱的拉起她小手：「傷好了沒？」

晏長晴餘光瞥到張阿姨嘴角的笑越來越隱忍，她越發不好意思的紅了臉。

真是的，這個男人到底知不知道什麼叫厚臉皮，有外人在，難道他一點都不會不好意思嗎？

張阿姨一走，晏長晴立即羞惱的推他，小聲說：「你沒看到張阿姨在嗎？能收斂點嗎？」

「張阿姨怎麼了，我們是夫妻倆。」宋楚頤握緊她小手，低頭看她額頭上傷，紗布是拆了，但還有點小傷：「其他地方還痛不痛？」

「還好啦。」晏長晴複雜低頭：「對了，戴嬡孩子的事怎麼樣了，你美國那個朋友真的可靠嗎？」

「嗯，沒事的。」宋楚頤摸了摸她馬尾。

這樣的夏天，她頭髮織成了馬尾，露出了光潔的脖子。

「既然你回來了，那我們下午……還是去看看戴嬡吧？」晏長晴順勢靠進他胸膛：「就去了一次，好像不大好，再不去，她應該快要出院了。」

「嗯。」宋楚頤低低應了聲，更加憐惜的摸她秀髮。

他比誰都清楚，去根本就是被戴媛甩臉色，但為了宋晏兩家，也只能去，不然又會落人家口實。

到醫院裡，晏長晴到病房的時候戴媛還在午睡，宋楚頤敲了敲門，她便醒了過來。

晏長晴和她打招呼，她也冷冷淡淡的，沒怎麼說話，倒也沒罵人，只問了幾句宋楚頤孩子的事，然後又要了他朋友的電話。

坐了十多分鐘，晏長晴從病房出來，懸在胸口的心才放下：「嚇死我了，我以為她又會罵我。」

「不敢罵妳。」宋楚頤淡淡笑開：「她孩子在我這裡。」

晏長晴愣了愣，恍然大悟，心想他們這家子的人心眼還真複雜。

走出門診部，迎面碰到一個五十多歲，穿著白大褂的中年男醫生，笑呵呵的打了聲招呼：「楚頤，回來啦，打算什麼時候來我們這邊上班啊，最近暑假事多，急診科有點忙不過來。」

「明天吧，明天我就上班。」

「好，那你今天好好陪你太太啊。」于主任微笑的和晏長晴點了下頭，便往裡走了。

「你不是在外科嗎？怎麼又要去急診科了。」晏長晴疑惑的問。

「暫時調到急診科。」宋楚頤看著她一臉純真的模樣，無奈的說：「到急診科薪水會大降。」

晏長晴一聽緊張起來了：「要降多少啊？」

宋楚頤眼睛裡掠過一絲淡淡的玩味，老婆真是個小財迷：「會少了很多，其實醫生的薪水並不高，我平時的主要收入來源是靠手術。現在不能手術了，每個月就只能拿幾千塊的死薪水和加班費了。」

「這麼少！」晏長晴心都碎了，那以後這個家裡，她不就是收入的主要來源了？

「是啊，不過沒關係。」宋楚頤嘴角輕挽：「反正最近基本上都住在妳家，我也不用請清潔工，買菜、米錢、水電費全都不要我出，這個月連羅本的伙食費也是你們家包了，所以也挺好的。」

晏長晴眨眨眼，是耶，她嫁給宋楚楚，但卻是他吃自己家的，住自己家的，喝自己家的，連帶狗都跟著在她們家吃吃喝喝。

什麼嘛？

她這哪是嫁老公，根本就是娶老公。

這麼一想，心裡不平衡的哼唧起來：「你簡直是白吃白喝，娶了我，你這便宜占大了。」她真的特別替晏磊不值，從小把自己養這麼大，好不容易嫁人了，又帶了個男人和一條狗回來白吃白喝。

「是啊。」宋楚頤若有所思點點頭。

「不行，你要快點調回原來的單位。」晏長晴苦惱的說：「哪個單位油水多，往哪單位跑。」

宋楚頤輕蔑的瞥了她一眼：「幸好妳不是當官的啊，不然肯定是個貪官，最後被人抓走。」

「我才不稀罕當官。」晏長晴也一臉輕蔑：「我們現在要幹嘛？」

「看電影吧。」宋楚頤想了想：「大半年沒看電影了。」

晏長晴一聽有點不高興了：「大半年前是不是陪管櫻啊。」

宋楚頤輕咳一聲，不小心說漏嘴了。

晏長晴噘嘴，撇開臉，留個後腦勺給他。真過分，陪管櫻總是看電影，還去咖啡店吃甜品，陪自己呢，結了婚這麼久才準備去看電影。差評。

宋楚頤看著她生氣的樣子很可愛，本來想去哄的，後來想多看看她可愛的樣子，就沒哄了。以至於坐在他車上去電影院的時候，晏長晴嘴越噘越高，也不搭理他，總是一個人悶頭看窗外。

男人都是騙子，還說什麼要對她溫柔，她生氣表現的都那麼明顯，還不哄。

車開了半個多小時，到地下停車場時，某人的嘴巴基本上可以掛一個茶壺了。

宋楚頤低笑的熄火，把她身子轉過來，捏捏她鼻子，在遭受她桃花眼的一瞪後，再也忍不住吻住了那張高高噘起櫻紅色小嘴。

晏長晴躲閃，不讓他親，用行動告訴他，沒有哄好她之前是不給親的。

「以後只陪妳一個人，看一輩子電影。」宋楚頤咬著她的唇，用暗啞又性感低沉的嗓音說。

她心如小鹿亂撞，就那一下，給了他入侵的機會，親的她臉上像抹了胭脂般緋紅，水嫩嬌媚。

下車，小傢伙戴上了口罩，只露出一雙水亮水亮的大眼睛，跟他說：「我們今天這部片是阮恙拍的新片，其實我早就想來支持她了，等一下我們看看還剩多少空位，全部買下來支援她哦。」

說好的來看電影，沒說要包場啊。

果然有一個有朋友是明星的老婆真的很划不來啊，不但要請她看電影，還要給她的朋友票房包場，明明剛才還說換單位了錢少了，要省著，她是當耳邊風了。

到電影院門口時，宋楚頤先買票，位置好一點的基本上全訂了，不過因為是大廳，剩下周邊和前面的也還有四、五十個座位。

宋楚頤說全買了的時候，賣電影票的售票員像見鬼了一樣看他：「空位全買？」

「嗯。」他點頭。

售票員笑了：「你們來看電影的人還真多，是公司包場嗎？」

「阮恙是我的女神，我是為了給她增添票房。」他淡淡說。

售票員無語，第一次見到這麼任性的男粉絲。

買好票，在旁邊的零食店找到正在買堅果的長晴，拉過她，把票全塞進她手心裡：「花了我一千多，回家是不是要補償我？」

晏長晴假裝沒聽到，眼眸撲閃撲閃的往一邊看：「我要吃那個鴨爪、鴨脖子、沙蝦……」

宋楚頤服了她，認命掏錢，從這家出來，她又要去旁邊買甜品、飲料。

進電影廳的時候，突然碰到一家新聞記者在剪票口採訪。

「就是他、就是他！」之前買票的售票員突然指著他說。

晏長晴見勢不妙，趕緊往一旁溜。

宋楚頤很快被一個記者和攝影機圍住。

「您好，我們是一線電影網的記者，目前正在對新上映的電影《單戀》做個調查，聽說您是阮恙的忠實粉絲，花錢買了五十二個座位捧場，這是真的嗎？」記者拿著麥克風問。

宋楚頤冷下臉，看到不遠處，晏長晴正衝他擠眉弄眼地點頭。

他真是後悔了，沒事帶這個女人來看什麼電影。

旁邊的麥克風對著他，記者殷勤的在等待他回答。

「嗯。」幾秒鐘後，他鼻子裡發出一個低沉的聲音。

記者微微尷尬，阮恙這位粉絲挺高冷：「您喜歡阮恙多久了，對這部電影是如何看待的？」

「從她出道起就一直喜歡。」宋楚頤語氣清冽：「電影的劇情我沒看過。」

「呃，您的意思是，只要是阮恙演的電影，劇情並不重要，重要的是她在裡面，看來您真的是阮恙的忠實粉絲啊！」記者繼續興奮的問：「那您最喜歡阮恙哪部作品？」

「她的每部作品我都喜歡。」宋楚頤心裡默默誹謗，他根本就不知道阮恙演了什麼電影。

「就沒有最喜歡的一部？」

「都是最喜歡的。」宋楚頤眼眸微掀：「能進去了嗎？阮恙的電影，我不想錯過任何一分鐘。」

「噢，您請進，不好意思耽誤您了。」記者忙側開身子，等他走後，又接著採訪下一位。

宋楚頤從剪票口進去，看到在那邊等的晏長晴時，英俊的臉一下就冷了個徹底：「都是妳，非要包什麼場，記者一來倒是溜得快。」

晏長晴心虛，藕臂討好的纏繞上他手臂：「哎呀，要是記者認出我來，那就麻煩了嘛。」

宋楚頤冷睨她一眼：「今天我可是什麼都順著妳了，晚上要彌補我。」

晏長晴嬌軟的笑：「好，我請你吃晚飯。」

「別跟我裝傻，妳知道我說的不是這個。」宋楚頤意味深長的看了一眼她嘴唇。

晏長晴臉紅，知道裝傻裝不過，不過又不好意思回答，為了轉移注意力，忙指著前面的影廳說：「這就是我們要看的影廳。」說完忙拉著他往裡跑。

買了五十二張票的結果就是五十二個座位隨便選，宋楚頤看了一圈，拉著她坐在最後一排。

電影快開始時，晏長晴開始找吃的，先啃鴨爪，再啃鴨脖，又喝兩口飲料，再嚼嚼堅果……

宋楚頤坐旁邊，總是聽到她吃東西「窸窸窣窣」的聲音，這女人到底是來給好友捧場，還是來吃東西的。

電影裡，阮恙換了一身旗袍出來後，晏長晴終於從零食裡抬頭：「哇，阮恙實在太美了！」

宋楚頤撇頭，看到自己家的女人一臉陶醉沉迷的看著電影裡的阮恙，宋楚頤皺眉，他寧可她看到帥哥發出這樣的聲音，也總比看到美女好。

過一會兒，晏長晴又咬著吸管再一次發出感嘆：「阮恙穿這身衣服也超美。」她拽著他手：「你有沒有覺得超美？」

「是啊，比妳美。」宋楚頤冷冷的說。

「是啊、是啊，阮恙真的比我美太多了。」晏長晴繼續陶醉在阮恙的美色裡。

看完電影跟著人潮出來，前面幾個女孩子也在說阮恙的美，晏長晴聽得一臉驕傲，側頭跟宋楚頤說：「看吧，阮恙的粉絲真多，阮恙她是我最好的朋友。」

瞧她那臭屁的樣，宋楚頤哭笑不得，說的好像自己不知道她跟阮恙感情很好似的，真幼稚，不過現在女人怎麼都只誇女人美，也沒見說裡面的男主角帥。

宋楚頤問她：「那妳覺得這部電影怎麼樣？」

「好看。」晏長晴說。

宋楚頤嘴角抽搐：「好看？」真的好看？分明是爛片吧？不知道阮恙怎麼會接這種電影。

「阮恙拍什麼片我都覺得好看。」晏長晴繼續說。

宋楚頤無語，分明她才是腦殘粉。

「不過……裡面的男主角，夏俊朦演技太爛了。」晏長晴批評：「我閉著眼睛都比他演的好，長得帥有屁用，演技爛就在他的偶像歌手裡繼續唱嘛，非要跳到大螢幕上，現在真是什麼渣演技的人都能演電影啊，偏偏還有一堆腦殘粉捧他，你說煩不煩，這電影阮恙一開始根本就不願意接的，不過是她恩師導演的，阮恙礙著人情和面子不好拒絕，不過這個導演是很能抓到阮恙的美，但是男主角不行，我能想到阮恙跟他對戲的時候有多難受。」

晏長晴說的聲音不大，但是路過的幾個高中生女孩正好聽到她說的話，立即瞪著眼睛湊過來，罵道：「喂，妳別亂說啊，夏俊朦演的多好啊，人家第一部電影能演成這樣，已經算是很不錯的好不好，沒看到他哭的時候有多感人嗎？這部電影能這麼火，全是靠夏俊朦一個人支撐起來的知不知道！」

晏長晴氣得不輕：「妳們才多大啊，懂得什麼叫演技嗎？是非黑白都分不清，現在就是多了妳們這種什麼都不懂的腦殘粉，弄得現在的電影市場才這麼亂，什麼靠夏俊朦，要不是阮恙根本沒人來看這種爛片，就那演技，看的我尷尬症都發作了！」

「我看妳才尷尬症發作，大白天的戴什麼口罩啊，是不是動手術，還是臉上長滿了痘見不得人啊，老女人！」一個嚼著口香糖的女孩氣呼呼的指著晏長晴罵起來。

宋楚頤臉色一沉，擋在晏長晴面前，冷峭的臉微微壓暗：「妳敢再亂罵一句看看，信不信我把妳從這裡扔下去。」

旁邊的幾個女孩立即擁上來：「你扔啊！扔一個試試看！」

宋楚頤直接拎起小女孩的胳膊懸在空中，往商場護欄走去，那小女孩這才嚇傻了，尖叫起來。

宋楚頤將她丟到她幾個朋友身上，冷冷警告：「每個人都有支持自己偶像的權力，但是不能為了自己偶像去攻擊別人，難道妳們父母連這點教養都沒教育過妳們啊？」

那幾個女孩嚇得不敢再說話。

宋楚頤轉過身，拽著一臉目瞪口呆的晏長晴離開。

「哇塞，宋楚楚，你好厲害，不過，我剛才真以為你要把那個高中生扔下去呢，嚇死我了。」晏長晴拍著胸口，都不知道是該崇拜還是該害怕了。

宋楚頤皺著眉頭說她：「也不看看自己多大了，還跟那些高中生去吵，幼不幼稚，丟不丟人，說別人腦殘粉，自己也是腦殘粉，也不想想自己身分，就妳如今這半紅不紫的主持人身分，被人揭穿了，還不得被人家那些粉絲撕碎。」

「哎喲，人家這不是想到有楚楚您在身邊，特別的有安全感，一時有點無所顧忌了嗎？」晏長晴撒嬌的抱著他胳膊拍馬屁：「就是知道楚楚特別厲害，跟我們臺長都很熟，還有展局長也是你朋友，雖然人不在娛樂圈，但也能呼風喚雨，對吧。有你在，我幹啥都不怕。」

宋楚頤真想拍拍她屁股教訓兩下，不過看到那抹了蜜一樣的嘴巴，又想親兩口，真是敗給她了。

他捏捏小臉蛋，晏長晴知道他不生氣了，主動踮起腳尖，親了親他的側臉。

看完電影，宋楚頤帶她去一家法式餐廳吃晚餐，去的距離有點遠，他開車，晏長晴在一邊打電話給阮恙，開始捧她女神：「阮恙，我剛和楚楚看完妳的電影，妳實在拍的太美了，簡直把我給美暈了，天啊，每次看完妳的電影，我都會覺得當年考電影學院是多麼的明智，雖然我現在混得並不怎麼好，但妳們混得好啊！」

阮恙被她逗得樂不可支：「不愧是我萬年不變的腦殘粉啊，這部電影連我自己都看不下去，我經紀人都說了我幾次，為什麼要接這種爛片。」

晏長晴哼哼的說：「剛才我出來的時候，碰到夏俊朦的那群腦殘粉，都是些不懂事的小屁孩，聽到我說夏俊朦演技不好，還跟我吵，然後我就跟她們吵起來，我告訴她們什麼叫真正的電影，什麼叫真正的藝術，最後說的她們啞口無言，我撕贏了！」

一旁開車的宋楚頤嘴角抽搐著多看了她幾眼。

她說的滔滔不絕，還握著拳頭，臉皮真是比萬里長城還厚，什麼叫說的人家啞口無言，明明是人家罵的她快氣瘋了，他算是親眼見識到她背後吹牛的真相了。

那邊阮恙一聽笑了：「長晴，妳幹的是不錯，不過作為公眾人物，還是少招惹這些事為好，現在別小看那些年紀輕輕的腦殘粉，就是因為這些粉絲才是最可怕的，很多道理，跟她們說不通，她們是無條件的支持自己偶像，不管對錯，要是被她們知道妳身分往死裡黑，還會窮追猛打到你們電視臺。」

「噢。」晏長晴點頭：「妳說的我都懂，可是妳是我女神，是我偶像，我堅決不會讓人當著我的面說妳而不還口，對了，今天為了捧妳的票房，我還特意包場了。」

「是嗎？行，下次見面賞妳一個熱吻啊。」阮恙又輕笑了聲：「不過妳確定包場費是妳出的？」

「呃……」晏長晴看了眼駕駛座的男人：「他出的還是我出的沒什麼區別，反正他的就是我的。」

宋楚頤懶得看她，繼續開車，等她聊完電話後，才懶洋洋開口：「我的什麼時候成了妳的了？」

「就知道你會找找碴，小氣鬼。」晏長晴不屑的哼了聲：「跟朋友吹吹牛而已，又不會真拿了你的，我還是有自知之明的，就你那摳門、吝嗇的樣，怎麼可能把你的變成我的。」

宋楚頤氣得臉臭臭的，他就問一句，她說一大串。

「妳好像忘了，我有張卡還在妳手裡，每個月妳要花掉二十萬的。」

晏長晴哼了聲：「二十萬算很多嗎？現在錢不經花，買個包包就好幾萬，二十萬就買幾個包包而已，我只是懶得說，你卻好像真以為給了我自己很多似的，現在你換了單位，我薪水比你高多了，我稀罕你那點錢嗎？」

這張小嘴有時候真是甜的像蜜糖，有時候毒的像藏了毒針啊。

「行啊，妳有錢，等一下妳買單行了吧。」宋楚頤咬牙切齒的開口。

晏長晴撇撇嘴，出錢就出錢，吃個飯能要多少錢，不過真小氣鬼，出來約會還要老婆出錢，以後再也不出來約會了。

第三十二章　喜不喜歡

半個小時後，當坐在宋楚頤特意帶她來的法式餐廳，晏長晴接過服務人員的菜單時，有些錯愕。

這菜……也太貴了點吧！

這麼吃下來不是得吃掉上萬，她請客從來沒請過這麼貴的啊，看看這義大利麵一份要上千，這究竟是人民幣做的義大利麵還是金子做的啊！

「幫我來份這道義大利麵，再來一份路易十八的披薩。」宋楚頤指了指她菜單上一份精美的圖片：「噢，對了，你們這裡好像有一款味道不錯的冰淇淋，給她來一份吧，然後……你們這的招牌菜，還有酥皮湯、煙燻鮭魚。」

「好的。」服務人員很快用電腦下單，又看向晏長晴。

晏長晴假裝若無其事的翻了一圈，越看越後悔，她嚴重懷疑，讓她買單根本就是宋楚頤挖的坑。

「……我剛才在電影院吃的挺飽，來份牛排就可以了。」晏長晴合上菜單說。

「要不要來瓶紅酒？」服務人員說：「一般來我們這吃西餐，都會喝點紅酒。」

「不用了，我們……」

「來一瓶吧！」宋楚頤說：「我記得你們這裡好像有三百毫升的紅酒。」

「對，那就來三百毫升的？」

「嗯。」

服務人員離開後，晏長晴又悄悄的翻了一下那瓶紅酒價格，六千！這麼貴！

她抬起頭，一臉怨憤的望著對面悠閒的宋楚頤：「你瘋了，酒量不好，等一下又要我背你回去，我可背不動你。」

「三百升沒有多少，而且這裡紅酒度數不高，只有十度，喝一點點還是沒問題，以前每次都是陪妳爸喝白酒，五十多度，我當然不行。」宋楚頤閒適的雙臂搭在後面的歐式雕花沙發上。

晏長晴越看越不順眼，陰陽怪氣的說：「看不出來啊，對這裡挺熟悉，以前常帶美女來吧，我是帶過來的第幾個啊？」

宋楚頤雙腿悠閒的交疊：「妳誤會了，是以前跟著明惟和他老婆來約會的時候吃過幾次。」

「人家約會你跑來湊熱鬧，騙誰啊。」晏長晴鼻子一哼，才不相信：「你就騙我，以為我不知道，就我們倆第一次喝東西聊天的咖啡館，是管櫻帶你去的，還說要不要吃蛋糕，那裡的蛋糕味道不錯，也是管櫻告訴你的吧，把和別的女人交往的那一套用在我身上，以為我傻好騙呢？」

宋楚頤端著水杯喝了一口：「咖啡館那家確實是管櫻告訴我的，但這家不是。」

晏長晴面露譏諷：「帶相親對象去前任介紹的咖啡館吃東西，你什麼心情啊？」

宋楚頤傷腦筋的揉揉眉心，放下水杯，掌心無奈的一攤：「妳想怎麼樣？」

「反正我不信你。」晏長晴一臉義憤填膺：「我有理由懷疑，你對這裡如此熟悉是帶前女友來過，憑什麼我要來一個你跟前女朋友約會過的地方，更過分的是還要我買單，這個單我不買。」

宋楚頤嘴角漾起一抹淺薄的笑意：「說來說去，主要還是妳不想買單吧。」

「那倒不是，我不是那麼小氣的人，這頓的價格對我來說也不算什麼，我就是心理不平衡。」晏長晴抬頭傲嬌的一哼。

宋楚頤無奈的聳肩：「OK，我買單，現在心情好點了嗎？」

「還不是很好。」晏長晴睨向菜單：「想到你跟別的女人在這裡吃過，我覺得我要多點一些菜、多花你一些錢才會舒服點。」

宋楚頤黑眸溫潤的看著她：「別忘了，之前妳說，我的錢就是妳的錢，妳現在花我的錢，不就是花妳的錢？」

晏長晴無辜地睜大眼睛：「不是你的意思，你的錢還是你的錢嗎？所以你的錢關我什麼事？」

宋楚頤被深深的噎住了，他現在明白了，承認自己的錢是老婆的錢其實沒什麼壞處。

「所以啊，能花點就多花點，免得以後你還有機會花錢在別的女人身上。」晏長晴又叫來服務生，挑了好幾道剛才她一直想點，又覺得太貴的菜。

「少點些。」宋楚頤無奈提醒：「妳剛才在電影院裡吃了那麼多，自己也說飽了。」

「你捨不得花錢就直說嘛。」晏長晴一臉我能體諒你的表情。

宋楚頤立即沉默了，他之前話語裡暗諷她小氣，她很快就又還回來了，以前怎麼會覺得她笨，這個女人，就是扮豬吃老虎嘛，該還的都還了。

服務生過來開了紅酒，點的菜一道道端上來，晏長晴嚐了口披薩，美味的瞪大了漂亮的桃花眼。太好吃了！真的太美味了，果然是一分錢一分貨啊！她目光覬覦的看向宋楚頤的義大利麵，她望過去，裡面有野生菌、魚子醬、龍蝦，看起來就很美味啊。

宋楚頤看到她目光，假裝沒看到，自己吃自己的。

「我要吃你的！」晏長晴乾脆不客氣，把他餐盤拖過來嚐了口，舌頭差點被融化：「太好吃了！」

宋楚頤看著她好吃鬼的模樣好笑的點頭。

「你這盤我吃了。」晏長晴全部拖過來。

牛排端上來時，他切開一小塊，她又湊過來品嚐，又覺得很好吃，把吃剩的義大利麵還給他。

宋楚頤：「所以我現在只能撿妳吃剩的？」

「你有什麼意見嗎？」晏長晴抬起被油漬滋潤的小嘴：「我都沒計較你帶別的女人來這裡吃過。」

又來了……

「我沒有。」

「我不信。」

好吧，他認輸了，永遠不能跟女人去講道理。

不過晏長晴後來也還是十分仁慈，把吃剩的牛排還給他。

吃飽喝足後，晏長晴又把剩下的紅酒全喝了，她不嗜酒，主要是法式餐搭紅酒確實好喝，而且這紅酒貴，不能浪費。

喝完紅酒後，她臉腮紅嘟嘟的，像蘋果。

宋楚頤買單的時候直接掏出一張貴賓卡，晏長晴看了一眼帳單，才兩千多塊，她瞪大眼。

「我有貴賓卡，打二折。」宋楚頤笑咪咪的說。

晏長晴差點想吐血，怪不得會同意付款，原來是這樣。

「噢，肯定是以前常帶女朋友來，都有貴賓卡了，來的次數多啊。」晏長晴把腦袋扭向一邊。

宋楚頤刷完卡，放回錢包時，看到某人的自拍照，拿過去給她看：「瞧瞧這裡面的是誰。」

晏長晴這才看了一眼，裡面還是自己那張微微低下巴，顯得眼睛超大的自拍照。

她嘴唇微勾，想到他一直帶著自己照片在錢包裡，心裡這才甜了點：「你不是說很做作嗎？幹嘛還放裡面。」

「懶得換了。」宋楚頤在她耳邊輕聲說。

「討厭。」晏長晴嬌嗔的瞪了他一眼。

宋楚頤微笑的攬過她肩膀：「卡是我叔叔給的，別人為了討好他，這種卡一大堆，別說這家店，北城很多店都有卡，不過我最喜歡來這家，環境不錯，東西也好吃。」

晏長晴傲嬌的扭扭身子：「知道啦。」

宋楚頤輕輕一笑，收好錢包，把車鑰匙給她：「妳開車，我頭有點暈。」

晏長晴無語，拜託，紅酒她喝了三分之二好不好，就一杯紅酒也能頭暈。

「不會又有查酒駕吧。」晏長晴有點不大放心的說。

「不會，問過交警大隊，今晚不查。」宋楚頤摸摸她臉。

回去的時候，她坐駕駛座，他坐副駕駛，同樣是奧迪A7，就算晏長晴這種駕駛技術一般般的，也不需要磨合。

「你怎麼也會買這款車啊？」不知道是不是喝了紅酒，晏長晴心情挺興奮的，當時相親的時候，真的萬萬沒有想到他跟自己開同一款型的車。

宋楚頤歪頭想了想，片刻後，緋紅的俊臉面朝著她，性感的勾勾薄唇：「也許是，當初知道我未來的老婆也開這款車，所以就忍不住買了相同款式的了。」

晏長晴握著方向盤的手差點打顫，她不能看這麼性感的宋楚楚，太銷魂了。

這情話也很動人，完全不像平日裡會從他嘴裡說出來的樣子，喝了酒的宋楚楚嘴巴真甜啊。

「我跟你說認真的呢。」晏長晴趕緊撫撫心跳，一本正經的說。

「認真的就是……我哥送的。」宋楚頤如實說。

晏長晴又無語了。

早知道還不如別實說，就宋楚朗那種爛人，竟然會跟她喜歡同一款車，簡直拉低了自己的審美水準，不行了，晏長晴決定自己還是要努力賺錢換車了。

晚上，宋楚楚追討著晏長晴要他的補償，不過今晚的宋楚楚大概喝了酒，比以往反常，就像打了激素一樣，眸子也醺的要融化了一般，咬著她耳朵沙啞的問：「喜不喜歡我？」

晏長晴迷離的看著他：「嗯？」

「喜不喜歡我？」他又重新問，眼睛灼的人痛。

晏長晴有瞬間的眩暈，只聽到他不停的重複那個問題。

喜不喜歡？她睜大眼睛看著面前這個面容清俊的男人，伸手抱住他脖子，主動往他唇上親過去：「喜歡……」

有些話一直放在心裡，沒敢說，不是不喜歡，只是不敢說。

她怎麼會不喜歡呢，雖然有時候覺得他說話刻薄，有時候又覺得他把金錢看得太重，又有時候覺得兩個人之間不像尋常情侶，出門在外，他不會有太多的電話問候，也不會關心，他們甚至很少約會，吵架的時候也不怎麼讓她，但是，他畢竟是她真正接觸的第一個異性。

是他，讓她體會到了很多情侶和夫妻之間的一些事。

她酒後駕駛，他幫她頂替，她被人欺負，他站出來像天神一樣，出門在外，他貼心的換好錢，悄悄的放在她錢包裡，他會去看她錄的節目，會悄悄的給她驚喜送花，常常會覺得他很man，又會覺得他煩，但是不能說不喜歡啊，不，喜歡都不夠，已經快是滿滿的愛了。

宋楚頤聽到她那三個字，瞳孔劇烈的縮了縮，狠狠的碾壓她唇……

翌日，晏長晴身體痠痛的睜開眼，用腳踹了踹他背：「楚楚，你這隻禽獸，我累。」

宋楚楚回頭，他襯衫還沒扣上，敞著胸膛，髮絲微亂，低頭時眼角迷離。

晏長晴被他撩的眼暈，噘著小嘴說：「楚楚，你今天好帥。」

被自己女人誇是一件特別自豪的事，宋楚頤伸開雙臂說：「要不要抱妳去洗漱？」

「不要，我還要睡。」晏長晴又懶洋洋的躺回去：「那你今天要去急診室上班嗎？」

「嗯。」宋楚頤扣上襯衫鈕扣：「可能會經常加班了。」

「為什麼，你之前上班就已經夠忙了。」晏長晴嘟嘴，為什麼找了一個工作這麼忙的老公。

「急診室是全院裡最累的地方。」宋楚頤嘆氣，進浴室洗臉。

晏長晴翻出手機，先給自己自拍一張，然後傳上微博，附上文字：『好久沒自拍了，不想起床，不想工作，想睡懶覺，寶寶美吧！美吧！』發完後，她開始翻微博。

沒想到微博熱搜竟然有阮恙包場男粉絲。

晏長晴點進去一看，影片正是昨天記者採訪宋楚楚那一段。

阮恙的粉絲真是多啊，沒想到就這影片都能送上熱搜，晏長晴津津有味的看看下面留言。

最愛我們家恙恙：哇塞，此男粉絲長得真帥，比夏俊朦帥多了，看的我犯花癡了。

風中的戰鬥機：說話好有高冷範啊，我被迷暈了，阮恙真幸福，有這麼帥的男粉絲。

月月123：此男有品位，懂得我們家恙恙的美，看起來有錢，能和我們家恙恙在一起的話，我支持。

愛吃葡萄的小檸檬：哇哇哇，這帥哥我見過，是某醫院的醫生，上次我去門診部看診就是他幫我看的，當時他看著我的時候，我眼睛都差點迷暈了，可惜沒幾天病就好了，一直在想著什麼時候裝病再過去讓他給我看看！

我好笨sa：樓上，快告訴我什麼醫院，我要裝病去看，快，我快被他帥的不能呼吸了。

晏長晴看評論看的又自豪又好笑，還有一絲絲的煩惱。

雖然她早就知道自家楚楚帥，可沒想到放上微博後，竟然會引起這麼多粉絲的圍讚，要怪只能怪自己老爸太厲害，第一次相親就給她相個這麼帥的。

這時，宋楚頤從洗手間出來，晏長晴立即坐起來朝他招招手：「楚楚，你快過來，你現在紅了，昨天的影片上熱搜了。」

宋楚頤一聽，走過來看了一下，蹙眉：「都怪妳，昨天非讓我去包什麼場。」

「對不起嘛。」晏長晴一臉無奈的眨眨眼睛：「你說這麼多人肖想我老公，我是該憂傷多一點，還是該高興多一點點？」

宋楚頤沒好氣的捏捏她頑皮的臉蛋：「因為妳，我今天去醫院肯定又要被議論了。」

晏長晴勾住他脖子撒嬌：「要是今天有漂亮的妹妹裝病過來看你，你一定要拒絕哦，不能給她們任何機會！」

宋楚頤朝她翻了個白眼，懶得搭理她轉身就走。

「等等！」晏長晴趕緊勾住他：「把你手機給我。」

「幹嘛？」

「難道你裡面有什麼隱私嗎？」晏長晴又不高興了：「我就知道，床上的時候把我哄的跟寶一樣，上完床就對我棄之如履，現在網路上都說，手機不讓女朋友碰的男人都心裡有鬼，你有鬼就有鬼嘛，坦白說就是，我不會怪你。」

宋楚頤說不過她，乾脆把手機解鎖丟給她，他轉身去忙時，猛地想起他微博帳號的事，一回頭，晏長晴圓鼓鼓的眼睛已經不可思議的瞪起來：「原來楚楚動人就是你！」

對這個「楚楚動人」的名字她記得清清楚楚。

每次她發微博，他都要黑上一黑，什麼「厚顏無恥」呢，什麼「做作」，什麼「假」，什麼「不要臉」。

黑她的評論總是有，可每次都冒出來黑的也就是這個「楚楚動人」了，她還納悶過好多次呢，她是什麼時候得罪了這個「楚楚動人」嗎？

萬萬沒想到，擠破腦袋也沒想到，「楚楚動人」竟然是日日睡在她旁邊的宋楚楚。

她感到一陣深深的氣憤，還有惡寒：「宋楚楚，你太變態了，我平時叫你楚楚，你還嫌棄，結果背地裡竟然取一個『楚楚動人』這麼噁心的微博名。」

宋楚頤尷尬了，人生的道路上從來沒有這麼尷尬過，他低咳一聲：「誰變態了，不許胡說，這是明惟幫我申請的，不信你去問他，都是妳每天叫我楚楚，他沒經過我同意就取了這個暱稱。」

晏長晴一臉鄙夷：「微博名是可以改的，你別裝，我看你就很喜歡！」

「誰裝了，我又不知道怎麼改。」宋楚頤咬牙切齒的揉揉眉心。

晏長晴想想也是，像他這種人只會拿手機接電話，她剛才也是想拿他手機開個微博替自己點讚，沒想到意外發現真相。

「好吧，不說微博名，那你沒事就在我微博下面黑我、損我，你什麼意思，是不是太缺德了，天天黑自己的老婆，還是你雙面人格，心裡有問題呢？」

宋楚頤被逼的太陽穴跳了跳。

說實話，他對微博那些東西一向沒什麼興趣，會申請個帳號全是因為想看她微博，看了之後常常被她微博逗得發笑，但發笑之餘又忍不住去黑一把，越想也覺得自己挺不正常的。

「說，你幹嘛黑我！」晏長晴不依不饒的插著腰追問。

宋楚頤咬著牙根死命的想了很久，才想出一個自己也不敢接受的結論：「我故意的，想看妳生氣的模樣。」

晏長晴不說話了，她覺得宋楚楚肯定有病，神經病。

「你想惹我生氣就直說嘛。」晏長晴哼了聲，從他身上滾下來，背對著他。

宋楚頤煩躁的皺了皺眉，輕柔的摟了摟她：「我以後再不黑妳了。」

「哄我幹嘛，不是很喜歡看我生氣嗎？現在我生氣，你應該高興啊。」晏長晴陰陽怪氣的挖苦。

宋楚頤抱著她悶不做聲，晏長晴越想越生氣，氣得掰開他手。

他一言不發的看著她一陣，終於再次啟動了薄唇：「因為妳生氣的時候特別可愛。」

晏長晴傻了，他現在什麼意思，因為她生氣的樣子可愛，所以他才總氣她？

她該懊惱的，可為什麼總覺得他話裡挺曖昧，曖昧的她自己臉皮都莫名其妙的熱了，半晌，她自己不好意思的說：「下次不能這樣了。」

「嗯。」他低聲應著。

難得宋楚楚這麼老實，晏長晴開始得意起來：「算了，你去忙吧。」

宋楚頤得了解脫似的，趕緊轉身去書房整理資料。

晏長晴心情不錯的在他微博裡找到自己剛才發的那則微博點讚，並且評論：『晴寶剛睡醒的樣子也超美，愛妳愛妳，萌萌噠。』後面一串飛吻。

宋楚頤整理好著裝，拿資料出來時，手機已經用完放一邊了。

他走過去拿起，心情忐忑的問：「妳發了什麼？」

「沒發什麼。」晏長晴窩被窩裡繼續玩手機，聽到他話，懶洋洋抬頭：「不過你要是敢刪了，我以後就不理你了。」

宋楚頤冒出一股涼意，有種不好的預感，點開一看，嘴角無力抽搐：「有這樣誇自己的嗎？」

真是……太不要臉了。

「你管我。」晏長晴傲嬌的翻個身，留下一個屁股給他。

宋楚頤爬過去拍她臀部，眉頭蹙：「妳說，妳弄成這個樣子，被朋友看到了，又得被笑。」

「你是我老公，看到了又怎麼了？」晏長晴鼻子哼哼：「果然只有在床上才會哄我，人家說，男人怕在朋友圈或微博秀恩愛，就是把現任女友當備胎，這樣在外面能繼續曖昧，我肯定是你備胎。」

宋楚頤深深的無力，貌似自從昨晚自己把她寵上天后，她就越來越蹬鼻子上臉了。

「我不刪還不行嗎？」真是敗給她了。

「這還差不多。」晏長晴轉過臉來，衝他噘嘴：「楚楚，親親。」

宋楚頤心頭的酥軟再次被撩撥得一塌糊塗，這丫頭也不知道多久沒向他要親親了，突然又來這一招，他雙腿又不爭氣的軟了，心臟也滿滿當當的。

他低下頭，捧起她的臉，給了她一個深深的熱吻。

不就是微博留個言嗎？以後隨便她去了。

「拜拜，路上小心。」親完後，晏長晴笑瞇了雙眼。

「嗯。」又親親她臉，真是不想上班了。

路上，接到展明惟打來的電話，對方聲音古古怪怪：「老宋，沒想到你現在這麼的……呃……這麼的肉麻啊，真是看不出來你有這潛質。」

宋楚頤正開車，聽到他話，微微頭疼：「不是我發的。」

「難道是……晏長晴自己？」

「嗯。」

「你老婆這臉皮真的是……」

「……厚一點也挺好。」

「是喔、是喔。」

進入急診科工作後，一切變得忙碌，不過晏長晴也忙，不是宋楚頤加班，就是她晚歸。

這天下午，宋楚頤趁空檔時間在休息室喝了杯咖啡，正在和幾個護士說話的孟醫生朝他招手：「宋醫生，大新聞。」

「嗯，什麼新聞？」他掛著溫潤的笑過去，迷的旁邊的護士看著他臉紅。

「你們以前科室的嚴醫生，被爆料私下收受藥商回扣和病人紅包，現在被停職調查。」孟醫生壓低著聲音說。

宋楚頤深沉溫淡的臉上，掠過抹若有所思：「這種事還是要調查清楚再說。」

「嗯，不過應該不是空穴來風，反正剛才司法部門的人也過來了。」孟醫生嘆氣：「嚴醫生也從業幾十年了吧，聽說近兩年就該升職了，要是真有什麼，實在太可惜了。」

「可不是嗎？」宋楚頤低低沉沉的說完後，轉身離開時，眼神黑的像深淵。

走到一個無人的地方，他拿手機打給宋楚朗：「嚴醫生的事是你幹的？」

宋楚朗淡淡說：「這是爸的意思。」

宋楚頤沉默，那天在餐桌上他是聽到的：「那嚴醫生做的事是真的還是假的？」

宋楚朗回答的也很冷漠：「當然是真的，為了找齊這些證據我也是花了不少時間。」

宋楚頤一臉無奈的放下手機，真沒想到嚴醫生還幹過這檔子事。

晚上科室裡同事生日，他吃了頓飯便回家了。

難得晏長晴也已經回來了，像往常一樣，回家第一件事便是洗澡。

晏長晴坐床上玩手機時，看到宋楚頤放床櫃頭上的手機螢幕一直閃啊閃的，他調成了靜音。

晏長晴湊過去，竟然有二十多個未接來電，她吃了一驚，這誰啊？

很快又有電話打進來，晏長晴猶豫了下，還是替他接了：「喂？」

「是宋楚頤醫生嗎？」一個顫抖的女人聲音：「我是嚴苛華的妻子，求您放過我先生好不好？」

晏長晴莫名其妙，看來這個人真是著急壞了，連自己聲音都弄成了男的：「我不是宋楚頤。」

「那妳是？」

「我是他太太。」

「原來是宋太太，您能跟您先生求個情嗎？我先生是糊塗，他不該得罪宋醫生，如果宋醫生不肯甘休，我家老公不但要坐牢，還會吊銷醫生執照，我們這一大家子都靠著他養啊！」女人哭著說。

晏長晴張了張嘴，正不知如何是好時，一隻長手突然奪走了她耳邊手機，直接掛掉。

「你幹嘛。」晏長晴立即站起來，看著宋楚頤臉上還沾著水漬的俊臉。

「不要亂接我電話。」宋楚頤把手機扔到一邊，面無表情。

「不是啊，那個人……」晏長晴指著手機，支支吾吾的說：「他們家是哪裡得罪你嗎？」

「上次在醫院傳我身分的人。」宋楚頤淡淡說：「我被調科室、被家屬吵著說學藝不精害死人，都是他有意洩露我身分惹出來的。」

晏長晴想起來，上次在宋家吃飯的時候，宋懷生好像提起過一個姓嚴的醫生：「是你哥做的？」

宋楚頤伸手端茶杯，沒說話。

晏長晴嘟囔：「其實……沒必要做的那麼過分吧，開除就可以了，畢竟人家還有一家大小要養。」

「這些事，我不管。」宋楚頤拿起筆記型電腦，坐沙發上開始觀摩學習他的恐怖手術電影，晏長晴幾次想靠近都有點不敢靠近了。

晚上快睡覺時，晏長晴一臉懊惱的從廁所出來：「沒有超長的夜用衛生棉了，害我墊了兩個白天用的護墊。」

「不要跟我說這些，我不懂。」宋楚頤合上筆記型電腦。

晏長晴黏糊的湊過來：「不舒服，你摸摸看。」

宋楚頤看了一眼她翹起的臀，人靠過來就聞到一股衛生棉的香味：「這種事有什麼好摸的？」

晏長晴用鼻子哼了聲：「來大姨媽和不來大姨媽的時候，真是好大的區別對待，平時最喜歡摸，現在碰都不願意碰我一下。」

宋楚頤無語：「我摸還不成？」

「不稀罕你摸了。」晏長晴躺的遠遠的。

宋楚頤把電腦放遠，熄燈，抱她過來。

「你別抱，小心側漏到你身上。」晏長晴扭捏的說。

他猶豫了一下，這才放開她。

第二天醒來，卻發現晏長晴半邊身子壓在他身上，而他大腿上，感覺似乎有片潮濕黏膩。

他身子一僵，有種不好的預感，推開她掀開被子，看著大腿上的血漬時，臉色發青。

被推醒的晏長晴睜開迷糊的眼，看到時也愣了愣，緊接著臉色無地自容的燥紅起來，再看看自己睡裙，恨不得鑽個地洞進去。

「呃……不好意思啊，側漏太多了，不過你應該習慣了啊，每天在醫院，應該經常會沾血才對。」

「妳覺得這種血能跟那種血比嗎？知不知道要是在古代，妳直接就被休了。」宋楚頤瞪了她一眼，徑直往洗手間走。

聽到關門聲，晏長晴懵了，趕緊說：「喂，你應該讓我先洗啊！」她現在全髒了，難受的要死。

「要洗，一起進來洗。」宋楚頤冷冷的聲音夾雜著嘩啦啦的水聲傳出來。

晏長晴險些崩潰，讓來大姨媽的她和他一起洗澡，借她十個膽也沒這個臉啊。

一個早上，宋楚頤臉色都是臭臭的。

晏長晴也沒好到哪裡去，好想把早上那段糗事給抹掉啊，太丟臉了，不過她應該不是這個世上，第一個把大姨媽蹭到老公身上的女人吧？

第三十三章　妖精

北城醫院，宋楚頤剛停好車到急診室，一個四十多歲的女人看到他，便紅著眼眶趕緊跑過來，她身後，還跟著一個十多歲的少年。

宋楚頤眉頭一皺，都說男人沾了大姨媽會晦氣，果然是晦氣的一天啊，這個女人她見過，正是嚴苛華的妻子周冬和兒子嚴長龍。

周冬一見到他就和兒子一起哭著跪下去：「宋醫生，求求您原諒我們家苛華吧！他畢竟跟您在一個科室做了那麼多年同事啊，他是一時糊塗，您就放過他吧！只要他不坐牢和保住醫生資格就行了，您要是看他不順眼，開除就是，我們一家都靠他薪水過日子啊，我兒子還在讀高中，他要是坐牢了，我們母子倆該怎麼辦啊？」女人的哭聲立即引來了很多人的注意，連醫院的職員都圍著指指點點。

宋楚頤清冷的臉立即變得冷漠，眉頭也皺的緊緊的，這個女人不知道是沒腦子還是想故意當眾逼自己就範和難堪。

「妳找我做什麼，妳應該去找司法機關，別在這裡鬧。」宋楚頤招手把保全叫了過來。

周冬抓著他褲子，嚴長龍也紅著眼眶，不停的磕頭：「宋醫生，放過我爸爸吧，求您了。」

「這孩子真是可憐啊。」周圍人開始議論起來：「這人也是醫院醫生吧，長得也人模人樣的，怎麼還欺負人家孤兒寡母。」

「你不知道，現在醫院的醫生，無法無天。」

保全過來拽開這對母子，宋楚頤邁開步往樓上走，換完衣服出來，急救室便有病人匆匆送進來，暑假來醫院的，永遠是頑皮的孩子最多。

忙到中午，一名年輕護士說：「宋醫生，您是要去餐廳吃飯吧，別從正門走，那母子倆還在太陽下面曬著。」

宋楚頤看了一眼外面毒辣的太陽，沉著臉色從後門出去，路上碰到一些病人家屬、義工和醫院員工都朝他投來古怪的目光，他走過去，各自交頭接耳。

餐廳裡，宋楚頤餓了，盛了飯菜直接坐一邊開始吃飯，辛醫生端著餐盤過來，四下裡看了看，小聲說：「今天上午，嚴苛華老婆在門口求你的事鬧得沸沸揚揚。」

宋楚頤蹙眉。

辛醫生繼續道：「我聽到不好的消息，不少人在背後猜測，說嚴苛華出事其實是你動的手腳，所以啊，那周冬一大早跪門口求你，大家說有隱情。」

「說說看，還聽了什麼。」宋楚頤夾了兩口牛肉：「你消息一向挺靈通的。」

辛醫生嘿嘿笑了笑：「有人說，上次院裡傳出你身分的事被病人家屬知道，可能是嚴醫生幹的，還有人說，醫院的職位要有變動，按資歷來說嚴醫生是最有可能坐上去的，但他擋住了你的路，為了能夠名正言順的坐上去，所以你導了這出陷害嚴醫生的戲。」

「醫院的八卦真是精彩啊。」宋楚頤低低嘆了口氣。

「不過……現在最緊要的，還是那母子倆。」辛醫生指了指外面太陽：「快四十度的天氣，再這麼鬧下去，會中暑暈倒，上次高家那樁案子才送上法庭，已經很受外界注意了，院長肯定不希望這個時候再鬧大。」

「謝謝你啊。」宋楚頤微微一笑。

「沒事，這麼多年的老同事了。」辛醫生笑著低頭吃飯。

宋楚頤吃了半碗，到底沒多少胃口，吃完飯，叫來醫院的保全，給他們錢買太陽傘和水給周冬母子倆送去，然後回觀湖公館午睡了一會兒。

到醫院時，護士告訴他，周冬昏倒在門口。

宋楚頤微微煩躁：「不是給他們送了傘和水嗎？」

「她們沒用，現在在急診室的病床上躺著。」

「嗯，周冬醒了，告訴我一聲。」宋楚頤淡淡交代了一句，開始下午的工作。

下午四點鐘，周冬的病床前，嚴長龍端著水坐病床邊的椅子，身體曬得紅通通，嘴唇也乾透了，整個人蔫蔫的，可當看到宋楚頤進來時，立即站了起來。

「宋醫生……」周冬眼眶腫腫的，喉嚨也微微暗啞哽咽：「您到底要怎樣才能放過我們家苛華，說到底，他只不過是一個普通的醫生，哪裡能跟您這樣身分的人比，您就當得饒人處且饒，放他一條生路吧，大不了以後我們家離開北城。」

「不好意思，這件事我幫不了，我只是一個醫生，他到底有沒有犯罪，司法局會好好調查清楚。」宋楚頤雙手負於身後，表情淡淡的警告：「不要再來找我，也不要再來鬧，你們打什麼主意，以為我不清楚嗎？」

「我也是太著急，昨天急的一整晚都沒睡好，就怕苛華出事啊，宋醫生，您大人有大量，給他條生路吧。」周冬落淚：「宋醫生，苛華跟我說過，上次那件事是他糊塗，當時您說出來的時候，他就應該坦白承認，事情不會那麼巧，那些事苛華真沒有做過，您要是想給他教訓，把他開除就是，如果罪名坐實了，他會坐牢的，他畢竟也是您同事啊。」

「我再說一次，司法局會去查清，別把所有的責任都推到我身上。」宋楚頤緩慢的抬起腳步走到嚴長龍面前。

嚴長龍白著臉看了他一眼，瞳孔慌張。

宋楚頤猛地出手揪住他胳膊，反手止住他，往他口袋裡摸去。

嚴長龍死咬著牙齒反抗，宋楚頤踢他膝蓋一腳，順利把他口袋裡的手機摸出來，上面開著錄音。

他陰冷的笑了笑，把手機砸地上，周冬母子倆臉色呈僵硬的灰白。

「別當我傻子。」宋楚頤放開嚴長龍，狹長的眸眯起危險的弧度：「從我剛一進來，便注意到你的手往口袋摸，你媽一口一句要我放過嚴苛華，等我開口往你們套裡面鑽是吧，錄這個什麼意思？」

他一腳踩在手機上，手機螢幕發出四分五裂的聲音：「用來要脅我是吧，還是交給媒體，這就是你們母子倆讓我放過嚴苛華的誠意？」

周冬面色慘然的顫抖著唇，嚴長龍齜牙裂目的上前：「本來就是你害了我爸爸。」

「小子，注意你說話的語氣。」宋楚頤指著他，一字一句警告：「你爸爸有沒有做過，你們一家人心裡清清楚楚，別再來醫院找我，不然，我會讓嚴苛華坐牢坐的更久。」他說完，腳再次在手機上狠狠碾了幾下才轉身離開。

下班回家的路上，接到宋楚朗打來的電話：「聽說嚴苛華的妻兒在醫院鬧了一整天。」

「我已經解決了，他們不會再來了。」宋楚頤淡淡說。

「你確定你解決了？」宋楚朗一副懷疑的口吻：「我可是聽說，下午你們在醫院裡好像發生了一些糾葛。」

「夠了，你在醫院裡的眼線到底有多少啊？」宋楚頤冷沉的說：「是不是所有的事，你都非要瞭若指掌。」

「我這麼做是為了誰，不都是為了把你扶上院長的位置嗎？還有，爸讓我告訴你，晚上回家睡，別總是睡在晏家。」宋楚朗掛了電話。

宋楚頤冷臉把手機扔到一邊。

晚上，晏長晴和臺裡同事唱完歌回家，看到捧著電腦坐沙發上看郵件的宋楚楚時，笑咪咪的走過去勾住他脖子：「你在幹什麼呀？」

「看資料。」宋楚頤看了她滿面紅光的臉一眼：「心情好？」

「是啊，我今天和同事唱歌，不知道怎麼回事，以前唱不上的歌。突然全部唱了上去。」晏長晴笑咪咪的說：「對了，你上次不是說，最近要抽時間帶我去渡假嗎？現在都快半個月了，連簽證都沒辦。」

宋楚頤想了想，最近醫院事多，這段時間確實暫時避開會好點：「那妳想去哪裡旅遊？」

「我覺得我們去海島上玩玩好點。」晏長晴露出兩顆小白牙：「很多海島都免簽，如果要是辦簽證的話，又要一段時間，我下個月就沒什麼時間。其實，我這個人很懶，也不希望走太多景點，就是在海邊租個浪漫一點的小房子，每天曬曬太陽、游泳、吃吃東西，我就很滿足了，人家都還沒有跟男人出去旅遊過呢。」

「妳爸不是男人？」宋楚頤故意低笑：「不是跟妳爸去過峇里島嗎？」

「討厭，我說的此男人非彼男人。」晏長晴傲嬌的往他胸膛裡靠。

宋楚頤眼裡蕩漾起一絲淺淺的笑意：「那妳說，此男是什麼男？」

晏長晴哼了聲，他太壞，明明知道還故意要問。

「行啊，你不知道，那我就只好去找別的男人去旅遊，說不定你就知道是什麼男人了。」

晏長晴扭頭想走。

宋楚頤扣住她腰，含著笑的臉危險的繃起來，他薄唇靠近她耳朵，沙啞的唇息噴進去：「妳敢。」

「有什麼不敢的，你不跟我出去，有很多男人巴不得跟我出去，我可是很受歡迎的。」晏長晴邊說邊躲閃，想把耳朵逃離他唇邊，他的呼吸實在讓人太麻太癢了。

宋楚頤帶著點懲罰的捏捏她臉蛋：「想去哪裡的海邊旅遊？」

晏長晴喜滋滋的回頭：「我想去馬爾地夫，我晚上想住在水屋，我們一起看星星。」

「行程妳自己規劃。」宋楚頤一口答應。

「老公，太謝謝你了。」晏長晴興高采烈的用力親了他臉頰幾下：「那我現在就去查攻略，可是我們幾號去？」

宋楚頤沉吟了下：「再過一個星期吧。」

聽他說了時間，晏長晴立即興致勃勃，跑去電腦上查攻略，還時不時的打電話，一一問以前去過馬爾地夫的朋友。

快十二點的時候，宋楚頤過來提醒她：「很晚了，快睡覺吧，明天再查。」

晏長晴現在很興奮，還是很想查，不過礙於宋楚頤明天要上班，怕打攪他，還是乖乖關了電腦，躺上床的時候，過於興奮，翻來覆去好一陣都沒睡著。

宋楚頤無奈的看著旁邊孩子氣的女人：「幹什麼呢？」

「楚楚，人家第一次跟老公出去海邊旅遊，太興奮了。」晏長晴眨巴著眼睛在黑暗中望著他。

「當然是第一次，妳以前又沒結過婚。」宋楚頤笑了笑。

「不是啦，我男朋友也沒有過啊，就是……跟名正言順的另一半出去。」晏長晴在被子下勾住他小手指，眼睛裡洋溢著明燦燦的嚮往：「以前都沒有過……」

第一次跟喜歡的人出去是怎樣的呢，好期待啊。

「楚楚，你以前……有沒有跟別的女人一起出去旅遊過啊？」晏長晴突然酸酸的說：「你以前在美國留學，應該也有找女朋友經常去海邊玩吧？」

宋楚頤不做聲了，晏長晴眼睛慢慢的垂落下去，酸溜溜的。

他靠近她，在昏暗中溫柔的封住她委屈瘪起的雙唇，可晏長晴仍舊不是滋味，半響，她抬起眼簾，委屈的說：「楚楚，我吃醋了。」

宋楚頤頓住，在黑暗中緊盯著她，殊不知那顆心臟差點都被那句話給傲嬌酥了，這女人，說個吃醋都能說得這麼撩人，而且哪有女人好意思承認自己吃醋的。

「別吃醋了。」宋楚頤唇挨著她唇，沙啞的說：「以後只跟妳一個人去海邊玩。」

「嗯。」晏長晴嗓音微弱的應著，一副委屈的模樣靠近他脖子，身體也小鳥龜似的壓在他身上，纏的他緊緊的。

大晚上的，宋楚頤被她這樣抱著有點吃不消，尤其她身上的體香撲鼻，格外撩人，他無奈的說：「長晴，不要這樣睡。」

「不要。」晏長晴嘴巴噘的更高了，搖搖頭，嬌嬌柔柔的開口：「楚楚，我有點想……」

宋楚頤只覺得腦子裡的血突然「蹭蹭」的衝到腦頂，他差點得了腦溢血似的，這個女人，絕對是個活生生的妖精，而且妖的越來越過分了。

「不行啊，妳現在來月經了，這樣不好，快睡吧。」宋楚頤低舒口氣，安慰說。

「嗯。」晏長晴再次從鼻子裡發出聲音，翻了個身，慢慢的挨著他，沒多久，她倒睡著了，但宋楚頤就這麼華麗麗的被她撩撥的失眠了。

翌日，晏長晴看到他頂著兩個疲倦的眼圈去上班，一副偷笑的模樣：「楚楚，你昨晚沒睡好啊？」

宋楚頤瞪她一眼：「妳說呢？」他現在絕對相信，她昨晚是故意的。

回醫院後，宋楚頤便著手向主任請假，醫院請假是必須得提前的，這樣上面才有時間排班，于主任立即便批准了這事，笑呵呵的說：「也是該好好的陪老婆出去玩，你上班這麼幾年，年假都讓給別人了，下週五開始休吧。」

「嗯。」

請完假後，打電話給長晴，電話裡晏長晴高興的快起飛了，每天在臺裡閒著沒事就查馬爾地夫攻略，哪裡好吃、哪裡好玩、該住哪裡，全都查得一清二楚。

宋懷生從院裡得知他要旅遊的事，特意打了個電話過來：「聽說你要跟晏長晴去馬爾地夫玩，今晚是不是也該回來吃個飯，現在是連宋家都不打算回了是嗎？」

「不是，是這星期為了放假的事，上了兩個晚班，有點累，沒時間回去。」宋楚頤低聲解釋。

「晚上帶著長晴回來吧。」宋懷生淡淡說。

宋楚頤無奈的嘆口氣，只好打給晏長晴。

晏長晴一聽這事，心就蔫了：「你家人都不怎麼喜歡我，我有點怕。」

「只是吃個飯，吃完飯就回來，等一下我去接妳。」宋楚頤安慰了她兩句。

傍晚六點鐘，晏長晴在電視臺等待時，心裡一半憂愁，一半興奮，憂愁的是要去宋家，興奮的是還有兩天就要去渡假了。

等了十多分鐘，坐上宋楚頤的車後，他笑著安慰：「別想太多了，覺得不自在，少說話就可以了，畢竟我們確實很久沒回家吃飯了，如果我家裡人要真的反感妳了，是不會叫妳去吃飯的。」

晏長晴想想也是噢，心情就沒那麼緊張了：「對了，我今天中午去商場買了三套泳衣，楚楚，你要不要看看？」

宋楚頤剛張口，想說不用，晏長晴就把放後座的袋子拿了過來，高興的展示給他看，都是比基尼。

他看著眼暈，也莫名發熱。

「楚楚，你覺得哪套好看點？」晏長晴眉目彎彎的問。

「一定要在我開車的時候問這個問題嗎？」宋楚頤認真看著前面的車流：「還有，為什麼都是三點式的，沒有連身的嗎？」

「對了，其實這些泳衣是情侶款的。」晏長晴又掏出一條和她比基尼花色相同的男士泳褲出來，笑咪咪的說：「到時候我們兩個每天穿著情侶款出去，別人就知道我們是一對了。」

宋楚頤默默把目光從那條豔麗的男士泳褲上收回來，嘴角抽了抽。

他從來沒穿過這麼花的褲子，他非常無力的說：「就算不穿這個，別人也知道我們是一對。」

「你不覺得很甜蜜嗎？我不管，到時候一定要穿。」晏長晴說：「我們等一下吃完飯早點走吧，我還要去買一根自拍棒，中午找了好久都沒找到，另外還想買點吃的，防曬乳也不夠用了。」

「嗯。」不理解那種想要自拍棒的女人世界。

宋家，車子剛開到停車場，晏長晴就看到一輛二十多萬的大眾車款，停在幾輛上百萬的豪車中間：「楚楚，這誰的車？」

宋楚頤看了一眼，眉頭微斂，才緩緩開口：「雲央的車。」他說著打開車門，晏長晴立即下車，緊張的拽著他手臂。

他攬著她進屋，除了宋楚朗，其他人都在，戴嬡穿著一身坐月子的長衣長褲坐在沙發上和雲央聊天，不知道說了什麼，眉開眼笑。

兩人進來的時候，戴嬡淡淡的瞥了一眼，便收回目光。宋奶奶眸光複雜，之前，晏長晴確實說話討喜也可愛，自從發生那件事後，又覺得她太冒冒失失，倒是宋懷生朝她點頭：「長晴來了。」

「嗯，爸。」晏長晴鬆了口氣，趕緊和宋懷生打招呼，接著是宋奶奶、戴嬡。

「坐吧。」宋奶奶語氣淡淡的說：「都已經嫁給楚頤了，還非要我們叫妳才來吃飯。」

「可能人家忙吧。」戴嬡握了握雲央的手，笑咪咪的說：「哪像雲央，醫院裡沒事就來陪您了。」

宋奶奶點點頭，眉宇之間流露出複雜的欣慰：「懷生，我看雲央那車，該換了。」

「不用了，奶奶，我覺得這車開的挺好的。」宋雲央忙低聲說：「而且我也還不確定，以後會不會在北城發展。」

聞言，宋楚頤深邃的眸子看向她，宋懷生點了根菸，戴嬡關切問：「是不是在醫院待的不順心？雲央，受了什麼委屈一定要跟我們說啊，妳啊，年紀也不小了，是該找對象了，別老是往外跑。」

「再說吧，暫時也沒想結婚的事。」宋雲央轉頭望向窗外開著的雞蛋花。

晏長晴看著她臉頰，愣了愣，從這個側面望過去，感覺她和管櫻好像，想到管櫻，也不知道她最近怎麼樣了。

戴嬡突然問：「長晴，妳一直看著雲央想什麼呢？」

晏長晴受寵若驚，她竟然主動和自己說話：「呃……沒什麼，就是覺得雲央剛才給我的感覺，有點像我個朋友。」

宋楚頤僵了一下，宋雲央眸色怔忡，戴嬡眼底掠過一絲玩味，正要開口，宋懷生突然說：「嚴苛華的事情怎麼樣了，上次聽說他妻兒在醫院鬧？」

「司法局那邊已找到他收回扣和病人紅包的證據，確有此事，已經決定判刑三年，這事證據確鑿，他妻兒也沒辦法。」

「嗯。」宋懷生點頭：「楚朗這件事辦的不錯，不過沒想到，後來他仔細去查，這個嚴苛華背後還真是罪行累累。」

晏長晴聽著無語，她起初還以為是宋楚朗陷害人家，之前還挺同情那對母子，可要是罪有應得，也沒道理求著讓宋楚楚放過嚴苛華之說了吧。

「對了，什麼時候調回外科室？」宋懷生問。

「再過些時候吧，剛調過來又調過去，不利於其他同事排班。」宋楚頤回答。

「嗯……」宋懷生也就沒聊起別的了。

晚飯的時候，晏長晴挨著宋楚頤坐，她旁邊坐著雲央，兩人坐的近，她禮貌的對雲央笑了一下，雲央臉上略過一抹複雜，目光在她臉上定了幾秒，又看看宋楚頤，什麼都沒說的移開了目光。

晏長晴有點尷尬。

吃飯的時候，大家都比較少說話，晏長晴默默的夾著面前的菜，哪個菜轉到她面前，她就夾點，吃不完的，咬不爛的，趁別人不注意的時候，偷偷丟宋楚頤碗裡。

宋楚頤面露無奈，一撇頭，看到雲央一雙霧氣沉沉的雙眼望著他，他筷子一僵，加快吃飯的速度。吃完了，也沒像以前閒坐：「我和長晴先走了，過兩天就要去馬爾地夫，還有很多東西沒準備，我們打算等一下去趟商場。」

宋奶奶一聽，微微皺眉：「難得回來一趟，吃完飯急著走。」

晏長晴緊張了，怕宋奶奶不高興，嘴唇張了張，小聲說：「要不……我們……」

「要走就走吧。」宋奶奶不等她說完，起身往客廳裡走了。

「我們走吧。」宋楚頤攬過她肩膀：「等我們從國外回來，再來住幾天。」

晏長晴無精打采的跟著他離開。

回程的路上，晏長晴心情一點也好不起來，雖然早料到在宋家受到的待遇和以前會是天差地別，但真的嚐到滋味的時候，還是難受。

「楚楚，奶奶現在好像更喜歡雲央了，以前她是喜歡我的。」晏長晴委屈的低頭。

「沒事，反正以後不會天天住在一起。」宋楚頤摸摸她腦袋：「等宋佩遠從美國回來，她們就沒心情跟妳鬧了。」

晏長晴怔住：「你說的是戴嫒的兒子？」

「嗯，我爸取的名字。」

兩人逛的商場有四層，一樓珠寶，二樓化妝品，三樓衣服，四樓超市、電影院。

晏長晴拽著宋楚頤去了相熟的化妝品店，店員知道他們要買防曬乳，給她推薦了一款國外進口的牌子，晏長晴往自己手臂上身上試噴了一下，然後放宋楚頤鼻子邊：「你聞聞，香不香？」

宋楚頤皺眉：「幹嘛要我聞？」

晏長晴咧嘴一笑：「因為你天天要抱著我啊，如果味道你不喜歡，當然要換嘛，要不然不願意抱我怎麼辦？」

宋楚頤低頭望著她，自己還沒笑，旁邊的店員就先笑了。

「您太太真可愛。」店員說。

宋楚頤眼眸軟了，最後陪著她挑了一款香味比較淺淡的防曬乳，晏長晴要了三瓶。

走出化妝品店，宋楚頤睨了一眼抱著自己胳膊的女人打趣：「我可沒說到那邊要每天抱著妳啊。」

「真的嗎？」晏長晴用鼻子嬌哼了聲：「行啊，那到那邊，你可別抱我啊，我每天打扮的花枝招展的，肯定好多男人跟我搭訕，到時候也不稀罕你抱了。」

宋楚頤捏捏她臉頰，算是一點小教訓。

搭手扶梯下樓時，晏長晴看到旁邊一個女人穿了一雙很好看的水晶涼拖鞋，於是又眼紅的對宋楚頤說：「楚楚，我覺得我去海邊沒有一雙漂亮的涼鞋，等一下想再去看看。」

「妳衣帽間裡不是有六、七雙涼鞋嗎？」宋楚頤反駁：「妳好像也沒穿幾次，不都挺漂亮的嗎？」

「那些都不適合去海邊，而且跟我買的泳衣也不搭。」晏長晴嘟嘴：「我要美美的去海邊。」

宋楚頤一臉沒好氣，時間也不早了，明天要上班，他還想早點回去，可不想跟她閒逛：「穿那麼美幹什麼？」

「為了讓你在海邊被我迷住，再也沒心情看別的女人啊！」晏長晴淘氣的一笑：「我想把最好看的一面展現給你看嘛！」

宋楚頤胸口一熱，捏了一把她鼻子：「分明是自己想買新鞋子，還找藉口。」

「其實吧，我穿的漂漂亮亮的，不都是愉悅你嗎？」晏長晴厚著臉皮嘿嘿的說。

宋楚頤搖搖頭，無可奈何的跟著她去挑鞋，事實證明，男人逛街體力永遠跟不上女人，而且女人說要買鞋，肯定不僅僅是說買雙鞋那麼簡單，鞋買好後還要買搭配的衣服，再有搭配的包包……

第三十四章　晴天霹靂

電視臺的餐廳裡，中午時分，往往是最熱鬧的，相熟的主持人坐在一起，大家相聊甚歡。

晏長晴坐在最邊上，文桐端了兩個菜過來，看到她又在查馬爾地夫的資料，沒好氣的道：「我的晏大小姐，明天不是都要去了嗎？攻略也做好了，妳又查什麼查啊？」

「忍不住嘛，習慣了。」晏長晴不大好意思的收起手機。

鄭妍打趣：「晏長晴是要和喜歡的人去渡假，難免想把攻略做的更周到一點。」

「就是就是。」晏長晴手撐下巴：「我在想水屋該住幾天才好呢？」

文桐不想搭理她，自己吃飯，晏長晴繼續嘟囔：「為什麼我覺得像在做夢一樣，這麼不真實，文桐，我的幸福是不是來的太快、太突然了？」

「要不我敲妳兩下吧？」文桐抬起筷子就要動手，旁邊新聞部的幾個記者突然電話響起來，也不知道接了什麼，飯也沒吃急急忙忙就往外跑。

鄭妍好奇的攔住他們：「哎，是不是又出什麼大新聞啦？」

「是啊，聽說柏瀚醫院有醫生被捅了，我得趕去採訪。」吳記者匆忙的說了句就快步走了。

晏長晴怔了怔，猛地站起來：「你們吃吧，我也不吃了。」她邊走邊給宋楚頤打電話，電話響了半天，也沒人接，她著急的心臟被捏住似的，醫院有人被捅了，不會是宋楚楚吧？

「妳是不是擔心宋楚頤啊？」文桐知道她在想什麼，忙跟上來：「別胡思亂想，醫院那麼多醫生，怎麼可能是宋楚頤，而且他一個大男人，防身能力強，不可能是他。」

晏長晴心定了定，覺得有幾分道理：「可我心裡就是七上八下，而且楚楚沒接我電話。」

「他是個醫生，給病人看診或動手術的時候，能隨便接電話嗎？妳先吃飯吧，吃完飯還要錄節目，我等一下給妳去新聞部打聽。」文桐安慰的推著她往餐廳裡走。

晏長晴好不容易勉強自己吃了幾口，其實她也說不上來，可能這幾天太幸福了，幸福過後卻又有種不大真實的感覺。

錄節目前她又給宋楚頤打了電話和簡訊，也沒接、沒回。

下午四點，從演播廳出來，文桐面容凝重的過來說：「打聽清楚了，不是宋楚頤，不過也姓宋，據說是宋楚頤的妹妹，說傷的很嚴重，捅傷的人是同科室嚴苛華的兒子。這個嚴苛華上星期臺裡也報導過，因為收受藥商回扣的事情被判坐牢，他妻兒上星期在醫院裡苦苦的求宋楚頤，鬧得醫院人盡皆知，謠言說是宋家人陷害的嚴苛華，刑期判下來後，嚴苛華兒子為了替父親洩恨報仇，今天一大早在醫院閒逛，大約瞧著宋楚頤一個大男人不好下手，便朝她妹妹動手了，犯案的人已經抓住了，具體的情況還要等員警調查。」

晏長晴徹底愣住，嚴苛華的事她上次也是聽說過的，可沒想到最後會鬧成這個樣子，想到宋雲央昨天還跟他們一起吃飯，突然就出事了，她真的覺得挺可憐的。

文桐皺眉：「宋楚頤的妹妹出了這種事，不知道還能不能和妳一起去馬爾地夫。」

「我去醫院看看。」晏長晴轉身就走。

文桐揪住她：「別去了，上次去醫院妳被人踩成那樣，我可不能再讓妳出這樣的意外，現在醫院裡到處都是記者和警察，妳還是回去等宋楚頤電話吧，估計他妹妹出了事，他現在忙。」

晏長晴煩躁的擰了擰眉，半晌才點點頭，她現在去，確實可能會給他添麻煩。

晚上回去後，晏長晴心裡著急，又打了電話給晏長芯，雖然她現在去北京進修，但她在柏瀚醫院認識的朋友還是很多，晏長芯很快打電話來，說是宋雲央還沒脫離生命危險。

晚上八點多，宋楚頤才回了電話，他的聲音壓得很低沉，藏著顯而易見的壓抑：「長晴，我晚上不回去睡了，還有明天的馬爾地夫我暫時也不能陪妳去了，今天醫院裡……」

「我知道了，我今天在臺裡也聽說了。」晏長晴聲音也儘量低低的：「你在醫院陪雲央吧，也別太擔心了，雲央救過那麼多人，她是個好人，一定不會有事的。」

「好。」他只簡單的說了一個字，似乎不想多說。

「你晚上不回來，要不要……我去看看你，還有雲央。」晏長晴踟躕又擔憂的說。

「不用了，妳早些睡吧……」宋楚頤說著聲音突然顫抖起來：「長晴，不跟妳說了，這有事。」

電話「嘟」的飛快掛，晏長晴看著通話結束的字愣了愣，她不怪他，相反，她心裡也有點慌，剛才的情況該不會宋雲央病危了吧，她越想越忐忑不安。

翌日天一亮，才八點鐘，便開車去了醫院。

她昨夜已經拜託晏長芯打聽了重症病房的位置，長長的走廊上安安靜靜，讓她的腳步也不由自主的放輕。

走到重症室的窗口處時，便看見了穿著無菌服的宋楚頤，他彎腰站在病床邊上，握著宋雲央的手，雲央的臉慘白的和病房裡的白色如出一轍，但一雙微弱的黑眸，還是飽含深情的凝視著宋楚頤。

腦海裡閃過「飽含深情」四個字時，讓晏長晴心裡泛起一股說不清的奇異感覺，總覺得哪裡怪怪的，卻又說不上來。

正想輕扣玻璃時，宋楚頤突然側著臉彎腰，朝宋雲央唇邊湊去，宋雲央的唇動了動，微微輕揚起脖子吻住他側臉。

晏長晴手裡還提著豆漿、蛋糕，看到這一幕，她手裡的東西全掉在地上，卻也沒驚動裡面的人。

她不敢相信，宋楚頤不是宋雲央的哥哥嗎？雖然不是親生的，但也是哥哥啊，為什麼她會親他？

第一次在宋家見到宋雲央，晏長晴便有種感覺，彷彿宋楚頤和宋雲央感情很生疏，兩人很少說話、交流，但有時候她又有種奇怪的感覺，尤其是每次宋雲央看著自己的眼神都是悲涼和痛苦的，難道他們之間……

她的心中掠過一抹茫然的劇痛，已經不敢再多看裡面的人一眼，轉身便走，卻因為腦袋太過空白，迎面撞上了一抹結實的身影。

「對不起……」她茫然的抬頭，宋楚朗站在她面前，他一身面料矜貴的藏藍色襯衫上有不少褶皺，鬍子也沒刮，和宋楚頤幾分相似的臉流露出頹廢的感覺。

只不過此時此刻，他一雙眼眸，深不見底的雙眼裡沁透出一絲冷漠：「我們談一談，我帶妳去看個東西。」

「我們沒有什麼好談的。」晏長晴現在已經快透不過氣，她迫切的需要找個地方好好冷靜一下。

宋楚朗眉皺起，終於緩緩開口：「楚頤曾經的事情，妳不想知道嗎？楚頤和雲央之間的事。」

晏長晴目光定住，變得怔忡。

「走吧，東西就在我車裡，妳看了就明白了。」宋楚朗知道不用再多說了，轉身。

晏長晴知道自己不該去，可腿還是下意識的邁了出去。

一路上，她和宋楚朗都沒有說話。

她感覺的到這或許和宋楚朗為什麼一直不喜歡她有關，也許她即將要面對一個她不敢面對的問題，有那麼瞬間她是想走的，但不知不覺已經走到了宋楚朗的車前。

他打開車門，從裡面取出一本相冊遞給她：「你看看吧，這是雲央一直隨身攜帶的相冊。」

晏長晴低頭，那是一本陳舊的相冊，上面的圖是艾菲爾鐵塔，但鐵塔已經被刮得有些模糊不清了。

她心裡不祥的預感越來越濃烈，她的手因為過度緊張而發抖，但還是接過翻開了。

第一頁，是二個小男孩陪著一個瘦瘦的小女孩，憑依稀的輪廓看得出是宋楚頤兄弟和宋雲央，在往後看，都是三人的照片，然後往後，宋楚朗漸漸不在了，晏長晴再翻開一頁，便愣住了。

泛黃的照片，背景似乎在摩天輪裡，宋楚頤抱著宋雲央，兩人笑的像熱戀中的情侶，十分甜蜜。

那時候的宋楚頤頭髮略長，模樣秀氣，五官一臉也不清冷，是朝氣的、陽光的，模樣是清澈的。而雲央披著一頭直長的黑髮，穿著校服，側臉神似管櫻。

依稀之間，什麼都明白了，她呆滯的看著那張照片。

宋楚朗靠在車上，點燃了一根菸：「妳再往下翻。」

晏長晴如夢初醒，繼續往後翻。

兩人似乎又長大了些，然後是兩人穿著白色大褂，背後是美式的建築物，再後面，二十多歲的宋楚頤左手抱著衝浪板，右手攬著宋雲央站在海邊，宋雲央的唇印在他臉上……

如果說之前是兄妹才抱在一起，現在這張照片什麼都不用說了。

晏長晴眨了眨眼，熱辣辣的太陽照得她身上好像層皮，灼燒的每一個地方都在疼，有那麼一會兒，她覺得肯定會被這太陽給曬暈，但沒有，除了臉色白一點，她竟然奇蹟般的挺住了。

宋楚朗訝異的看了她一眼，他一直以為她又蠢又笨，活在象牙塔裡女人，什麼都不知道，什麼都不去用腦子想，也以為她知道了真相會大哭大鬧，但……竟然沒有，她表現的超出他預料的冷靜。

他深長的吸了口菸，晦暗的說：「現在妳應該什麼都知道了吧，楚頤為什麼會跟管櫻交往，他並不是真的喜歡她，只是覺得管櫻長得很像讀書時候的雲央，所以管櫻劈腿他一點都不難過。氣，只是因為沒有面子，他娶妳，是因為他知道雲央今年就要回來了，他想要她死心，所以才娶了妳，他一點都不喜歡妳，只是想成全我跟雲央。」

晏長晴一呆，曾經她想破了腦袋，也想不明白宋楚頤為什麼會突然那麼急的要娶她，原來是因為這個原因。

她就知道，老天爺怎麼會在晏家最困難的時候，無緣無故送一個又帥又有錢、又疼她的男人給她呢？

果然，天底下沒有免費的午餐，而且，要知道，她並沒有覺得自己有多優秀或多美，所以宋楚頤也沒道理會愛上她，幸好，她一直有自知之明。

可為什麼，有自知之明，她還是會那麼的難受呢？難受的想找個地方哭一哭。

她潤了潤被曬乾的唇瓣，點點頭，機械般的說：「既然他們喜歡，就在一起嘛，幹嘛要來禍害別人呢，對吧？」

宋楚朗面露苦笑：「是我，都是因為我，我們三個一起長大，情竇初開，一個屋簷下，日久生情，不知道什麼時候開始，我也被雲央吸引了。可是我也發現楚頤喜歡她，楚頤跟雲央表白，不過拒絕了，雲央是覺得寄居在宋家，我爸對我們倆又管的嚴，她不願讓家裡人失望，小心翼翼，楚頤心裡難受，為了讓雲央吃醋、不高興，經常在學校逗女孩子，今天跟這個出去約會，明天又和另一個去看電影，最後雲央是吃醋了，十七歲那年他們就交往了。」

晏長晴心想，這不就跟那一會兒青春小說裡的愛情故事一樣嗎？

真好呢，可惜不是屬於她的，是屬於她老公的。

「他們交往的還算順利，因為功課也沒有耽誤，我也幫他們瞞著家裡，楚頤考的是醫學院，雲央為了能和他一起，也學了醫，他們兩個一同考進美國史丹佛大學，原本是想著正式回國工作就結婚的，但是也就那兩年，楚頤終於知道我一直在背後暗戀雲央的事情，他覺得心裡愧疚，直到有一次，我們三個人一同去底特律玩，在那裡，遇到了一起槍擊案。妳也知道美國那種地方，家家戶戶都是可以隨身帶槍，那次是個精神病人，拿著槍殺人，楚頤被槍打中了後腰，他當時沒暈過去，但是大約是嚇到了，以至於雲央遇到危險的時候，他畏懼的沒有第一時間衝過去，那次，是我站在雲央面前為了擋了一槍，雲央當時暈過去了，她醒來的時候，我騙她，說是楚頤救了她。」

晏長晴震驚，她記得宋楚頤後背有傷痕，沒想到會是槍傷，更沒想到宋楚朗會做出這樣的犧牲。

「後來很長一段時間，楚頤都在為那件事感到愧疚。」宋楚朗惆悵的吸口菸：「傷好後，也不願見雲央，他覺得自己沒用、懦弱，在最重要的時刻，應該保護自己心愛的女人時候卻退縮了，雲央察覺到他的不對勁，楚頤告訴她，其實我也很喜歡她，雲央大概也沒想到，也覺得虧欠我，於是他們約好給彼此五年的時間，可是五年了，雲央即將回來了，楚頤卻還是沒從那件事的陰影裡走出來，他選擇了結婚退出，為的是把雲央讓給我。」

晏長晴點點頭，她現在腦子裡已經翻江倒海，可能海倒的太過了，以至於她還能這麼平靜。

「我一直想讓妳跟楚頤離婚，是想讓楚頤回到雲央身邊。」宋楚朗看了一眼她臉色，低嘆：「我本來不想把這些事告訴妳，但現在雲央這個樣子，如果不是我把嚴苛華弄進局裡，他兒子也不會做出這樣的事。雲央是受害者，她回來是想和楚頤好好在一起，但她沒有想到你們會結婚了，她沒有想過拆散你們的婚姻，但她每天都過的很痛苦，我想把幸福還給他們兩個人。長晴，我拜託妳離婚吧，就算妳離婚了，我也能保證宋家的資金不會撤出晏家，你們晏氏還是可以好好的經營，妳依舊可以過你們完好的生活，如果妳不願意，我能保證，會讓你們晏家比之前更慘。」

他語氣寒涼的說完後，抽走了晏長晴手裡的相冊：「其實楚頤的心根本就不在妳身上不是嗎？他對妳好，不過是為了履行夫妻之間的義務和承諾，我承認，或許妳在某些方面很有魅力，但那恰恰能說明楚頤對妳只有欲望，沒有愛情的婚姻有什麼意思。」他上了車，發動車子，倒車離開。

晏長晴真的已經被太陽灼燙的肌膚都麻木了。

她回到車上的時候，自己鼻子、臉、脖子、手臂，都通紅的，只有一雙眼睛泛著空洞的蒼白。

她眨了眨眼，所以，現在……她做了幾個月的美夢要醒了嗎？

沒有什麼馬爾地夫，更沒有什麼婚禮儀式。

她開著車慢吞吞的在街上遊蕩，直到快悶得窒息，才想起沒開空調，她趕緊打開冷氣，涼涼的風吹得她腦門漸漸清醒。

她顫抖的拿手機打給阮恙：「阮恙，妳在哪啊？」

「我在上海啊，怎麼啦？」

「妳忙不忙，我去找妳行不行？」晏長晴哆嗦的說。

阮恙愣了愣，覺察出不對勁：「我還好，妳過來吧，到機場我讓助理去接妳。」

晏長晴不大記得怎麼上飛機，又怎麼到上海的，甚至見到阮恙助理，被接到阮恙的酒店，她都是渾渾噩噩的。

阮恙忙完事情回到酒店，看到蜷縮在沙發裡一臉呆滯的晏長晴時，心疼的縮了下，認識這麼久，沒見過她這副失魂落魄的模樣：「發生什麼事了？」

「阮恙，原來宋雲央……真的是宋楚頤的情妹妹。」晏長晴茫然的抬頭。

阮恙心一沉，坐到她面前，輕輕握住她的手，發現竟然冰冷且顫抖，她問：「怎麼回事？」

晏長晴哆哆嗦嗦的把前因後果告訴她：「妳說……我現在該怎麼辦？」

阮恙眨眼看著她：「妳覺得宋楚頤喜歡妳嗎？」

晏長晴面露茫然片刻，搖搖頭：「不知道，以前覺得他是喜歡我的，可看了那些照片，我才知道，原來宋楚頤可以對著宋雲央露出那麼溫柔甜蜜的笑，他也從來沒有說過喜歡我、愛我……」

阮恙心更疼了，伸手抱住她。

晏長晴挨著她，眼淚嘩啦啦的哭出來，哽咽著直到泣不成聲時，才漸漸安靜下來，卻是呆呆的：「我想通了，其實我也沒吃虧，不就是陪他睡幾次，晏家的公司就能得到好轉，我姐還是跟我姐夫好好的，真的挺好的，離了婚也沒什麼，大家都是互相利用，商業聯姻，我早知道的，也沒指望他真的喜歡我，真的。」她連說了好幾次「真的」，好像唯恐她不會相信。

阮恙低頭看著她，心裡自然是生氣的，不過作為旁觀者，她還是說道：「其實目前為止，妳也只看到宋雲央親宋楚頤，宋雲央沒忘掉宋楚頤是肯定的，但宋楚頤怎麼想的，還是問問他好點。」

「有什麼好問的。」晏長晴手肘用力蹭眼淚，怎麼也蹭不掉似的，抽噎道：「他就是騙我，一開始就是在利用我，妳沒看到宋雲央小時候的照片，和管櫻有多像，一開始，管櫻就是宋雲央的替身，只是管櫻背叛了他，宋雲央急著要回來了，他才找了我，我傻不拉幾的，還為了他和管櫻反目成仇，結果，他的心思根本不在我們身上，到頭來根本不值得。」

阮恙坐在邊上安靜的看著她，聽她邊罵邊哭，後來哭累睡著。

第二天她是凌晨醒來的，外面天色還沒亮，眼睛酸澀的彷彿不屬於自己，她坐起來，一旁的阮恙就被驚醒了，夾著淡淡睡意問：「妳沒事吧？」

「阮恙，我來，沒打擾妳工作吧？」晏長晴心裡愧疚，還打擾人家睡覺的時間了。

「沒關係，不就是幾個工作嗎？錢沒了可以再賺，朋友沒了就賺不到了。」阮恙坐起來靠在床頭：「對了，昨夜妳爸打電話過來，我說妳來上海玩，妳家人還是挺擔心妳。」

「嗯。」晏長晴落寞的低頭：「阮恙，我想通了，我不怪任何人，本來……就是各取所需的交易，他從始至終沒說過喜歡我，也就沒給過我任何承諾，是我自己情不自禁喜歡上他，想太多了。他們宋家幫助我們晏家擺脫債務危機，我陪他結婚、陪他睡幾晚，也就這樣吧，回去我就說離婚。」

阮恙問：「捨得離婚？」

「捨不得捨得都要結束的，他們自己家的三角關係，憑什麼把我們這些外人也捲進去呢？」晏長晴低頭酸澀的說：「就是怕我爸爸難受、內疚，他一直都覺得宋楚頤挺好的。」

阮恙摸摸她頭髮：「我只是妳的傾訴對象，很多事還是要妳自己決定，婚姻不是一件隨便的事，妳自己想清楚吧。」

上午十點多，晏長晴飛機落在北城，沒回家，先回電視臺銷假。

梅導看到她的時候，吃了一驚：「妳不是準備和宋醫生去馬爾地夫渡假了嗎？」

「他家裡出了一點事，推遲了。」晏長晴強打精神的說：「反正在家沒事做，我還是先把假銷了吧，不然下次想去旅遊請不到假。」

「怪不得，原來是想著下次旅遊。」梅導好笑的搖搖頭：「隨便妳吧，反正最近工作也不多。」

下午，晏長晴回家，晏磊見她回來，鬆了口氣埋怨：「妳怎麼突然跑上海去了？」

長晴看到晏磊緊張關心的模樣，壓抑了一天的眼睛重新紅了起來。

「怎麼哭啦？」多久沒看到女兒這樣隱忍的哭了，晏磊就知道不妙：「是不是跟楚頤吵架了？」

晏長晴搖頭，哭著抱住晏磊哽咽：「爸，我想離婚了。」

晏磊臉一沉，推開她：「不許亂說，夫妻倆吵吵鬧鬧，是常有的事，離婚不要隨便拿來說。」

「不是的，我是真的想離婚了。」晏長晴咬著唇，流淚說：「他心裡根本就沒有我。」

有些事，晏長晴沒打算隱瞞，畢竟如果要離婚，晏磊遲早會知道，而且晏長晴知道爸爸並不是不講理的人，凡事只要為自己好的，晏磊都是站在這邊。

「所以，宋楚頤跟妳結婚，根本就是為了那個宋雲央囉？」晏磊氣得青筋暴跳，握緊拳頭，當場就想去醫院找宋楚頤麻煩，不過冷靜下來想想，也懊悔自己，畢竟當初也是為了公司的未來，他才會推女兒去相親。

「長晴，是爸爸對不起妳，爸爸不好，爸爸當初不該讓妳為了公司去相親，爸爸看你們郎才女貌，以為你們是真的互相喜歡……」他是真的沒想到啊，當初以為是年輕人的一見鍾情，卻沒想到人家另有目的。

「不是啦……」晏長晴一張口就又嘩啦啦的哭了。

比對著阮恙哭的還厲害，她邊哭邊搖頭：「我……我沒委屈，他雖然不愛我，但對我挺好……真的，不騙你，其實離婚沒什麼大不了的，對吧？我這麼……年輕漂亮，還怕……找不到又帥……又溫柔的男人喜歡嗎？我覺得我挺幸福，我有全世界最疼我的爸爸，還有姐姐、姐夫。」

晏磊已經心疼的不知道該說什麼才好，從小到大，就沒見自己的女兒哭的這麼傷心過，越想他越自責：「爸去找楚頤……」

「爸，您別去，您這樣我會很丟臉。」晏長晴用力的抱著他：「說到底，這也只是一場交易，他幫我們晏家擺脫了危機，他只是不愛我罷了。我們家利用他們家的經濟，他利用我，誰都沒有吃虧，您不要去找他，等他回來，我跟他談離婚。爸，您別插手這件事，也不要告訴宋家人。」

晏磊抹乾淨她臉上的淚，他一直以為她不懂事，可現在才發現，她比自己想像的要懂事多了。

晚上，宋楚頤也沒回來，晏長晴沒打電話，也沒傳訊息。

到了第二天，宋楚頤坐在病床邊，陪雲央吃東西的時候，猛地想起晏長晴昨天一直都沒有來電。

「二哥、二哥……」宋雲央虛弱無力的叫了他幾句：「在想什麼呢，我剛叫了你幾次都沒聽到。」

「我是在想……嚴長龍的事。」宋楚頤低低說：「叫我什麼事嗎？」

「我就是突然有點想吃，以前我們學校門口的焦糖布丁。」宋雲央扯出一抹虛弱的笑：「你能給我去買一個嗎？想吃。」

「好，我現在就去。」宋楚頤站起身來：「順便回家一趟。」

宋雲央一怔，眸角黯然：「二哥，你不能離婚嗎？我知道讓你離婚不好，不過當我被捅暈的那一刻，我以為自己要死了，只想再看你一眼，我昏迷不醒的時候，迷糊中聽到你在說話，我只想快點睜開眼見你一面。」

「雲央……」宋楚頤喉嚨微澀，百感交集。

宋雲央苦笑了聲：「五年前的事不能讓他過去嗎？沒錯，是大哥救我，但我愛的是你，感情的事，如果因為誰救我，我就得跟誰在一起，那這就不是愛情了吧？」

「不，雲央。」宋楚頤回頭，清俊的臉泛起一絲深深的無力：「是我害怕，對不起，那個時候，受了傷很害怕，怕會死，我沒有我哥勇敢，曾經，我一直以為自己很愛妳，可以為了妳命都不要，年少的時候，發過很多誓言，但當危險的時候，我連我哥一分都不如，他出事後，還讓我一定不要把真相告訴妳，他對妳的愛，不是求妳一定要跟她在一起，是希望妳能獲得幸福。雲央，回過頭，好好的去看看一直在妳身邊的那個人吧，不是我，其實他一直都用另一種方式守護著妳，我現在在這裡照顧妳，是以一個哥哥的身分，昨天早上，妳不該那樣的。我說過，我已經結婚了，並且，我的婚姻過的很開心，妳不要再提這種話了，我覺得今天晚上還是讓看護來照顧妳吧。」他沉重的說完，不去看雲央的臉色，低頭安靜的走出了病房。

第三十五章　我們離婚吧

十二中學校門口的長街上，宋楚頤開著車找半天，雲央說的那家小賣部竟然還在，他買了兩份焦糖布丁，晏長晴那個好吃鬼，肯定會喜歡吃的。

回到晏家，羅本懶洋洋的趴在屋簷下乘涼睡覺，見他回來了，懶懶的抬了下眼皮，動也懶得動。

宋楚頤走進客廳裡，裡面安安靜靜，張阿姨靠在沙發上不小心睡著了，聽到腳步聲，睜開眼，看到他時，愣了愣，淡淡說：「宋先生，您怎麼過來了？」

張阿姨說話陰陽怪氣的，對他不爽，主要是昨天聽到晏長晴在晏磊面前哭，哭的肝腸寸斷，她雖然只是個傭人，可聽著也難受。

長晴多可愛的女孩啊，就算在她這個傭人面前，也從沒瞧不起她，把她當親阿姨一樣，好吃好喝好玩的，從沒虧待過，沒事就跟她撒嬌，阿姨叫的甜甜的，簡直比她女兒還要可愛、還要親。

這麼可愛的晏長晴都捨得利用，太缺德了。

張阿姨越想越不高興，宋楚頤一門心思在別處，沒仔細察覺只說：「我回來換身衣服，長晴呢，沒在家嗎？」

「不在，上班去了。」張阿姨也沒像以前一樣站起來迎接他，倒茶端水，更是做夢。

宋楚頤一怔：「什麼時候去上班了？」

「早上，反正又不去馬爾地夫了，她當然就去上班了，話說回來，這種事您一點都不知道嗎？什麼都問我。」張阿姨陰陽怪氣的說。

宋楚頤終於察覺到一點點，他看向張阿姨解釋：「我不是故意不跟長晴去馬爾地夫，是我妹妹受傷進醫院，下次我還是會陪長晴去的。」

張阿姨不做聲，心裡默默誹謗，騙誰啊，以前覺得他挺好，可想著晏長晴的淚水，越來越覺得他連院子裡的羅本都不如了，羅本跟著這麼一個禽獸主子，要不是看羅本長得可愛，連飯都不想餵了。

宋楚頤上樓洗了澡，換了身衣服，下樓時，放了一個焦糖布丁到冰箱，然後跟張阿姨說：「阿姨，我幫長晴買了個布丁，等一下次來告訴她，還有，我今天晚上會回來。」

「好的。」張阿姨淡淡的說。

他車子一走，張阿姨就取出焦糖布丁，翻開蓋子，拿到外面去餵羅本，羅本嚐了兩口，不一會兒吃的乾乾淨淨。

晚上八點，晏長晴和同事吃完飯回來，看到門口的焦糖布丁盒子時，跟張阿姨說：「您還給羅本餵布丁啊？這日子過得也太舒爽了吧！」

張阿姨說：「是宋楚頤下午回來洗澡的時候，順便帶來給妳的，我看著不爽，就餵狗了。長晴，妳不會不高興吧？」

晏長晴眨眨眼，豎起大拇指：「張阿姨，您真是我的親阿姨，幹的漂亮。」

張阿姨被誇，也就笑了：「對了，他說今晚會回來。」

晏長晴微微失神，直到褲子被咬了，她低頭，羅本在她腳邊搖晃著尾巴。

晏長晴看著牠一陣淡淡的憂傷，嘆了口氣，自言自語的說：「我要是跟宋楚楚離婚了，你肯定就是跟宋楚楚過吧，以後好好的過啊，別頑皮了。」

羅本對她汪了汪。

晏長晴看著傻氣的羅本鼻子一酸，摸摸牠腦袋：「捨不得跟宋楚楚去是吧？也是啊，成天住在他那小公寓裡，哪有我家這麼有意思啊，不過你本來就不是我的，而且就算沒有我，宋楚楚很快也會帶漂亮的美女回公寓住，希望宋雲央會喜歡你啊。羅本，你不要總咬衣服玩了，還有，不要好吃懶做，要討新主人歡心，才能過好日子。」晏長晴越說越難受，低頭抱住羅本的狗腦袋，羅本撒嬌的往她懷裡蹭。

這時，外面傳來汽車聲，晏長晴心裡一緊，不知道是宋楚楚回來了，還是晏磊回來了，要是宋楚楚她該怎麼辦呢？

她趕緊往客廳裡走，夜晚很安靜，她坐在沙發上，聽著外面傳來的腳步聲，便確定是宋楚頤了，人跟人之間很微妙，在一起久了，連腳步聲都能聽出來。

她以為他會在醫院多陪雲央幾天，沒想到今晚就回來，真的很訝異，她還沒有想好該如何和他說，問他有沒有一丁點的喜歡過自己呢？很多事情，晏長晴越想眼睛就越酸溜溜的。

宋楚頤換好鞋子，抬頭看到客廳裡的妻子，一直低頭撫摸趴在她膝蓋上的羅本，正眼也沒瞧他。

他皺眉，不過想想，她期待的馬爾地夫沒去成，他這兩天又一直在陪雲央，心裡多少過意不去，早知道回來應該買點她愛吃的什麼東西。

「妳把請的假取消了嗎？」他清清嗓子，朝她走去，羅本見他過來了，不大高興的甩甩尾巴，老老實實的趴地上。

「嗯。」晏長晴自始至終都低著頭，頭頂的燈光籠罩在她髮絲上，一根根睫毛都能數的清清楚楚。

宋楚頤漸漸感覺到她情緒不對勁，伸手撫了撫她肩膀：「生氣了嗎？這次是事情突然，我下次再陪妳去馬爾地夫。」

「不用了……」

「長晴，這次真是人命關天的事。」宋楚頤微微帶著歉意：「她差點沒命了，她之所以被捅傷，也是因為我和嚴醫生的過節，無論如何，我沒辦法安心去渡假。」

「……不去挺好的。」晏長晴端著桌上自己的水杯喝了兩口。

宋楚頤眉目微擰，扶住她：「別鬧了……」

晏長晴心裡一直積壓的委屈和憤怒，被他那句話全部翻出來了。

她真的特別想破口大罵，也想哭，不過這樣太有損自己的形象了，說不定離婚的那一天，宋楚楚對自己這個前妻的印象都是沒有教養、歇斯底里，那不好。

就算離婚了，也得端莊、優雅、矜持，這樣他以後說不定也會有一絲絲的後悔，他當初為什麼要利用她晏長晴這麼好的女人呢。

「算了。」她咕噥了聲，抬起臉來，眼眶微紅：「我們離婚吧。」

「就因為沒有陪妳去渡假？」宋楚頤怔了下蹙眉：「長晴，不要孩子氣。」

「我沒有孩子氣，我都知道了。」晏長晴平靜的說：「宋雲央根本就是你以前的女朋友，你們交往了五年，你娶我，只是為了讓她死心嫁給你大哥。你的心其實一直都在她身上，原因是在美國的時候，你們三個人遇到槍案，你因為害怕，沒及時過去保護宋雲央，是你哥幫她擋了那一槍，這麼多年，你都覺得自己的感情不如你哥，我跟你結婚，無非就是你的擋箭牌。」

宋楚頤清雅的臉，一寸寸的陰沉下去，幾乎就像冬天的樹葉打了寒霜，每一個稜面都刺出了冰刃。

他開口，聲音冷的像冰：「誰告訴妳這些的？」

晏長晴猶豫了一下，回答道：「你哥說的，而且我早上去醫院，我看到宋雲央親你，你也一直緊緊握住她的手，我也看的出來，你還喜歡她……」

「妳不要聽了他的話就胡思亂想，我跟雲央是交往過，不過都是過去的事了。」宋楚頤沉下英挺的臉，身體也不由自主的挺直起來：「至於妳說的親吻，沒錯，雲央那時候是親了我，但我已經明確的拒絕她，我不可能跟她有什麼。」

「沒有什麼？」晏長晴垂著眸，努力想要平靜，但聲音還是出現哽咽，眼眶也還是紅了：「如果你真的忘了她，那你為什麼會找管櫻，因為管櫻和讀書時候的宋雲央很像，不是嗎？你找她無非就是找個替代品，還有，妳奶奶生日的那天晚上，你的反常，也都是因為她對不對，我覺得自己像個傻子一樣被瞞在鼓裡，真的很可笑。」

宋楚頤一滯，清俊的臉上劃過一絲不易察覺的尷尬，也有心痛：「對不起，我和雲央的過往是有些複雜，我承認，找管櫻確實因為她和雲央像，但妳和雲央一點都不像。」

「是啊，不像，可這才更讓我覺得噁心，你一面跟我在一起，一邊又對宋雲央戀戀不忘。」晏長晴看向窗外，深吸口氣，繼續說：「我還這麼年輕，才二十四歲，不想做你的擋箭牌，不過我不怪你啦。你們宋家幫我們晏家，大家各取所需，其實我想過你娶我可能有別的目的，不過我沒想到會是這樣的，早知道原因，我當初就算嫁給別人幫我們晏家，也不會嫁給你，因為你，賠了自己一段友情，我真的覺得挺不值，不過……我也從中得到了很多你們宋家的幫助，也不怪你了，就這樣吧，改天去登記離婚，大家好聚好散。」

宋楚頤第一次想砸東西罵人。

他多麼慶幸自己幸好沒心臟病、腦溢血之類的，不然肯定氣死：「妳說了半天，就是認為我們之間的感情，連妳和管櫻的友情都比不上了？」

晏長晴愣愣的抬起氤氳的雙眼，疑惑的開口：「我們之間有感情嗎？」

他根本就不喜歡她吧，就像宋楚朗說的，他對她只有欲望，沒有愛情，不然，為什麼連一句愛都沒有說過。

宋楚頤太陽穴猛地狠狠的跳了跳，輕描淡寫的時候，能說出這麼毒辣的話，真是厲害，有本事啊。

本來張阿姨在這裡的，夫妻有些話不想說，可是這一會兒真的實在忍不住了，他吼：「妳自己明明說過喜歡我。」

長晴臉微微一熱，更加悲從中來，半晌，她吶吶的說：「我隨口說的，你別當真了。」

宋楚頤死死的瞪著她，恨不得把她給吃了，他用力深吸幾口氣，才逐漸冷靜下來：「長晴，妳現在在氣頭上，我不想跟妳吵，但妳好好回憶一下，我們在一起的點點滴滴，明天我再來找妳。」他說完大步邁開離開晏家。

他一走，晏長晴就萎靡了，果然，沒有做好心理準備，一切都談的糟糕。

一縷陽光穿過SKY集團頂層辦公室的落地窗，宋楚朗正在辦公室和高層開會，宋楚頤不顧外面助理的阻攔，陰沉的闖進去。

「你們先回去，晚點再談。」宋楚朗對各級主管說。

主管們面帶疑惑，真是奇怪啊，今天宋家二少爺竟然來集團了，不是說兄弟倆感情很好嗎？怎麼好像要吵架似的。

助理把門關上，宋楚頤上前一步，陰冷的瞪著坐在皮椅上的宋楚朗：「你什麼意思啊，誰讓你把那些事告訴晏長晴？」

宋楚朗淡然的抽了根菸：「跟她說的時候，她挺冷靜的，這個女人確實讓我有了不一樣的看法，不過正因為這樣，我覺得你們才更應該離婚，別絆著人家了，你和雲央的事情，何必建立在人家的傷口上呢。」

「你什麼都不懂！」宋楚頤氣憤的敲著桌面：「我們過的挺好的！」

「那只是你自己覺得吧。」宋楚朗淡淡的揚起英俊的笑，宋楚頤臉部肌肉抽了抽。

宋楚朗緩慢的抽了兩口菸，紓解抑鬱的心情：「她已經知道事情的真相，你們還能回到從前嗎？楚頤，別再騙自己的感情了，說實話，你做的事，比我做的還要傷害一個女人，你心裡難道一點都沒有雲央的位置了嗎？那雲央出事的時候，你幹嘛害怕成那副樣子？」宋楚頤喉結煩躁的動了動，為什麼不管走到哪裡，都要問這個問題。

「自己想想吧，不要跑到這裡來質問我。」宋楚朗眸底射出一抹冷意：「我把這一切告訴晏長晴的時候，你知道她怎麼說的嗎？她說，既然你們互相喜歡，為什麼又要來禍害別人。」

宋楚頤心口微微一震。

宋楚朗站起身來，指尖一下一下的敲著桌面：「從一開始，我就不贊成你的做法，楚頤，在別人眼裡，你看起來很完美，是一個很盡職的醫生，但是在我這個哥哥的眼裡，你是一個失敗者，你是個懦夫，五年前，你因為懦弱不敢跟雲央在一起，五年後，你還是不敢，所以晏長晴、管櫻，在你眼裡都是一個擋箭牌，你覺得對她們好就不是利用了，不離婚就是尊重婚姻了？」

宋楚頤拳頭猛地狠狠攥緊：「所以你認為我離婚，和雲央在一起就是最好的結果了？」

「那你覺得什麼是最好的結果？」宋楚朗攤開手：「繼續拿著晏長晴那塊擋箭牌，擋在你前面，你要看人家願意嗎？晏家一開始同意和你結婚，也是看中宋家可以幫助晏家，這場遊戲，晏家不見得會陪你玩下去。」

「這不是一場遊戲。」宋楚頤瞳眸危險的一縮，瞪著他。

「想想雲央，她做錯什麼，為什麼要這樣被你拋棄。」宋楚朗背對著他坐到辦公桌上：「楚頤，她還在醫院等著你呢。」

宋楚頤心一陣一陣的抽痛，根本沒辦法繼續說下去了。

五年後，他再一次覺得所有的事情糟糕透了。

傍晚，張阿姨接了晏磊的電話，說是晚上有應酬，不回來吃飯，話筒剛一放，外面突然傳來汽車聲，還有狗叫聲，緊接著，宋楚頤抿著薄唇、眉頭緊皺的大步走了進來。

張阿姨蹙眉，繼續掃地，宋楚頤走到她面前問：「長晴呢？」

「出去工作啦，說是這幾天都不回來了。」張阿姨淡淡的回答了他。

宋楚頤思考了一會兒，立即從晏家出來了，上車立即給展明惟打電話：「讓你們臺裡的人查查長晴去哪了，今天上班沒有？」

展明惟頭疼：「你這是第幾次在我這打探你老婆行蹤了？」

「明惟，我認真的。」宋楚頤正色：「長晴知道了我跟雲央的事，現在跟我鬧離婚。」

展明惟一聽事果真大了，立即打給馮臺長，不到十分鐘，那邊消息就傳過來了，他回給宋楚頤：「你今天還真找不到她，她和團隊去外地錄製節目，要二到三天的時間，回來之後還要錄製《挑戰到底》的節目，這幾天她還真忙，我不告訴你地方，免得你打擾她，弄得臺裡工作沒辦法正常進行。」

宋楚頤心臟都氣疼了：「展明惟，你到底是不是我兄弟，要等四天，我休得假都快到時間了，我哪有那麼多時間！」

展明惟嘆氣：「楚頤，我是你兄弟，但晏長晴也有工作，你不能因為兩個人吵架，就藉著我這層私人關係，跑去打攪團隊工作，那是一個團隊，幾十個人，電視臺人時間都很緊，你耽誤了這層工作，會影響下面的節目，你別急，不就這幾天嗎？等她弄完了，我肯定告訴你行程，行吧。」

宋楚頤冷哼了聲，沒有耐心的掛斷電話，但又無可奈何。

晏長晴在廣州跟著劇組參加節目組三天兩夜的錄製，這三天中，各種各樣的遊戲都玩了一遍，差點把她累的半死，尤其是長隆的過山車，晏長晴簡直小死一回。

回到北城錄製《挑戰到底》的時候，左騫看著她模樣笑：「黑了，又瘦了。」

晏長晴無辜的瞪眼：「你不知道那邊有多熱，我都差點中暑了。」

「誰讓妳要參加那檔節目。」左騫微微一笑，對於她主動去廣州錄製那期節目，他還真挺意外：「那就是個累活，嘉賓都是花了重金請過去的，只有妳啊，臺裡用那點小錢也把妳打發過去。」

「能賺一點是一點嘛！」晏長晴齜牙。

「女人也不要拚命太賺錢了，別忘了，妳有宋醫生。」左騫疼愛的摸摸她頭。

「左老師，人家是一個以事業為重的女人。」晏長晴用鼻子一哼：「我要去看腳本了。」

左騫看著她背影無奈的笑了笑。

節目開錄前，晏長晴正在補妝，接到阮恙打來的電話：「長晴，我回北城了，晚上一起聚聚吧。噢，對了，朵瑤也回來了。」阮恙聲音愉悅的道。

長晴整個人都激動了，三人好久沒聚會了。

「妳們怎麼突然回來啦？」

「這不是都聽說妳要失婚了嗎？怕妳想不開，姐妹嘛，無非就是這個時候派上用場。」阮恙笑意盈盈的說，晏長晴激動的差點連妝都沒心情化了。

「幾點錄完啊？我和朵瑤先會合，找地方坐一會兒，到時候妳再來。」阮恙說。

「我錄完聯繫妳們。」晏長晴掛電話後，恨不得立刻錄完節目，她確實踏進北城後，心情就很不好，必須好好的喝兩杯啊。

北緯，是圈內低調的會所，雖然不是很有名，但裝修華麗，去的都是高官貴族和大明星，其次，這裡的隱私也是非常好，狗仔隊幾乎從來沒有在裡面拍到過照片。

晏長晴風風火火的趕過去，阮恙和江朵瑤已經點好了餐點、酒，螢幕上放著抒情的歌，不吵，聽著很舒服。

晏長晴驚訝的說：「妳們怎麼突然想到要來這裡？」

「每次不是去咖啡館，就是待酒店，沒意思。」江朵瑤一臉不爽的說：「要不是因為我是大明星，肯定要去酒店裡泡泡帥哥。」

阮恙端著酒杯看向晏長晴：「談的怎麼樣了？」

晏長晴嘆氣：「他不願意離婚。」

江朵瑤開玩笑的說：「為什麼呀，他該不會愛上妳了吧。」

晏長晴失神一會兒，但很快自己不大相信的搖頭：「妳愛上我的機率，比他愛上我的機會要高。」

「那他幹嘛這樣。」江朵瑤看向阮恙：「妳是感情專家，妳分析吧。」

「別給我戴高帽，我自己的事都解決不了。」阮恙抿了口紅酒，蹙起眉頭：「或許他真的喜歡妳，又或許他喜歡兩手抓，很正常。」

晏長晴眨眼，還不太能理解。

「男人的欲望比我們女人強多了。」阮恙晃了晃杯中暗紅色的液體，斂眸道：「其實我這次回來，心情也不是太好，我聽到消息，辛子翱十月份要結婚了。」

晏長晴呆住，她是知道的，阮恙有個交往多年的男朋友，當年阮恙拍戲最困難的時候，辛子翱暗地裡對阮恙照顧有加，阮恙被感動，起初阮恙不願意和辛子翱在一起，因為辛子翱有個未婚妻。

辛子翱當初追的時候承諾過阮恙會和未婚妻解除婚約，阮恙也就和他磕磕絆絆的牽扯了好幾年，但沒有等到辛子翱解除婚約，卻等來他要結婚的消息。

對於愛情，晏長晴彷彿又再一次受到打擊：「為什麼會這樣呢？」

「很多男人都是嘴上說一套，行動上另一套。」阮恙苦笑又無力的聳肩，「他要結婚了，這是事實，不是每個男人都像你爸那樣，男人願意對一個女人好和甜言蜜語，有時候不見得是真心喜歡，也許只是想得到。」

晏長晴澈底沉默了，阮恙的話讓她不寒而慄。

「妳們兩個說的我都不敢談戀愛了。」江朵瑤手托腮看著她們。

「別嚇壞我們朵瑤了啊，來，喝酒。」

阮恙舉杯：「可惜管櫻不在。」

江朵瑤黯然：「我之前打了電話給她，感覺話題沒以前那麼多了，唉，幸好宋楚頤不在這裡，不然我拚著老命也要把鞋拍他臉上。」

阮恙笑了笑：「別說這些了，喝酒吧。」

凌晨一點，三人帶著微醺的醉意從包廂裡出來。

「欸，我們等一下去哪？要不然去吃消夜吧？」江朵瑤喝的最多，走路有些搖晃：「吃完消夜再去吃麻辣燙。」

「好啊好啊！」晏長晴舉雙手贊成：「不吃到撐死不回家！」

阮恙扶住兩人，等電梯時，旁邊不遠處的包廂裡突然走出一群人，裡面好幾個身材模樣都不錯，其中還有趙姝和管櫻。

管櫻穿著一套清純的白裙子，一個四十多歲的中年男人似乎喝多了，拖住她手腕往懷裡帶。

管櫻掙扎：「齊總，您放手。」

「哎喲，我不放手怎麼著？」叫齊總的男人大掌用力往她身上捏，一臉流氓：「妳裝什麼正經啊，就妳這種貨色，看上妳都是妳的福氣，王總、嚴總，你們要不要跟我一起走啊，一起玩玩？」

「你們夠了，我不是出來賣的。」管櫻紅著眼睛用力掙扎。

齊總一巴掌把她打到地上，旁邊的藝人站一邊，看著管櫻，沒人上前扶一把，趙姝還笑咪咪的說：「管櫻姐，不就是陪齊總他們幾人一夜嗎？沒什麼的，反正妳當初陪傅總還不是一樣的陪。」

「趙姝，別太過分了。」管櫻臉色雪白的想站起來打她，又被後面幾個男人揪住。

晏長晴看到這一幕，腦子裡的血液一衝，掄起拳頭就上去，直接就跟那兩個男人打起來：「你們幹什麼啊！敢打我朋友，我朋友是你們能打的嗎！」她平時沒打過架，只是撕咬、硬抓。

那幾個男人也不知從哪突然冒出這麼個人，一不小心被抓了好幾下，回過神來，很快就揪住晏長晴的頭髮，那邊江朵瑤見了，也完全忘了自己是公眾人物衝上去。

阮恙有點傻眼，怕姐妹受到傷害，也顧不得那麼多，抄起一旁的簸箕就衝過去，旁邊一些新的藝人看著和幾個男人打成一團的女人，目瞪口呆，不敢相信，這個人竟然是天后阮恙、當紅藝人江朵瑤、還有剛竄紅的主持人晏長晴。

管櫻傻傻的看著她們，眼眶一紅，沒來由的想起，那年在大學她交了第一個男朋友，結果那男朋友後來劈腿了，她們三人也是這樣趾高氣揚，跑到那男的樓下圍追堵截，把人家狠狠教訓了一頓。

現在，在自己遇到危險的時候，她們依然無條件的站了出來。

晏長晴臉上被打了好幾巴掌，出了血，江朵瑤的頭髮被扯住，阮恙被人掐住了脖子。

她脫了高跟鞋，用力抓著鞋子往男人的頭上敲過去，敲得人家頭破血流，被人家踹倒，又爬起來。

晏長晴疼的眼淚也流了出來，看到自己幾個好姐妹被欺負，她只覺得想變成一隻野獸，把這些人通通的給咬死，再也不許別人欺負她的朋友。

第三十六章　晴寶

樓上，厲少彬剛和幾個兄弟從包廂出來，便看到一群服務生往樓下跑，樓梯還站滿了許多看熱鬧的人，連有些客人都跑了出來，大家議論紛紛。

「我的天啊，阮恙和江朵瑤竟然在樓下和人幹架，是我眼花了嗎？」

「聽說和她們幹架的人是齊總那幫人啊，幾個女人被打的很慘，也沒人敢幫忙。」

厲少彬一個激靈，趕緊往旋轉樓梯上走。

往下一看，晏長晴像隻小野獸一樣，死死咬住一個男人的耳朵，鮮血淋漓，那男人出手打她的臉，她愣是死死瞪大眼睛不肯放開，腦門上還被打出了血。

另一邊，江朵瑤用力扯住一個男人的頭髮，而男人也不停打她。

阮恙和管櫻同時對付另一個比較強壯的男人，不過也沒好到哪去，男人頭被打出血，但是管櫻被光著腳推到地上，旁邊還躺著兩隻高跟鞋和掃把，鼻青臉腫。

阮恙則被人掐住脖子，那手卻依舊在往人家臉上撓，旁邊站著許多人拍照，但卻沒人敢上前。

他看的心驚肉跳，趕緊招呼兄弟們：「快快快，把那幾個欺負女人的雜種給抓起來。」

他的兄弟一個個都牛高馬大的，不用幾分鐘時間，立即那幾個平時只知道吃吃喝喝的男人抓起來，而之前跟著齊總她們的趙姝等人，見勢不妙，趕緊溜了。

晏長晴搖搖晃晃摔在地上，她哪都疼，身上沒有一個地方不疼的，這輩子，從來沒這麼打過架，也沒被人這樣打過，疼的想哭。

抬起頭來，看到旁邊三個一樣鼻青臉腫、披頭散髮的江朵瑤、阮恙、管櫻卻又笑了，笑容裡夾著淚水和血水。

江朵瑤、阮恙、管櫻也互相看了看，也跟著笑了，笑了一會兒，又哭了。

四人早已經沒有電視上的任何形象可言，可是她們這一刻，卻有一種從來沒有過的溫暖、感動。好像又回到了那年讀大學的時候，四個人依然是學校裡最好的朋友，她們沒有矛盾，沒有為男人爭吵的糾紛，更沒有因為這個朋友和另外兩個感情比較好而冷落自己的嫉妒。

管櫻默默的淌著淚，她恨長晴，嫉妒長晴，可是，她真的沒有想到，在她最沒有自尊的時候，被人欺凌的時候，她卻是第一時間衝上來被打的最慘的那個人，她捂著臉，啜泣的淚水從指縫流出來。

晏長晴看著她，阮恙拉著江朵瑤、長晴，上前默默的抱住管櫻，低聲說：「就算我們四個人之間鬧再大的矛盾，也永遠不許外人欺負我們。」

江朵瑤吸鼻子附和：「對，只有我們自己人可以欺負自己。」

厲少彬有點傻眼的看著，這四個模樣狼狽渾身是傷的女人，都這個鬼樣子了，竟然還能抱在一起又笑又哭。

胡植湊過來說：「老大，這幾個人怎麼辦？」

「當然往死裡打，打的他們連爹媽都不會叫。」厲少彬回頭，板著臉陰沉的怒喝。

「別，厲……」齊總那幾個人還沒來得及求情，無數個剛硬的拳頭就招呼下來了，這些拳頭完全不能和晏長晴她們那幾個繡花拳頭比，一下子被打的血流滿面昏倒在地上。

厲少彬懶得理會他們，上前顫著心臟扶起晏長晴她們：「我的祖宗，妳們這個樣子，還是快點送妳們去醫院吧。」

晏長晴抬起紅腫的雙眼，用力眨著眼才看清楚厲少彬，嘴巴蠕了蠕：「不去……柏瀚醫院，不告訴宋楚楚。」

厲少彬很為難：「為什麼呀？」

晏長晴捂著被打腫的臉，慘兮兮的想了想說：「我跟他快要離婚了，但是我現在這個樣子太醜，要是看到了，他肯定會想，幸好要跟這個女人離婚了，這麼難看……」

厲少彬表示真的不懂女人的世界啊，這是離婚的重點嗎？

「你們為什麼要離婚啊？」

「你是他兄弟，別說不知道。」江朵瑤抽疼的嘶著冷氣說：「能不能先去醫院，我們快疼死了。」

「打的時候妳們倒是幹勁挺足。」厲少彬嘖嘖了幾聲，趕緊叫了一臺救護車過來。

上車前，他回頭很有魄力的對胡植說：「好好找今晚值班的經理說說話，看他幹什麼吃的，幾個公眾人物在北緯被人打成這個鬼樣子也沒人出面幫一下。」

阮恙聞言忍不住多看了他一眼：「還有，齊總那幾個人有點不大對勁，為什麼來了那麼多女藝人，他卻偏偏只針對管櫻一個人，記得趙姝當初也在。」

「還有別的藝人？」厲少彬皺眉：「調監控，看看同行的還有誰，一個個全部查出來。」

「好的。」胡植聽話的點頭。

醫護人員把救護車門關上，厲少彬在裡頭找位置坐下，回頭得意的說：「幸好妳們今晚遇上我，要不然妳們這幾個女人怎麼被打死的也不知道。」

晏長晴四人已經疼的無力的擠在病床上躺著，胸疼、胃疼、臉疼、手疼，連說話的力氣都沒有了。

「瞧瞧妳們現在這個樣子。」厲少彬繼續像長輩一樣的訓斥：「要打架直接打我電話嘛，長晴，妳是我兄弟的女人，我還能不幫妳嗎？」

晏長晴蠕了蠕出血的嘴唇，心裡納悶，他什麼時候跟她關係好了。

夜深人靜的醫院裡，做完檢查，包好傷口後，四個人面面相覷，再次溫暖的笑了。

江朵瑤喉嚨沙啞的先開口：「我們四個人很久沒有這樣團結過了。」

管櫻看了晏長晴一眼，晏長晴頂著臉上傷口看著她，瞳孔氤氳：「小櫻，我們能和好嗎？」

管櫻握緊拳頭，低頭，眼眶泛紅，她心裡現在百感交集，有感動、有複雜，酸甜苦辣皆有。

阮恙低低說：「不是有句歌詞嗎？朋友比情人更懂得傾聽，我離不開 darling 更離不開你。」

「是啊。」江朵瑤點頭：「妳們知道，我最沒心沒肺，可是我們四個人的聚會只要少了一個人，都不像真正的聚會了，我們不要因為一個男人影響我們的友情好嗎？」

阮恙點頭，輕嘆口氣：「管櫻，其實我們都知道，四個人裡，妳給自己的壓力最大，妳渴望成功，有時候妳羨慕我們，但是妳難道忘了，我最初走的有多心酸嗎？我沒比妳好到哪裡去，還有長晴，她之所以和宋楚頤結婚，也是為了自己家的公司，她並沒有騙妳，只是緣分湊巧，讓她相親遇到宋楚頤，如果她當初不那麼做，晏氏會垮，她爸爸會去坐牢，她沒有選擇跟妳說，是在乎妳這段友情，我們為什麼要吵呢？難道當拍戲的時候，遇到危險的時候，妳的愛人會抱著事業受損的風險，站出來為妳忍下那一腳嗎？當妳被人欺負的時候，妳的愛人會不顧一切的衝出來朝欺負妳的人動手嗎？我們都做錯過，但是對彼此的友情是真實的。」

晏長晴含淚的用力的點著頭：「管櫻，那件事我錯了，如果再重來一次，我和宋楚頤結婚前，我肯定會先問妳。」

「如果妳當初先問我，肯定會同意的。」管櫻紅著眼圈說：「沒錯，我是很愛慕虛榮，有時候做事卑劣，但是當妳家庭遇到那樣的情況，我也不可能那麼自私，我後來會生氣，可能是覺得傅愈和宋楚頤都喜歡妳吧，我不甘心、嫉妒、憤怒。」

「管櫻！」後面的布簾突然被拉開，傅愈出現在四人面前，大約是半夜三更聽到她們出事，剛從床上爬起來，他身上連扣子都扣錯了。

晏長晴吃驚：「傅愈哥，你怎麼來了？」

「自己公司的藝人打架這麼大的事，能不被驚動嗎？」傅愈看向管櫻，複雜的說：「其實最近一陣子，薛高之所以會給妳安排活動，是因為長晴打電話來求過妳的事，她一直覺得很愧疚。」

管櫻怔忡，晏長晴擠著一抹難看的笑容跟她說：「我總覺得……我們一定會再和好，因為讀大學的時候，朵瑤都不願意跟我換下鋪睡，只有妳願意啊，願意換三年下鋪的人多大度啊，我做不到。」

「喂，妳們幹嘛扯上我！」江朵瑤嘟囔的想抓狂：「說的我友情不如妳們兩個似的。」

眾人失笑，管櫻深長的吸口氣，主動握住晏長晴的手，含淚笑著說：「對不起，長晴。」

「對不起，小櫻。」晏長晴抱住她，再次哭了，卻是喜極而泣，就算知道宋楚頤曾經愛著宋雲央，她或許即將失去他，可是她最好的朋友回到她身邊，這沒什麼不好的，就像一切都回到原點。

杵在外面看著裡面的厲少彬都唏噓，哎唷，沒想到女人的友情也蠻感人的，他懶洋洋的交叉雙手放腦後走進去：「剛才我手下查清楚了，是趙姝私底下和齊總那幾個老傢伙打招呼要整管櫻，之前說是在管櫻的酒裡放東西，不過她沒喝，就想著用強迫的手段，同行的還有上緯公司的另外三個新藝人和兩個模特，都事先知會過。傅愈，我說你們公司風氣也太差了吧，這樣大批的藝人聯合整人，你們不是正規的公司嗎？怎麼弄得跟賣身一樣。」

「我會回去處理，這次我欠你個人情。」傅愈有點尷尬的說，「就麻煩你送他們回去了，我去處理趙姝那邊的事。」

坐厲少彬車回去的路上，晏長晴坐前面，阮恙三個坐後面，凌晨了，大家都疲倦不堪。

厲少彬好奇的問：「哎，妳還沒說幹嘛要跟老宋離婚？」

「別說你不知道。」晏長晴睨他一眼：「宋雲央，你們不都是一個學校的嗎？」

厲少彬恍然，老宋到底是紙沒包住火啊：「其實也用不著離婚吧，我覺得老宋心裡是有妳的，妳也知道，我跟老宋打小就認識，沒錯，以前老宋是很喜歡雲央，不過後來美國的事情發生後，老宋身上就像套了一把枷鎖，從美國回來後，人也沉默了很多，可是自從跟妳結婚後，他變得開朗了，長晴，這一切都是因為妳改變的。」

晏長晴心裡微微一動，江朵瑤氣得用力一掌拍他後座：「你是他兄弟，當然為他說好話，那他之前還把管櫻當替身！」

厲少彬被她嚇得手都抖了抖，唯女子與小人難養也，他還是避開這個話題，玩味的問晏長晴：「打架的感覺怎麼樣啊？」

晏長晴心不在焉的想了想說：「就是那個男人大概很久沒挖耳屎了，咬住他耳朵的時候挺臭。」

厲少彬無語，這是重點嗎？

送她們到阮恙家樓下，晏長晴再次叮囑：「你別跟宋楚頤說啊，說了我就不理你了。」

厲少彬撇撇嘴，真是好大的威脅啊。

隔天，厲少彬在自家臥室裡睡得昏昏沉沉，有隻手突然粗暴的把他給弄醒。

「誰呀，吵我睡覺，找打……」睜開眼，看清楚站面前一臉陰冷的宋楚頤時，喉嚨裡的話硬生生的卡住：「老宋，你……你怎麼來我這了？」

「你說呢，我一早上都在打你電話。」宋楚頤一臉陰沉：「你還是不是我兄弟，昨晚長晴她們在北緯被打，這麼大的事你在場，為什麼不告訴我？」

厲少彬心虛，這會兒再累也沒睡意：「這不是……想著那麼晚，你睡了嗎？還想睡醒打給你呢，哎，不過你怎麼知道的？」

「我一大早到醫院，醫院的同事、病人都在說，我怎麼可能不知道！」想到晏長晴那張被打的慘不忍睹的臉，宋楚頤火冒三丈：「微博上都有影片，她們被打的很慘嗎？嚴不嚴重？誰幹的？你怎麼沒把她們送我醫院來啊？現在她人在哪？」

「呃……」厲少彬苦惱的抓後腦勺：「她們在北緯附近的醫院急診，包紮一下，人……還好啦，沒生命危險，打她們的那幫人我也解決了。」

宋楚頤一聽，臉色並沒有好轉，越來越難看了。

厲少彬被他盯得心裡七上八下，支撐著身體坐起來：「我難道做錯了嗎？」

「我是長晴的老公，這種事情，你不應該是在第一時間告訴我，由我去解決嗎？」宋楚頤面無表情的開口。

厲少彬撓撓短的可憐的毛髮：「老宋，你該不會是想在你老婆面前展現英雄救美的姿態，或者為她出口氣，證明你的魅力。」

宋楚頤沒說話。

厲少彬突然好想大笑，沒想到老宋也這麼幼稚：「老宋，你好陰險哦，不過非常抱歉啊，昨晚英雄救美的是我。哈哈，你不知道，她們幾個女人有多佩服我。」

宋楚頤已經聽不下去，忍無可忍的從衣櫃裡扯了套衣服丟給他：「快點換衣服，帶我去找她們，我是上班時間臨時請假出來，時間有限，邊走邊穿。」

「喂，你夠了啊！」厲少彬有點咬牙切齒，誰能邊走邊穿：「我答應過晏長晴不告訴你的。」

宋楚頤瞇眸，很好，終於說出真實的原因了：「你到底是我兄弟，還是她朋友，你別忘了啊，當年要不是我冒著生命危險救你，你早看不到太陽了。」

厲少彬無力的開口：「可是你跟雲央到底怎麼回事啊，我覺得吧，你要是還沒忘了雲央，或者沒想好如何，暫時別去找晏長晴吧。既然她都知道了，這樣對人家也不公平，她們幾個女人，挺真實的，但也挺慘的，男人都不把她們當回事。」

宋楚頤沉默了下，繼續揪著他往外走：「誰說我沒把她當回事啦，她是我老婆，等一下你就把昨天欺負她們的人告訴我，我再揍他們一頓。」

「那你要找趙姝麻煩了。」厲少彬說：「這齣就是趙姝搞出來的。」

宋楚頤皺眉：「怎麼又是這小賤人。」

厲少彬驚喜，萬萬沒想到老宋也會罵「小賤人」了。

小樓裡，阮恙打著哈欠在廚房煮麵，聽到外面門鈴聲響起後，湊過去往貓眼裡一看，看到是厲少彬時，皺眉打開門：「你怎麼來了？」

厲少彬眨眨眼，宋楚頤從一邊走出來，阮恙臉色大變，忙關門，宋楚頤伸手擋住，大步闖進去。

「喂，姓宋的，我這裡不歡迎你進來。」阮恙冷峭的說。

宋楚頤轉身問：「長晴在哪裡？」

「不在我這。」阮恙推他出去。

宋楚頤瞥了一眼旁邊眼熟的涼鞋，抬起腳步往樓上走，不一會兒，樓上就傳來女人的尖叫聲，還穿著睡衣的晏長晴被宋楚頤扛在肩上下樓，晏長晴不安份的手和腿在他背後又踢又抓。

宋楚頤抓住她兩隻手，筆直的往門口走，阮恙衝上去要阻止他，厲少彬趕緊上去擋住阮恙。

安靜幽暗的停車場裡，宋楚頤直接把晏長晴扔進車裡，打開車燈，晏長晴姿勢狼狽的爬起來。

她臉上貼著兩塊紗布，沒貼的地方，這裡青一塊，那裡腫一塊，妖精似的漂亮小臉腫的像包子，手臂、膝蓋上還有多處瘀青。

宋楚頤看清楚後，瞳孔一縮，變得冰冷起來。

晏長晴氣鼓鼓的指著他：「宋楚頤，我要跟你離婚，離婚！你竟然這樣對我，你把我當什麼了，貨物？」

宋楚頤握住她指頭，順勢把她拉到他胸膛裡，近距離的看她臉上傷口：「打架的時候為什麼不告訴我一聲，看看妳自己，三腳貓功夫，還學人家打架，痛不痛？」他說話聲線太低沉，聽起來嚴肅，卻又流露出一絲絲溫柔。

晏長晴下意識的想起昨晚的無助，眼圈一紅，撇開臉：「我才不痛，告訴你有什麼用，說不定您老人家正抱著初戀在病房裡纏纏綿綿呢。」

「胡說什麼。」宋楚頤低聲輕斥：「我就妳這麼一個磨人的小妖精都應付不過來，哪還有心思找別的女人。」

「你自己心知肚明。」晏長晴倔強的扭動胳膊，試圖掙扎出來，但越掙扎，反而牽動了傷口，疼的差點要哭了：「你夠了啊，明知道我有傷在身，還這樣對我。」

「我是怕妳走，這幾天到處找妳。」宋楚頤嘆口氣皺眉：「長晴，我們能冷靜的談一談嗎？」

「我們還有什麼好談的。」晏長晴負氣的別開臉。

「我跟妳說說我和雲央的事吧。」宋楚頤輕輕的別開她額間一縷秀髮。

「你哥已經跟我說過了。」晏長晴氣鼓鼓的，現在是要訴說他們的愛情有多纏綿悱惻嗎？「你們三個人的愛情還真是轟轟烈烈的感人，都可以拍電視劇了，然後我們這些人就是綠葉，襯托你們這些鮮花吧。」

宋楚頤變得無奈：「沒有誰是綠葉，也沒有誰是鮮花，如果非要這麼形容的話，也許我只是一顆被蟲子蛀得醜陋而空洞的樹。」

晏長晴一怔，沒想到他會這樣形容自己，可是在她眼裡，他一直都像高高在上的白雲，高雅又乾淨：「因為你在美國沒救宋雲央？」

「我哥有句話說得對，我表面上看起來很完美，其實我一個懦夫，一個失敗者。和雲央在一起的每一天，我都要去承受這些，那時候的我太沒用，承受不了。」宋楚頤低低說：「妳沒法想像那一天，在底特律的時候，一個精神病拿著槍在街上見人就開槍，一個五、六歲的小孩和老太太都沒放過，雖然我在病房裡經常看到人解剖、死亡，但當親眼看到那一切在自己面前發生時，我恐懼了，我後腰被打中了一槍，知道嗎，當時我很害怕會死，雲央也中了一槍昏倒了，不過不是致命部位，當精神病再次拿槍朝著她腦袋射時，我竟然害怕的雙腿發麻，因為我知道，如果我撲過去很有可能就會沒命，但是我哥卻那麼做了，他被射了一槍，差點沒命，也就是那一刻起，我意識到了自己的懦弱。」

晏長晴抬頭看他，從他臉上看到了她所沒見過的宋楚頤，濃濃的傷感。

「後來那幾年我一直處在深深的羞愧中，所以當年我和團隊一起去了非洲參加那場登革熱急性傳染病，不止那次，私下裡還參加過很多高風險性的醫學研究。」

晏長晴聽得心裡越發不是滋味，為什麼要跟她說這些。

「其實宋雲央是真的喜歡你，是不會在意這些的。」晏長晴說出來覺得自己好偉大，成全老公和前女友的老婆，她簡直是世界第一人：「你們兩兄弟不要總想互相成全，看她到底選擇跟誰在一起。」

宋楚頤愣了那麼幾秒，對她的說話皺眉：「長晴，妳好像迫不及要把我推走似的，我好歹是妳第一個男人，跟我在一起不是也挺快樂的嗎？妳就對我這麼沒有感情。」

晏長晴噘起小嘴：「可是你帶給我的不愉快也有很多，你找了和宋雲央有幾分相似的管櫻，你就這麼喜歡宋雲央嗎？現在想想，管櫻劈腿劈的對啊，像你這種把她當替代品，不劈腿幹嘛啊，等著你來愛她啊？」

「沒錯，我找管櫻是有看她和雲央相似，但是妳和雲央一點都不同。」

「因為我是擋箭牌啊。」晏長晴陰陽怪氣的說：「不過我真的不怪你，你也幫了我們家嘛！放心吧，我很大度的，就算你們在一起，我也不會詛咒你們的。」

宋楚頤深深的頭疼，好想拿紙塞住她嘴巴：「發生那件事後，我曾試圖跟雲央在一起，但每次面對她，都讓我想到了我哥的付出，和我曾經的懦弱，我哥付出的遠不止為她擋了那一槍那麼簡單，我和雲央之後的相處瀕臨惡劣，好幾次都吵得很凶，所以我才想給我們彼此幾年的機會，但我還是沒從當初的陰影裡面走出來。我想過，如果我和雲央在一起，我哥怎麼辦，我永遠都沒辦法坦然，會覺得自己的幸福是我哥換來的，跟妳結婚，確實，對我們兩個來說，都是一場有目的的意外，但是和妳在一起的日子很舒心，我沒有說過喜歡妳，並不是不喜歡妳，只是不擅長說這些，我跟妳在一起……要比和雲央相處的時候自在多了，妳沒有覺得，自從我跟妳在一起後，連羅本都快樂很多嗎？」宋楚頤眼眸漸漸溫潤下去的注視著她。

晏長晴有點呆，他的話什麼意思，她情商太低，智商太低，不懂啊，這跟羅本快樂有什麼關係？

「羅本只要吃得飽，有一個大一點的地方陪牠玩，吃飽、玩好，牠就會開心吧。」

宋楚頤默默的咬牙，她是不是理解能力有問題，剛剛他都很明顯的暗示喜歡她了，他要說的也不僅僅是羅本快樂啊。

他無力的揉揉眉心，想了想說：「其實我挺喜歡妳的家庭氛圍，我家太複雜，太精於算計，而你們，處處都很友愛，這樣的家我從小到大都沒嘗試過。」

晏長晴越來越弄不懂了：「所以你因為我家的家庭氛圍好，就不跟我離婚？」

宋楚頤深深的無力，他說了那麼多是白說了嗎？

他直接點開手機，翻出通訊錄，指著裡面的「晴寶」說：「是誰在我手機裡把來電提示改成晴寶，既然決定要做我的寶了，就是一輩子，不是妳說走就能走，不是妳說離就能離，別說手機來電名，這幾個月裡，妳撩撥了我多少回，現在，妳是想撩撥完了拍拍屁股就走人嗎？休想。」

說到手裡的晴寶，晏長晴就有些臉紅了。

前些日子，她無意中發現宋楚楚的手機裡，儲存她號碼暱稱竟然是晏蠢蠢，於是她偷偷的改成了「晴寶」兩個字，沒想到他一直有留著用。

不過也只臉紅了將近半分鐘，她就覺得懊惱了：「明明是你先撩撥我的，你別睜著眼睛陷害我，你現在把責任推我頭上，大不了我把來電名改過來。」

她伸手去搶，宋楚頤把錢包裡往口袋裡一收，抱住她，側臉的線條在昏暗的車燈裡變得溫柔蠱惑。

他低頭，飛快的吻住她，這張微腫的唇，還泛著濃濃的藥水味，但是卻一如既往的水潤，他加深這個吻，晏長晴緊蹙起眉用力反抗，這個死流氓，竟然還有臉吻她。

他唇微緩，用暗啞的嗓音說：「做了我的晴寶，就不能更換的。」

晏長晴呆滯傻眼，這什麼意思？他剛剛說了那麼多，不是說和宋雲央在一起，就對不起宋楚朗，怎麼跳躍性的她就成了他的晴寶了，是她聽漏了什麼嗎？

就這怔忡的功夫，宋楚頤已經吻得更深，好些時候沒有品嚐這張氣人的小嘴，竟是格外的想念，可他不敢太用力，畢竟她現在臉上好幾道傷口，他也怕弄疼她。

晏長晴被他吻得雲裡霧裡，回過神，慢慢找回理智，推開她，水嫩嫩的小唇被他滋潤的更性感，她那張性感的小嘴氣呼呼的動了動：「我要更換，我不做你的晴寶。」

「不行。」宋楚頤捏捏她小屁股，板起臉。

晏長晴斂眸：「我不想要別人要過的男人，你還我一個初戀，我就不離婚了。」

這時，科室的于主任突然打電話來了：「楚頤啊，你到底什麼時候回醫院，現在忙不過來啊，你快點回來，值班的時候跑出去像什麼話，人命關天的事，剛街上出了一起意外，人手不夠。」

「好，我馬上就到。」宋楚頤掛了電話，低頭看她模樣，飛快的脫了自己T恤套住她上身。

晏長晴瞪他：「幹嘛？」

「沒穿內衣，妳這個樣子只能我看。」

宋楚頤打開車門，抱著她出去，送她到電梯口：「妳不許亂跑，晚上我來接，知不知道？」

「不要，你去接你的宋雲央。」晏長晴嘟唇。

「不行，我要接我們家晴寶。」宋楚頤親親她嘴唇，電梯門關上後，才轉身急忙去了醫院。

第三十七章　煙花

晏長晴用力抹了抹嘴角，想罵又罵不出口，什麼晴寶，都跟他要提離婚了，還晴寶，真不要臉，不過她竟然還在為那句「晴寶」而心動了一下，也沒好到哪去。

回到樓上，阮恙正在煮麵，見她回來，隨口問道：「宋楚頤找妳幹嘛啊，還以為妳不回來了。」

「我也不知道他想幹嘛啊，說了一大堆奇奇怪怪的話。」晏長晴茫然的撓了撓後腦勺。

「說了什麼？」

「嗯……」晏長晴仔細想了想：「說他跟宋雲央以前的一些事啊，還有跟我在一起的日子挺舒心，沒有說喜歡過我，並不是不喜歡，跟我在一起要比和宋雲央在一起自由，還有我家的環境很好，連羅本都覺得快樂，還有我撩撥他，不能拍拍屁股就走人，最後還說，做了他晴寶就不能更換了。」

阮恙笑了笑：「他大約是想說，其實是喜歡妳的，和妳在一起比跟宋雲央一起要舒服，不過你們私下裡還挺肉麻的，晴寶晴寶的。」

晏長晴不大好意思，嘟嘴轉移話題：「就算他喜歡我，可也不能說宋雲央沒在他心裡啊，想到他是因為宋雲央娶我，我心裡還是不舒服。」

「再看看吧，妳看他跟宋雲央有保持距離沒有，要沒有，就算了。」阮恙說著她的助手就打電話過來了。

無非說是昨晚她們四個人打架的事已經上了網，人盡皆知，現在外面的媒體爭相打電話給經紀人想要採訪事情的來龍去脈。

吃過早餐後，大家各自去面對媒體了，晏長晴坐文桐的車去電視臺。

車上，文桐說道：「今早齊總那幫人在醫院裡被記者堵得水泄不通，最後為了洗脫清白，就說是趙姝讓他們那麼幹的，上緯那邊緊接著召開了記者招待會，昨晚參與的藝人都會對她們採取永不錄用的懲罰，並且公開表示公司和趙姝解約，雖然沒有明確說陷害管櫻的是同公司的藝人，但是面對記者的提問也沒有予以否認。」

晏長晴大快人心：「總算把趙姝這坨臭狗屎給弄走了。」

文桐笑道：「傅愈之前大概沒想那麼快把趙姝弄走，畢竟妳們的新戲還沒上，如果女主角一再的陷入醜聞，會影響你們那部的收視率，不過我猜這倒給了妳一個機會，之前原本就是雙女主，這次劇組肯定會多留妳的戲份，多刪趙姝的戲。」

「反正不管以後紅了也好，不紅也罷，我都還是老老實實做主持人。」晏長晴笑嘻嘻的說：「風險不大，又管飽。」

文桐默默流淚，真是跟了一個不成器的主子。

電視臺，等很久的記者圍過來，七嘴八舌的問：「晏主持，妳身上的傷是昨晚被打的嗎？」

「之前趙姝的助手在您粉餅下毒，這次她又害管櫻，該不會是為了報復妳上次闢了她助理吧？」

「聽說昨晚動手的那幾個人都很有勢力，妳就不怕會影響自己的前途嗎？」

「看網路上影片，妳被打的很慘，妳戴著口罩和墨鏡，不會毀容吧？《挑戰到底》還能錄嗎？」

晏長晴不高興，這些記者都提的什麼問題啊，不過她還是非常婉轉的說：「我只是受了點皮外傷，醫生說過些日子就好。我完全不清楚昨晚的事是不是趙姝幹的，只是我看到她和其她幾個同公司藝人站旁邊不但不幫忙，還添油加醋，我感到非常的寒心，大家都是一個圈子裡，同樣都是女人，為什麼要為難自己的同伴，幫著男人欺負女人有意思嗎？別忘了妳自己也是一個女人，我覺得現在的人要多記記真善美，反正，看到自己的朋友受到傷害，我就算拚了命也會維護到底。」

說完，晏長晴雄赳赳、氣昂昂的走進電視臺。

午休時分，宋楚頤加班忙完後，疲倦的拿著便當在餐廳裡找了個位置坐下，前面電臺正在放最近的娛樂新聞，新聞正好跳到晏長晴那張慘不忍睹的小臉。

她說的義正言辭，前面坐著的幾個護士小聲議論：「晏長晴好重義氣啊，以前我不怎麼喜歡她，這次真要對她路轉粉了。」

「還有阮恙、江朵瑤、管櫻，娛樂圈哪有她們這麼真實的朋友啊！」

宋楚頤默默的吃了口飯，忽然好笑。

這個小妖精，又厚臉皮搞怪，也不知道臉紅。

下班後，宋楚頤脫掉白大褂，去病房看望宋雲央，病房裡安安靜靜的，她一個人捧著一本書在看。

宋楚頤在門口站了一會兒，好半天也沒動，直到宋雲央轉頭：「要在那站多久啊，還是跟我在一起都有壓力了？」

宋楚頤抬起僵硬的長腿，提起自己午休時間買的一些吃的放桌上：「在看我大哥買給妳的書嗎？」

「嗯。」宋雲央輕聲頷首。

宋楚頤挑了一些水果去洗手間洗了：「吃點葡萄吧。」

「我今天吃的挺多了。」宋雲央低頭看書，眼睛自始至終都沒從書裡抬起來：「二哥，你走吧，我知道你的心已經不在這裡了。」

宋楚頤越發歉疚：「大哥呢，大哥什麼時候過來？」

「不知道，而且我沒有跟他交往。」宋雲央終於從書裡抬起頭，眉間蹙緊：「二哥，你自己不想跟我在一起就算了，能不能別總硬把我和大哥湊在一起。」

宋楚頤眸光閃爍的扯了扯襯衫領口：「雲央，還記得妳曾經說過，妳之所以會喜歡上我，是因為那次學校下暴雨，妳補課的時候，我冒著電閃雷鳴，回家拿傘來接妳，那次妳覺得很感動。」

「別再提以前的事好嗎？」宋雲央緊緊的捏緊書，眼眶泛紅。

「其實那次……在電閃雷鳴中幫妳拿傘的根本就不是我。」宋楚頤低頭，清雅的臉泛起一絲絲愧疚：「是大哥，他知道妳在學校補課，下大雨，怕妳淋雨，特意送了雨傘給妳，而我是在跑出校門口的時候遇到他，我根本不知道那天妳在學校，他知道我喜歡妳，把傘給我，讓我拿給妳，然後自己走了，我把傘給妳的時候，看到妳感動的樣子，我就什麼都沒說。」

宋雲央目光呆滯，好半天才啞著嗓子問：「你為什麼到今天才說？」

「我根本就沒想過妳是因為那次送傘才會對我有感覺，還是我們以前去美國後，妳無意中說起的，也許我們兩個從一開始就錯了。」宋楚頤無力的苦笑：「那個時候我們感情正濃，而且我也剛發現我哥喜歡妳，還有那次，在學校裡妳被男同學欺負，後來聽說那個男同學被人打了，也是我哥幹的，他背後為妳做了很多，也是我後來才知道的，妳喜歡的宋楚頤其實並沒有那麼好，還有，妳知道戴嬡為什麼會從樓梯上掉下來嗎？是我哥找傭人在樓梯上動了手腳，他想除掉戴嬡肚子裡的孩子，二是想讓宋家的人討厭長晴，我希望妳能勸勸他，而不是錯的更加變本加厲。」

宋雲央沒看他，只是手裡的書慢慢的掉在被子上，看護拿著飯菜從外面進來。

「想買什麼跟我說，我還是妳哥哥。」宋楚頤低嘆的站起身來，對看護交代了幾句才離開。

在車裡，他獨自安靜的坐了一會兒，才打給晏長晴，無法接通，他開車往電視臺去，一路上打了幾次，總是打不通，漸漸的他感覺出不對勁了。

這個小妖精，不讓他知道她把自己弄進黑名單了。

晏長晴確實把他弄進黑名單了，而且她已經坐上了去揚州的飛機。

她猜到宋楚頤會來找她，可她還沒有做好心理準備，這次打架受了傷，臺長放了她幾天假養傷，她乾脆從電視臺出來直接奔往揚州，上飛機之前她打了電話告訴晏磊，晏磊是支持她的，還讓她好好玩，放鬆一下，如果錢不夠可以跟他說。

晚上八點的飛機到揚州老宅時，晏奶奶還沒睡，在看電視，看到她回來又驚又喜：「晴寶，妳怎麼突然回來了，也不跟奶奶說一聲，還有妳臉怎麼回事啊？」

「奶奶，您沒看新聞啊？我這是為了朋友出手相助、行俠仗義弄傷的，現在網路上都在報導我的英姿呢！」晏長晴得意洋洋的挽著晏奶奶手說：「臺長說我現在這模樣有點醜，讓我養好傷再回去上班，我想您了，就想來這裡陪您住幾天。」

「好呀，奶奶最近也很想晴寶。」晏奶奶笑的嘴都合不上：「對了，怎麼楚頤沒跟妳來？」

「他上班，肯定沒時間啊。」晏長晴低著頭往屋裡走，不想奶奶瞧見她不開心的模樣擔憂。

「噢，也是，他是醫生，忙。」晏奶奶沒想那麼多，滿心沉浸在孫女回來的喜悅當中。

晏長晴放了行李，陪著奶奶看電視，晚上又和奶奶一起睡，又回到了小時候平靜幸福的日子，那時候，她還沒有結婚，只有偷偷暗戀的傅愈，沒有喜歡的宋楚頤，更沒有宋雲央、宋楚朗那些人，她的日子簡簡單單。

第二天，晏長晴陪著奶奶包餃子，在院子裡摘葡萄，累了坐在院子裡的躺椅上懶洋洋的睡懶覺，睡得昏昏沉沉的，她打了個噴嚏，睜開眼，傅愈拿著一根狗尾巴草笑咪咪的站她面前。

「傅愈哥……」晏長晴以為在做夢，揉揉眼睛，眼前的傅愈一身簡單的休閒褲、白襯衫，好像回到讀高中那一會兒時的英俊溫潤：「你怎麼在這？」

傅愈伸著懶腰在她一邊坐下：「我聽我媽說了，怕妳想不開，順道也來老家散散心，最近太累了。」

晏長晴撓撓後腦勺發窘：「我不會想不開的。」

「有點擔心啊。」傅愈安安靜靜的輕嘆。

晏長晴轉頭望著他清雋的側臉，怔忡了片刻又默默的收回目光：「我早上聽文桐說了，傅愈哥，你做的實在是太漂亮了，不過我也明白，趙姝背景不小，你和她解約，肯定會得罪她後面的人。」

傅愈輕嘆：「趙姝給我捅的簍子一個比一個大，就算沒有這件事，新片上映後，我也不敢留她，沒想到她一點都不知道悔改，欺負不了妳們，就對同公司的管櫻下手，而且她在公司裡和下面的新藝人拉幫結派的，帶壞風氣，太不像話了。」

晏長晴深有同感的點頭，做人不能太無下限了，像趙姝這種人在她眼裡已經是壞到骨子裡去了。

「喲，傅愈也回來啦，晚上一起吃飯吧。」晏奶奶彎著腰出來，看到他來了笑呵呵的說。

傅愈輕輕摩娑了下巴：「傍晚一起弄燒烤吧，天氣還不錯，記得小時候，晴寶最喜歡燒烤了。」

「好啊、好啊！」晏長晴舉雙手贊成，換了衣服便和傅愈去菜市場買燒烤用的材料。

燒烤是太陽下山後才開始準備，傅愈是燒烤的主力選手，晏長晴幫著切西瓜，晏奶奶別看一把年紀了也在邊上湊熱鬧，吃著燒烤也毫不含糊，還總跟晏長晴搶金針菇吃，感受著這樣的家庭氛圍，晏長晴突然覺得自己不該那麼難過，畢竟，人生還是有那麼多美好的事。

吃完燒烤後，傅愈又不知從哪兒拖出來許多煙火，他一個個點燃，「砰砰」的沖天煙花升向夜空，密集的就像一片璀璨的夜色，絢爛而奪目。

晏長晴呆呆的看著外面那片片五光十色的煙花，簡直又美又壯觀，傅愈安安靜靜的走到她身邊，溫聲說：「晴寶，還是希望妳早點回到我從前認識的晴寶，那個快樂開朗的晴寶，今天晚上，一起吃飯、燒烤，好像又回到了小時候。」

「嗯。」晏長晴感動的望著那些煙花：「傅愈哥，謝謝你。」

傅愈抿唇微微一笑，什麼也沒說，安靜的陪她欣賞這樣的美景，他突然覺得這樣也挺好的，能在她最難受的時候用最近的距離陪著她，就算是宋楚頤，也沒有他這樣的身分和資格。

北城籃球場邊，宋楚頤滿頭大汗的從球場上下來抄起一旁的手機，上面有新的更新微博提示，他點開，晏長晴更新了一則新的微博，照片是一張在煙花下的自拍照，笑容明媚，照片上附字：「只要有親愛的家人在身邊，便會覺得自己仍舊是無比幸福，再大的坎、再大的傷感，其實都算不了什麼，現在，我依然是快樂的，曾經，那些討厭的人、討厭的事，通通讓他滾蛋吧，明天，我還是快樂的我，是不一樣的煙火……」

宋楚頤站起身來，把籃球狠狠往地上一砸。

什麼叫討厭的人，討厭的事，難道說的就是他？還讓他滾蛋？他簡直要氣瘋了，憑什麼他快氣瘋的時候，這個女人還快快樂樂的，看著照片裡那張笑臉，真的好想撕碎再撕碎啊！

這微博是說給他看，故意氣他的吧，所以，他在她心裡真的是一個輕易就能跨過去的坎？

「老宋，看什麼呢，突然發這麼大脾氣？」展明惟湊過來，看了一眼微博，頓時明白了。

從昨天到今天，宋楚頤一直聯繫不上長晴，跑去晏家問，晏磊也不說，今晚他特意約宋楚頤出來打籃球，也是想讓他出來發洩發洩，沒想到又看到這樣的微博，估計是火冒三丈了。

為了消消他的氣，展明惟忙說：「發微博好啊，這樣可以讓少彬找人查到她位置了。」宋楚頤一聽臉色這才稍緩的盯著他。

展明惟摸索著口袋掏出菸盒，悠然的給自己點了一根，立即打電話給厲少彬，厲少彬說大約要十多分鐘的時間才能查到。放下手機，展明惟遞給宋楚頤一根菸：「要不要抽兩口？」

宋楚頤猶豫了兩秒，還是接過菸，就著展明惟手裡的火點燃了，展明惟看著他鼻孔徐徐噴出煙霧的模樣問：「好久以前就想問你一個問題，你是不是喜歡上晏長晴了？」

宋楚頤盯著手裡的菸，沉默足足半分鐘才說：「她就是一個小妖精。」

他承認，初時確實對她沒太多感覺，只是覺得結婚了，對這個女人的義務還是要負責。

可是相處的越久，看到她傻裡傻氣的模樣，還差點把狗弄丟了哭的一塌糊塗的模樣，他又氣憤，又有一種無力發火的感覺。

她嬌氣，但嬌氣的可愛，不是會讓男人討厭的那種，甚至連她無理取鬧的時候都覺得很可愛。

宋楚頤不明白愛情和欲是分開還是一起的，反正每次看到她用一雙大而明亮的雙眼看著他，他的心是酥軟的，第一次悸動是什麼時候？是寵愛過後，他要離開時，她伸著手對他說「要抱抱」。

他低頭，用力深長的吸了口菸：「明惟，以前小時候我們看聊齋，不總是有書生被妖精迷惑嗎？我覺得我現在好像就是那個樣子。」

「噢，意思是她對你用了妖法。」展明惟吞吐煙霧，感到好笑：「那以前雲央對你用的是什麼？」

「我也說不上來，那時候還只有十多歲，在感情方面本來就很容易萌芽，跟雲央分手後，說實話，我沒想過再對另一個女人有想法，尤其是她跟雲央一點都不一樣。」宋楚頤失神了一會兒，回答了這個問題。

「也是。」展明惟點頭：「雲央從小寄養在你們家，從小看起來也樂樂呵呵的，可我們都清楚，她懂事的很早，她從來不敢在你們家放肆的撒嬌，平時對你爸爸、奶奶也是畢恭畢敬，可是晏長晴就不一樣，她的家庭很完美，沒有那麼多亂七八糟的事，她生活的很健康，就算她暗戀的人不喜歡自己，她也能用樂觀的心態繼續成長，她就像一個小公主，沒有遠大的目標，大概唯一的目標就是找個喜歡的人幸幸福福的過一輩子。」

「是啊，我從來不知道，原來有人可以活成那樣子，就像一個小孩，但是有著成熟女人的身體，她就像太陽，我就像、就像……」

「一隻貓。」展明惟笑著接過他的話：「楚頤，在我心裡，你就像一隻貓，貓常常喜歡行走在黑夜中，看起來優雅、內斂、自負、孤獨，其實有點任性。」

宋楚頤聽著怔了怔，還是第一次被自己的朋友形容成一隻貓，他有點啼笑皆非，但好像又有幾分道理：「我任性嗎？」

「任性啊，別人說什麼都很少聽的人，不是任性是什麼？」展明惟低低一笑，手裡的菸灰顫抖著掉在褲子上，他拍掉說：「我們樓下有很多野貓，每次被人發現後，都會飛快的就跳進花叢裡，白天不曾見到牠們，有時候我會想，這些貓難道就一點都不想跟我們這些人接觸嗎？後來想想，其實貓都很敏感的，也許牠們不是不想走到陽光下來，只是怕人會傷害牠們，但牠們，也許很想讓人上去摸一摸牠們也不一定。楚頤，在我看來，你就是我們樓下的一隻野貓。」

「胡說什麼。」宋楚頤板起臉，耳尖卻下意識的微微發熱，有沒有搞錯，竟然有人把他比喻成一隻野貓，太丟臉了。

「楚頤，也許你已經愛上晏長晴都不知道，正因為你家庭的不完整，所以你才更加喜歡跟她相處，因為她所有健康的東西都在吸引著你。還記得小時候，你跟我說，你爸媽總是經常吵架，吵得最凶的一次，你哭著跟我說，為什麼你會生活在這麼一個不幸福的家庭裡，你說你羨慕少彬的家，從那時候起，我就知道，你看起來很冷淡，其實你骨子裡對幸福的東西很渴望，就像你會成為一個醫生，你對病人有著平時所沒有的耐心，你從來都不是一個物質的人，這些，你跟你哥完全一點都不一樣。」展明惟笑著站起身來：「如果你愛上她，一點都不要奇怪，因為她擁有你沒有但渴望的一切東西。」

宋楚頤濃長的睫毛輕輕抖了抖。

展明惟拿著籃球往球場裡跑去了。

「明惟，楚頤怎麼還坐那，什麼時候能上場啊？」隊友問。

「可能要過一會兒吧，他需要理清一些東西。」展明惟笑了笑。

院子裡傳來陽臺上鳥雀「吱吱」的叫聲，晏長晴抱著棉被翻了個身，陽臺的推拉門上被人拿石子輕輕砸了一下。

晏長晴爬起來，打開窗簾，對面的傅愈朝她招手：「長晴，一起去初中校門口的那家早餐店吃湯包。」

想起初中那一會兒，每天早上都一定要吃的湯包，晏長晴立即有了饞意，二話不說的點了點頭。

早上的老街人流穿梭不息，晏長晴簡單的梳了個馬尾和傅愈一起走在馬路的右側，初中上學的學校離家也不過十多分鐘的距離，傅愈看著身邊的小女孩，心情不錯感慨：「好像又回到了我們一起上學的時候。」

晏長晴輕「嗯」了聲。

那時候她上國中，傅愈在旁邊幾棟大樓上高中，兩人幾乎每天早上一起去學校，傅愈總是幫她拿著書包，她每天最期待、最甜蜜的也是那時了。

事過境遷，傅愈如今走在她身邊的時候，已經沒有當初甜蜜的感覺，只有滿滿年少時的回憶：

「傅愈哥，你知道你媽和我爸的事嗎？」

傅愈溫潤的臉上僵住，眸底劃過一絲隱晦的痛楚。

晏長晴低頭接著說：「你當我哥哥挺好的，我挺高興。」

傅愈偏開臉，苦澀的望向遠處。

怎麼辦呢，他一點都不想只做她的哥哥，到現在依然如此，尤其是走在這條無數回憶的馬路上，更想和她走一輩子。

在學校門口買了幾個湯包、豆漿，晏長晴一路上吃的有滋有味，還是和以前一樣，吃著東西就不注意前面。

傅愈小心翼翼的照料著她，偶爾拉下她手臂，或拉下她手腕。

晏長晴吃的差不多時，一抬頭，晏家老院子門口，宋楚頤靠在鐵門上，穿著一件拼接的幾何圖襯衫，下身藍色牛仔褲，褲腳微捲，白色的球鞋，一張乾淨的輪廓清冷雅致，他最近似乎修剪了一下頭髮，露出了部分額頭，顯得一張臉比之前更好看更年輕了，只是那張年輕的俊臉呈難看的鐵青色。

晏長晴眨眨眼，以為眼花了，再定睛一瞧，宋楚頤擰著烏黑的眉頭朝兩人走來。

大老遠的，他便看見這兩人親親熱熱的吃著早餐走過來，他胸膛裡的怒火漲的要炸開似，他在北城因為聯繫不上她，急的睡也睡不好，也沒法好好工作，她倒好，在這裡又和傅愈攪一起，日子過的甜蜜蜜的。

他的臉上逐漸呈現生氣的痕跡，傅愈不動聲色的擋在晏長晴前面，警惕的看著他。

宋楚頤臉色再次狠狠一沉。

兩人正僵持時，晏奶奶從裡面出來，笑著說道：「晴寶，你們回來了，妳和傅愈剛走，楚頤就過來了，可真是有心啊，為了妳坐了早上七點的飛機過來，這孩子大概凌晨四、五點就起床了。」

晏長晴略帶錯愕的從傅愈身後探出腦袋看向他，這才發現他眼睛下面有很深的黑眼圈，眼眶裡也都是血絲，她心裡劃過一絲細小的悸動。

宋楚頤看了一眼她，繃著俊臉轉身往院子裡走。

晏長晴跟在他後面慢吞吞的進去，她把帶回來的早餐給晏奶奶，晏奶奶又給宋楚頤說：「這是晴寶小時候最喜歡的學校門口的湯包，一大清早的特意就去買著吃，你快嚐嚐。」

宋楚頤正好餓了，接過不一會兒就解決了三個。

晏奶奶笑道：「瞧你餓的，沒吃早餐嗎？」

「哪裡有時間吃。」宋楚頤凝視著晏長晴：「也是為了能快點看到某個人。」

晏長晴不自覺的噘嘴，晏奶奶悄悄的朝傅愈招招手：「傅愈，來，幫奶奶一個忙。」

傅愈這一會兒明知道晏奶奶是為了支開他，可也沒辦法，只能硬著頭皮和晏奶奶進了裡屋。

晏長晴有點怕和宋楚頤單獨相處，忙站起來，後面一隻大掌扯住她。

宋楚頤強勢的摟她入懷：「妳這個小妖精，竟然敢把我弄進黑名單，還一聲不響來了揚州，又和傅愈靠那麼近，看你們剛才親親熱熱的模樣，到底我是妳老公，還是他是妳老公。」

晏長晴被他抱得吃痛，懊惱的說：「我不要你這個老公。」

「我那天跟妳說了那麼多，白說了嗎？」宋楚頤皺眉，沒好氣的說：「不想要我，還想要誰啊，傅愈，他不是都快成妳哥了嗎？」

「既然知道他快成我哥，那還你幹嘛總說他。」晏長晴沒好氣的推他：「快放開我，我剛才吃多了，要上廁所。」

宋楚頤猶豫的拽著她，見她眉頭難受的皺在一起，手微鬆，晏長晴立即往洗手間跑了。

客廳裡也就坐了傅愈一個人，晏奶奶也不知道去哪，兩個大男人四目相視。

宋楚頤深吸口氣，心裡的怒氣像岩漿一樣往外湧，不過克制著，他坐到傅愈對面，帶著絲疲倦的口吻道：「傅愈，你到底想怎麼樣，我聽說你媽和長晴爸已經在交往了吧？」

傅愈睇眸冷笑，低低說：「是啊，交往了，所以我現在可以用長晴哥哥的身分來警告你，離長晴遠點，別再做出傷害、利用她的事情，從今以後她由我來守護。」

宋楚頤騰地站起身來，拳頭握的「咯咯」作響。

怒火一觸即發，旁邊的房門裡，晏奶奶端著一個果盤出來，笑呵呵的道：「家裡沒什麼好吃的，找了半天，就找出幾樣水果。」

「奶奶，我幫您洗。」宋楚頤收斂起怒氣，溫和的走過去接果盤，晏奶奶推拒了半天，擋不住他的熱情，由著他去廚房洗水果了。

晏長晴從洗手間出來，宋楚頤端了一個漂亮的水果拼盤出來，柚子也剝的乾乾淨淨，晏奶奶讚不絕口，直誇讚他能幹，傅愈看的一臉鬱悶，不就是切個水果，他也會啊。

第三十八章　*Marry Me*

臨近午間，外面的陽光是一天之中最烈的，晏奶奶的保姆小曾阿姨提著菜從外面進來時，傅愈立即走過去接過菜籃：「小曾阿姨，我來打下手吧，整天在晏家吃吃喝喝，總想幫忙做點什麼。」

小曾阿姨哪敢讓他幫忙，忙推拒：「不用，你是客人，去坐著吧。」

晏奶奶也直招手：「他哪是什麼客人啊，奶奶看著長大的，像我半個孫子。」

「沒事，反正現在沒事做。」傅愈說笑著陪同小曾阿姨一起進了廚房。

宋楚頤氣得牙癢癢，這個傅愈臉皮真厚，他原本也是想幫忙打下手的，沒想到被他搶先了，現在湊過去倒顯得像是湊熱鬧了。

中午的菜端上來後，五菜一湯，菜色豐美、顏色秀麗。

晏奶奶只稍微看了一眼，便笑道：「小曾，這三道菜看起來不像是妳的手藝啊。」

「您好眼力，是傅愈做的，原來他手藝比我還好呢。」小曾笑著給大家擺碗筷。

傅愈滿面笑容的給晏長晴和晏奶奶夾菜，晏長晴嚐了讚不絕口：「傅愈哥，你這道千葉豆腐做的真好吃，沒想到你出國留學這麼多年，做菜的手藝比以前更厲害了。」

晏奶奶詫異道：「傅愈以前會做菜？」

「是啊，以前你們不在家的時候，傅愈哥常常做飯菜給我和姐姐吃。」晏長晴解釋。

「這樣啊。」晏奶奶恍然，感覺到宋楚頤一直沉默，轉頭問他：「楚頤，你會做飯嗎？」

「會一點，但不是很精通。」宋楚頤淡淡的扯唇，夾了口菜，吃在嘴裡，食之無味。

一頓飯，吃的熱熱鬧鬧，晏長晴快吃完時，突然發現宋楚頤很安靜。

她瞄了他一眼，見他只是斂著眸咀嚼米飯，很少說話。

她心裡莫名微微咯噔，他不會又生氣了吧，每當他生氣的時候，看起來就會很凶，她有些怕，飯後忙著積極的收碗筷，趁晏奶奶睡午覺，又叫傅愈一起玩跳棋。

晚上，傅愈離開後，她陪著奶奶看了一會兒電視，便嚷著陪晏奶奶一起睡覺。

晏奶奶勸她：「長晴，楚頤難得過來，妳好好陪他回房去休息吧。」

「不嘛！」晏長晴挽著她胳膊撒嬌：「人家說，老人家見一面少一面，我和他還有很長時間呢，現在最要緊的是陪您。」

晏奶奶聽得心暖也為難，直到宋楚頤開口：「奶奶，就讓她陪您睡吧。」

晏長晴一愣，回頭，他已經轉身上樓去了，她看著他背影，不知怎的，心情略微煩躁。

陪著奶奶回房後，晏奶奶展開被子，突然笑著對孫女說：「是不是和楚頤吵架了？」

「哪有……」晏長晴扭捏的鑽進被窩。

「下午小曾阿姨都說了，妳一直陪著傅愈玩跳棋，也不怎麼搭理楚頤。」晏奶奶疼愛的看了她一眼：「長晴，奶奶不知道你們發生了什麼事，但如果妳還喜歡這個人，就不應該用這種態度，否則妳就會失去他。」

「失去就失去啊。」晏長晴一聽更加負氣起來，鼻頭也酸酸的，本來就是他對不起她耶。

「奶奶說的態度，是妳對傅愈的態度。」晏奶奶語重心長的說：「妳可以陪著一個女人玩，不搭理楚頤，但妳跟一個男人玩完全不搭理他，很有可能會讓誤會更加誤會，他會以為妳心裡沒有他。」

晏長晴猛地一怔，那空曠了好一陣的心，莫名泛起一股細微的慌亂，她甚至沒弄清楚這絲慌亂是來自何處，但想到今天晚上宋楚頤越來越冷淡的表情，那一絲慌亂就越來越濃了，她弄不清楚為什麼會這樣呢，明明還不甘心的在和宋楚頤吵著要離婚，可只稍微想想兩人離婚的情景便又無比的痛苦。

如果有一天，當宋楚頤也同意離婚時，他們之間就真的結束了吧，她胡思亂想倒失眠了，一直到夜裡十二點多才睡著。

翌日睡到日上三竿起來，客廳裡也沒個人影，晏長晴特意走到鞋櫃邊看了一眼宋楚頤的鞋子，不在，他肯定是穿著出去了，這個時間他去哪兒了？

正胡思亂想著，傅愈端著一碗餛飩從外面進來：「我就知道妳會懶睡，剛才去吃早餐的時候順便替妳帶了碗，就是轉角處那家老餛飩店。」

「噢，那家哦，好久沒吃過了。」晏長晴正好餓了，忙接過餛飩，打開準備吃時，忽然想起昨晚晏奶奶說的話，她拿著勺子的手頓了頓問：「傅愈哥，你打算什麼時候回去？」

傅愈斜靠在椅子上，轉頭望著外面的石榴樹，側顏明朗：「妳呢？」

「我……明天就走吧。」晏長晴低頭吃著餛飩回答。

傅愈目光在她身上停留了一會兒：「那我也明天走吧，有個伴也不至於無聊。」

晏長晴皺眉，外頭突然傳來晏奶奶的聲音：「哎呀，妳怎麼吃早餐了，楚頤給妳去買湯包了。」

晏長晴愣住，晏奶奶道：「他看妳昨天早上出去買湯包，知道妳喜愛那家，早上特意問了我地址出去了，現在應該快回來了吧。哎呀，瞧，說曹操，曹操到。」

正說著，宋楚頤提著一杯豆漿和湯包從外面進來，當他一雙湛黑的清眸望過來，晏長晴手抖了抖，剛才吃在嘴裡美味的餛飩，突然之間變了味。

宋楚頤也看到了那碗餛飩，還有一旁的傅愈。

傅愈歉意的開口：「不好意思，我不知道你也買了早餐給長晴。」一個「也」字用的恰到好處，正好足夠讓人清楚這碗餛飩是他買的。

清晨的光線籠罩在宋楚頤身上，晏長晴望過去，只覺得他俊臉被光照的模糊，眼睛也深不見底，讓人不知道在想什麼。

她心裡「咯噔」，覺得自己這時候該說點什麼，但宋雲央的存在，卡在某處，讓她說不出來。

短暫的沉默後，宋楚頤走過去把早餐放她面前：「妳要不要再吃一點？」

晏長晴張了張嘴，口不對心的低下頭：「不用了，我昨天吃了，今天不想吃了。」

宋楚頤靜靜的看著她，好像要把她看穿，晏奶奶著急：「這孩子，人家楚頤一番心意，特意給妳去買的。」

「沒關係，這種東西可能吃多了確實比較膩，反正我也沒吃早餐，自己吃吧。」宋楚頤坐在一邊吃了起來。

晏奶奶心裡過意不去，湊過去道：「正好，奶奶也沒吃飽，分我個包子。」

晏長晴默默的舀了勺餛飩就要開吃，傅愈攔住她，柔聲提醒：「小心燙。」

「噢。」她低頭吹了吹，吃了一整碗，卻不記得餛飩的味道。

吃完早餐後，晏長晴怕尷尬，假裝沒睡夠，跑進晏奶奶房間去補眠，一直拖到中午才出來，廚房裡傳來熱鬧的說話聲，似乎有小曾阿姨，還有傅愈的。

客廳的沙發上只坐了宋楚頤一個人，見她出來，他朝她招招手。

晏長晴沒過去，躲閃著往樓上走，他皺眉起身，筆直的朝她追上來，一直走到二樓才拽住她。

她掙扎的反抗，宋楚頤居高臨下，注視著她極力抗拒自己的眼神。

他身體一僵，許久才低啞的開口：「我大老遠的過來找妳，和妳說上一句話真的很難，妳不停的躲著我，長晴，我們的婚姻妳就這麼不願意走下去了嗎？」

晏長晴心臟滯了滯，咬著嘴巴不說話。

宋楚頤看著她的眼神也漸漸冷卻下來，再次問：「妳真的就這麼想跟我離婚？」

晏長晴偏開臉，喉嚨澀的難受，事到如今，她想不想離婚她自己也不知道，唯一知道的就是，他因為宋雲央和自己結婚，讓她難受的快窒息。

見她一直不說話，宋楚頤手慢慢的放開她，挺拔的身體退開幾步，眼神深冷晦暗：「好，長晴，我如妳所願，妳跟奶奶說一聲，我回北城，不在這吃中飯了。」他說完轉身就下樓了。

晏長晴回過神，只看到他離開時的背影，不過幾秒鐘，他背影就澈底消失在視線裡了。

她呆住，滿腦子都是那句：「我如妳所願。」

他說的是離婚嗎？她總是和他說要離婚，可是當他同意的時候，她為什麼會這麼的難受呢？疼的五臟六腑都碎了，不止疼，還有害怕，以後她的世界裡，是不是再也不會有宋楚楚這個人了，他會回到雲央身邊嗎？

會把以前對她的好都給另一個女人嗎？

會抱著宋雲央叫她「雲寶、雲寶」嗎？

晏長晴再也忍不住哭出來，在廚房裡聽到哭聲的晏奶奶和傅愈立即走出來，看她哭的鼻子通紅，眼睛裡的淚珠大滴大滴的。

晏奶奶心疼的趕緊抱住她：「哎呀，我的晴寶，怎麼啦，楚頤呢？」

「他、他走了，他以後都不會……來了。」晏長晴一抽一抽的，哭的鼻涕、淚水都混在一起，毫無形象：「我們要離婚了。」

「發生了什麼事，非得要離婚啊。」晏奶奶抱怨著要拿她手機打給宋楚頤，晏長晴用力拽著不讓，只是抽泣的哭。

傅愈站在旁邊遞給她一張衛生紙，不一會兒就哭濕了，他心裡湧起一陣揪痛。

他從來沒想過，他的晴寶會為了宋楚頤哭成這個樣子，上午的時候還因為他們冷冰冰的樣子慶幸，可他怎麼忘了，晴寶越在乎一個人的時候就會越這樣彆扭。

他突然悲傷起來，原來晴寶已經這麼愛宋楚頤了。

誰安慰也沒用，一直到晏長晴哭累睡著了，連中飯也沒吃，睡到下午三點多起來，也是無精打采的望著窗外，一句話都不想說。

晚上，夜深人靜的時候，她悶躺在床上，又有點想哭，晏奶奶幾次叫她下去吃飯，她都推拒了，怕晏奶奶問，到時候她肯定又會哭的。

八點多，她房門再次被推開，晏長晴揉揉眼睛嘟囔：「奶奶，我不餓，您別叫我了。」

「不叫妳，餓壞了怎麼辦？」頭頂，突然傳來男人清冽又無奈的聲音。

晏長晴猛地一回頭，不敢相信，中午離開的男人，這個時候又出現在自己床邊，他還是穿著白天的襯衫，不像是哭的迷糊了在做夢：「你……你不是走了嗎？」

「我走了，妳要是眼睛都哭瞎，可如何是好？」宋楚頤心疼的撫了撫她的眼角：「起來，我帶妳去個地方。」

「我不要。」晏長晴意識到自己丟臉了，想拿被子蒙住自己，宋楚頤搶先一步，攔住她，把她扛到自己肩上，帶著她迅速下樓。

「宋楚頤，妳放開我！」她用力的捶他，看到客廳裡看電視的晏奶奶還求救：「奶奶，救我！」

「晴寶別鬧，好好跟著楚頤去玩。」晏奶奶笑呵呵的擺手，自家孫女就是矯情，人家不在就哭，來了又鬧。

陌生的轎車上，晏長晴被強迫繫上安全帶，她懊惱瞪著開車的男人，沒好氣的道：「你要帶我去哪裡？」

「別急，很快就到了。」宋楚頤認真的握著方向盤。

大約十多分鐘後，轎車停在河邊上，晚上的古河邊上亮著一盞盞霓虹燈，燈景倒映在湖面上，瑰麗的讓人分不清年代。

河邊上，停靠著一艘古韻風的紅色遊船，船的四周圍都用簇簇朵朵的鮮花裝飾，宋楚頤牽著她手下去，晏長晴怔忡：「你要幹嘛？」

「跟我來。」宋楚頤強硬的拽著她登上遊船。

走進去，晏長晴便呆住了，遊船裡的燈色調成一種浪漫的色調，天花板上都是氣球，不過最讓她震驚的是船艙的兩邊全部都掛滿了她的相框，各種各樣的。

有她剛踏出社會時稚嫩的模樣，她第一次參加主持時，緊張羞澀的模樣，還有她各種各樣曾經放在微博裡的自拍照，做鬼臉的、燦然大笑的、窘迫的、淘氣的……

起碼有上百張，而且照片都是隨著她年月的成長逐一安放的。

她呆了呆，屏息的看著牆上都是屬於她的回憶，有些照片甚至連她自己都快記不得了。

再往裡面走，正中間擺放著一個三層的蛋糕，蛋糕的頂端用奶油做了一個很小的墊著腳尖的小公主，公主戴著花冠，周圍還點著一圈小蠟燭，看得出是一個花了許多心思才弄得如此栩栩如生的蛋糕。

「這些……都是我自己親手掛上去的。」宋楚頤握拳輕咳了一聲，耳根處也微微發紅，從來沒有想到有一天自己也會弄這些東西：「我今天中午離開就是在弄這個，女人都是喜歡浪漫的，所以我就想了想，把妳的照片都洗出來，能在網路上找到漂亮的、可愛的都弄下來……」他轉過臉來，深邃的眼眸猶如外面的星空般熠熠動人，他的聲音猶如最甜蜜動人的情話，絲絲縷縷的敲擊在她心房。

晏長晴鼻頭猛地酸了起來，半晌喉嚨裡才發出酸澀的聲音：「你不是說要回北城嗎？你騙我。」

「當時也不是騙妳，只是走出來沒多久，想起妳口是心非倔強的模樣就放棄回去了。」宋楚頤寵溺的微微一笑：「幸好我沒有回去，不然沒辦法看到某個小傢伙偷哭的模樣。」

「你討厭，我不理你了。」晏長晴丟臉死了，懊惱的轉身要走。

宋楚頤從後面抱住她，不讓她走：「長晴，這兩天我看妳和傅愈親密的模樣，有時也問過自己，妳是不是不喜歡我，尤其是早上，心都涼了半截。」

「我喜不喜歡你重不重要，反正你心裡有宋雲央。」晏長晴委屈的嘟囔。

「雲央已經是過去式了。」宋楚頤低低的嘆口氣，盯著她迷糊的眼睛說：「其實有些事不發生，也不知道妳對我有多重要，以前沒想過，我跟妳之間的問題，可是卻覺得妳是那個一直在我身邊，和我過一輩子的人，原諒我的後知後覺，其實我早就被一隻叫晏長晴的小妖精迷得昏頭昏腦了，我喜歡妳在我身邊，回家的時候有妳纏著我撒嬌，還有自言自語的陪羅本玩耍，長晴，我知道我自己想要的是什麼，妳就是我的幸福。」

晏長晴被他說的心跳加速的抬頭看了一眼他，目光像被灼燙了似的立即撇開，她握了握拳頭，有點怦怦亂跳的甜蜜，又有點委屈難受：「就算你說的是真的，你們現在同一個科室工作，她是你的初戀，也是你以前的女朋友，你們交往那麼多年，我不可能若無其事，在感情方面，我很小氣、很自私，而且宋雲央她也不一定會想放手，她都主動親你了。」

「有些事我跟雲央已經說清楚了，這一段時間，我除了給她送點水果或者偶爾送餐飯，我們之間很少有其牠交流，我能感覺出來她已經放棄了，我們現在在同一個醫院，也是沒辦法的事，不過我跟她現在不在同一個科室，她在住院部，我在急診大樓，基本上很難碰到，妳要不喜歡，我就暫時留在急診室。」宋楚頤盯著她那張嬌軟誘人的紅唇，俊臉幾乎快要貼上去了。

「什麼叫暫時？」晏長晴皺眉，捂住他那張靠近的嘴巴，別以為她不知道他想幹嘛。

「暫時就是沒有妳的允許，我就一直不調，妳同意了我再回神經外科。」宋楚頤一雙明亮的眸閃爍著令人動容的迷惑。

晏長晴心軟了。

宋楚頤牽著她的手再次往船的後面走，水上面，一朵朵水燈浮在水面上，猶如皓光閃耀的銀河上萬盞燈火閃爍。

晏長晴目光逐漸變得迷離，不敢相信，這條數千年歷史的河，因為她變得如此瑰麗，水燈漸漸飄的近了，依稀可見上面用墨汁寫著字跡，她再定晴一瞧，那一排排的水燈上寫著「Marry Me」。

宋楚頤從後面慢慢的摟住她，低沉的聲音夾雜著一絲絲溫柔的氣息在她耳畔蠱惑誘人的說：「再仔細看。」

晏長晴屏息，被他提醒，又仔細瞧了瞧，沒看出任何端倪，直到一陣清風拂過，水燈略微的旋轉，才發現另一邊是是「I LOVE U」。

「我愛妳。」宋楚頤低低一笑，暗啞著嗓子，輕輕的吻住她露在空氣中的耳垂。

一股顫慄的酥麻忽然從晏長晴的腳底竄進了脊椎，再至心臟，渾身再也控制不住的柔軟，靠進了他的胸裡。

她的心噗通噗通跳的好像不屬於自己。

從來沒想過她的宋醫生會為她做如此精心浪漫的告白，不，甚至她都沒有想過他會告白，以前，哪怕再親暱的時候，他都沒有說過喜歡的字眼，但她的心裡一直都是期待的，可也不敢問，怕問了，他不願回答，就是不喜歡了。

宋楚頤慢慢的將她身體轉過來。

晏長晴眼眶是紅的，他眼睛太過灼熱，她突然不大好意思面對著他，扭捏緊張的撇開半邊側臉，支支吾吾的說：「為什麼是Marry Me，我們不是已經結婚了嗎？」

「是結婚了，但是我老婆不是最喜歡浪漫嗎？我欠妳一個求婚儀式。」宋楚頤從口袋裡又掏出一枚白色鑽戒，低聲說：「晴寶，願意跟我在一起一輩子嗎？」

晏長晴看著那枚鑽戒，還是哭了，是感動的哭了：「那以後都要忘了宋雲央，不許你再記著她，只能愛我一個人、疼我一個人。」

「好，這輩子，我就疼妳一個。」宋楚頤繼續用撩人的嗓音在她耳邊說。

晏長晴被他溫熱的氣息弄得耳垂和腳尖都癢癢的，無所適從的低頭，過了好久，才鼻尖酸酸的小聲嘟噥：「都沒花……」

宋楚頤終於笑了，摸摸小臉蛋，疼愛的說：「傻瓜，答應了，就是這輩子的鮮花都被我包了。」

晏長晴在他胸膛輕輕的搥了兩下，最後還是被他按壓著靠進了他胸膛，聞著他熟悉的氣息和滾燙的溫度。

她現在真有一種柳暗花明又一村的心情，其實從頭到尾，心裡深處都是捨不得他的，不想離婚，一點都不想，但又怕他不愛自己，現在知道他愛了，她像吃了蜜一樣的甜，每一處都甜絲絲的。

她低頭望著河裡水燈上的字，看的越來越害羞了：「會不會被別人看到，多不好意思。」

「有什麼不好意思的，沒人知道是我們。」宋楚頤微笑的親親她額頭：「放心吧，到了下游，我已經安排人打撈了。」

晏長晴「嗯」了聲，癡癡的看著那些字，這樣的夜景，這樣的美色，也許這輩子都不會看到。

心中一動，她趕緊拿手機拍下來，她說：「我要做個證明，免得你以後對我不好，也不愛我。」

宋楚頤低笑的不說話，只是把她抱得更緊。

她這麼可愛，他又怎麼可能會不愛呢？

其實他也沒有想過，這輩子除了雲央，竟然還能這般喜歡上一個女人，遇上了她，才知道當初對雲央的喜歡真的還不夠吧。

她就是個小妖精，從遇上她的那一刻起，他就在不知不覺中被這隻妖精迷惑住了。

「走吧，我們進去切蛋糕。」直到水燈從船邊漸漸飄遠了，宋楚頤才牽著她往船艙裡走。

晏長晴戀戀不捨的看了一眼江邊，才慢慢的往裡面走。

蛋糕上面的蠟燭還燃燒著，晏長晴仔細打量了一眼用奶油製作出來的公主，疑惑的問：「為什麼會給我弄一個蛋糕，今天又不是我生日。」

宋楚頤摸摸她的頭髮：「重點不是妳生日，是蛋糕上的公主，意思是以後做我一輩子的公主。」

一輩子的公主……晏長晴甜的像在空中飄啊飄，飄得露出兩顆潔白牙齒：「怎麼辦，你這麼說，我都捨不得吃掉這個公主了。」

「沒關係，那我吃掉。」

「討厭，我才是女主角，公主是我的。」小小的船艙裡迴蕩著嬌嗔的笑聲，一切甜的不可思議。

回到晏家老宅，晏長晴吃飽飽的賴在車上，宋楚頤開車門，她伸手：「不想動，抱我上去。」

「好。」剛哄好的老婆是老大，宋楚頤彎腰把她抱出來。

晏長晴勾住他脖子，幸福的靠在他肩膀上，被他扛著出去和被他抱著回來，完全是兩種心情。

現在真實的又成了他的晴寶，比什麼都好。

隔壁院子的陽臺上，傅愈安靜的點著菸注視著下面，月光的餘暉灑在他的身上，像是披了一層銀色的光芒，落寞寂寥。

他深長的抽了口菸，直到那兩人進了屋子，才恍然如夢的收回目光，唇角勾起一縷苦澀的笑容。

從中午看到晏長晴哭的淚流滿面的時候，他總算明白了，正因為晏長晴在乎的越深，這兩天才會對宋楚頤表現的多冷漠，其實，她很久很久以前就已經不喜歡自己了。

第二天早上，宋楚頤還在床上熟睡，晏長晴爬到他身上撒嬌：「人家想吃學校門口的湯包，你去幫我買。」

宋楚頤捏了捏身上的小妖精，懶洋洋的輕哼：「說不定傅愈會給妳買餛飩呢，確定要我去？」

長晴水汪汪的大眼睛看了他幾秒，繼續賣萌：「可我就想吃你買的。」

昨天就想吃，只是不好意思吃。

宋楚頤親了她兩口，這一會兒真是一點氣都生不起來了：「等著。」

小妖精說要吃他買的，再不想起床他也是得起來的。

八點多鐘，買湯包回來，晏長晴正好起床洗漱完，捧著他買來的湯包，靠在他懷裡吃的有滋有味。

果然，和老公一起吃小時候愛吃的東西，就是不一樣啊，吃不完的，她全塞宋楚楚嘴裡：「我不想吃了，你幫我吃了。」

宋楚頤懊惱的直皺眉，這女人，才慣了一天，就無法無天了。

晏奶奶笑呵呵的轉了個電視臺。

看著這年輕小倆口，和好了就是不一樣啊，甜蜜蜜的讓她這老太婆都牙酸了，不過自家孫女也太善變了點，昨天還哭哭啼啼的，今天就矯情的不像話。

「對了，傅愈早上的時候走了，說公司有急事，不跟你們一起走了。」

晏長晴怔了幾秒，隨即鬆了口氣。

傅愈走了也好，她心裡真的只是把他當哥哥。

宋楚頤勾著嘴角捏捏她小臉，總算這個傅愈識相，這次應該死心了。

北城的傍晚，晏磊正翻著電視臺看新聞，外面突然傳來狗吠聲，不到幾分鐘，自家女兒提著手提包像公主一樣的走進來，宋楚頤幫她在後頭拎著大包小包。

「爸，我回來了！」晏長晴開開心心的往晏磊身邊蹭去。

晏磊摸摸女兒柔順的頭髮，去之前，自家女兒一副無精打采要失戀的模樣，回來的時候，高興的像中了百萬大獎，他想起下午自己媽打的那通電話，笑了笑，對提著東西上樓的宋楚頤打了聲招呼，然後低頭問女兒：「和好了？」

晏長晴不大好意思的點點頭：「爸，你會不會也覺得我原諒的太快了？」

「感情的事還是你們倆的事，只要我的寶貝女兒開心就好。」晏磊眉宇間都是寵溺：「爸永遠是站在妳這邊。」

「謝謝爸。」晏長晴感動的靠在老爸的肩膀。

從今天開始，她又是那個有老爸寵、老公寵的人了。

第三十九章　最好的結果

晏長晴再次回到宋家的時候差不多是立秋的季節，雖然天氣還是很炎熱，樹葉也仍舊是青翠的。

這天下午，接到要回宋家的消息時，晏長晴正在電視臺上班。

宋楚頤說：「我今晚要回宋家吃飯、睡覺，我爸和戴嬡前陣子去了美國看宋佩遠，我奶奶打了我幾次電話，總得回去陪她一回。」

「那……宋雲央也在？」晏長晴試探性的問。

宋楚頤沉默了一會兒，無奈回答：「她受傷後一直在宋家，不管怎麼說，名義上她還是我妹妹。」

晏長晴一聽就不舒服了，要換成以前不知道就算了，但現在老公和他初戀即將住一個屋簷下，她真的沒辦法冷靜，而且什麼所謂的初戀，最容易舊情復燃了。

宋楚頤在那端說：「跟我一起回去吧。」

「我不想去……」晏長晴嘛嘴，怕看到宋楚朗和宋奶奶，也不想看到宋雲央。

「那我先過去了。」宋楚頤也沒勉強她。

「嗯。」晏長晴低低應著，掛了電話後，臉上寫滿不高興。

「怎麼啦？」坐她對面的文桐說：「剛才還高高興興的模樣，一下子就烏雲密布了，談個戀愛也不用談的這麼善變吧。」

「才不是，今晚宋楚頤要回宋家，宋雲央也在。」晏長晴撇嘴：「宋雲央傷還沒好，要是哪裡假裝痛一下，他們兩個還不得又肌膚接觸了。」

「是啊。」文桐若有所思：「所以妳晚上肯定得過去啊，千萬不能讓他們兩個舊情復燃。」

聽到「舊情復燃」四個字晏長晴就有點不高興：「我才不要去，要是這麼容易就舊情復燃，那我算個什麼，再說，強扭的瓜不甜，男人要變心，我勉強有什麼意思。」

「女人任何時候都得有一顆防患未然的心。」文桐拍拍自己胸脯說：「妳要有一顆，我得不到憑什麼讓給妳的心！再說，妳現在是正室，就該過去，有多親密就有多親密，讓宋雲央明白，這個男人已經是妳老公了，讓她早點澈澈底底死心，沒錯，是強扭的瓜不甜，但現在的小三手段層出不窮，女人還是要防的，我要是妳，肯定立刻就去，戴著他送妳的戒指，氣死宋雲央。」

晏長晴被她說的小宇宙有點燃燒起來：「可是……宋家人不喜歡我，還有宋楚朗也很討厭。」

文桐拍拍她肩膀：「我要是妳，宋楚朗這麼一而再、再而三的欺負我，我肯定振作起來在氣勢上壓倒他，讓他知道我不是那麼好欺負。」

「可是我真的就很好欺負啊。」晏長晴無辜的撇嘴。

「他就是看妳好欺負，才一再欺負妳，妳強硬點，他就是個屁！」文桐鼓勵她：「妳想想，現在宋楚頤正是寵妳的時候，就應該仗著這份寵溺無法無天，女人有時候就是要妖言惑眾點、挑撥離間，想想人家褒姒是怎麼讓周幽王為他烽火戲諸侯的，妳沒褒姒那個本事，但總能迷得宋楚頤站妳這邊吧，妳要這點本事都沒有，那真是枉費妳這張狐狸精的臉了。」

「誰狐狸精了。」晏長晴好笑又好氣的打她，不過心裡還是被文桐說的癢癢的。

是啊，她幹嘛總怕宋楚朗，宋楚朗算個屁啊。

晚上和幾個贊助商吃飯到八點多，文桐親自開車送她過去，到宋家門口，鄭重其事的拍拍她肩膀：「從這一刻開始，妳就是一個狐狸精，向人家褒姒學習，實在學不了，就學蘇妲己吧。」

晏長晴翻了個白眼，為什麼她都要學一些禍國殃民的壞女人。

宋家的保全認識她，很快打開了大門，還笑著說：「晏小姐，您好些日子沒來啦！」

「是啊。」晏長晴靦腆的笑笑，走了三、四分鐘，便看到宋楚頤從宅子裡走出來，眉梢掛著微微的詫異：「不是說不來的嗎？」

「突然覺得還是要來。」晏長晴軟蠕的嬌哼了聲：「免得你跟你的舊情人背著我眉來眼去。」

宋楚頤微愣之後莞爾。

瞧著月光下，她那張狐狸精的小臉蛋上嘴唇微翹，眼角裡飛射出小心眼的嬌氣，都能讓男人想把她抱在懷裡親兩口，這個女人，吃醋都吃的這麼可愛，而且女人吃醋也沒有什麼不好的。

「那妳要好好監督了。」說完挽著她腰往大門口走：「吃飯了沒有？」

「吃了。」晏長晴抓著他胳膊小聲說：「我還是有點怕你奶奶，你等一下一定要為我說話。」

「好。」宋楚頤捏捏她小鼻子心疼，要不是自己，她哪需要受這樣的委屈。

客廳裡，宋奶奶看到她來，眉心不自覺的皺了皺：「不是忙嗎？什麼風還能把日理萬機的晏主持吹過來了。」

晏長晴臉紅，雖然早做好心理準備，還是尷尬：「奶奶，我下午是想過來的，但臺裡有事。」

「好了，坐吧。」宋楚頤擋住宋奶奶的目光，陪著她坐一邊。

晏長晴抬頭也看到了坐在一旁的宋雲央，她也正看著自己，水霧般的眼睛透著一股淡淡的傷感，才不過一個月沒見，看起來瘦了不少，大約是之前傷的太重，寬大的家居服在她身上顯得空蕩蕩。

晏長晴原本還想發揮狐狸精的潛質，這一刻，突然覺得不大好意思了：「妳身體好些了嗎？」

「好的差不多了。」雲央低聲開口。

「那就好。」晏長晴儘量找話題：「應該快可以上班了吧？」

宋雲央聞言抬頭看她，頓了幾秒，又看向宋楚頤才收回來，淡淡扯唇：「不去了，我打算過幾天回德國。」

晏長晴愣了愣，見宋楚頤低頭抿緊雙唇，她的心情不知是該輕鬆點，還是複雜點：「我聽說楚頤媽媽好像也是在德國吧？」

「是啊，之前在德國的時候是住一起的。」宋雲央說完靜默了，晏長晴也沒再說話。

夜裡十點多鐘，晏長晴和宋楚頤上樓回臥室，反鎖房門，空氣中出現短暫的沉靜。

晏長晴回頭，皺起眉頭，走到他面前嘟嘴：「宋雲央要回德國了，你是不是著急了，難受了？」

「胡說什麼？」宋楚頤捏捏她嫩嫩的小臉。

「看你無精打采的樣子。」晏長晴哼哼唧唧。

「沒有，只是今天晚上突然聽到她要回德國的消息有些意外，還有些愧疚。」宋楚頤輕嘆口氣：「我覺得自己虧欠了她，如果沒有我，也許她和我哥早就在一起了吧。」

晏長晴想到今晚宋雲央無精打采的樣子，也實在嫉妒不起來，畢竟宋雲央沒有死纏爛打，願意離開就是最好的結果了。

「我想當醫生的心地應該都很好吧？老天爺一定會給她一份幸福的，那個人是不是你哥，重要嗎？說實話，你哥喜歡她那麼多年，一直在背後默默的撮合你們，我不贊成這樣的喜歡方式。」

宋楚頤一愣，良久扯了扯唇：「是嗎？」

第二天早上，宋楚頤醒來準備去上班時，身邊的小女人還在熟睡，他沒吵醒她，爬起來把車鑰匙留給她，才躡手躡腳的離開。

晏長晴睡到八點多鐘醒來，見宋楚頤不在，自己也不敢在宋家多睡，很快爬起來梳洗。

富麗堂皇的客廳裡，只有宋奶奶一個人坐在客廳裡看電視，晏長晴和她打了聲招呼：「大哥呢？」

「上班去了。」宋奶奶回答的也淡淡的，自從戴嫒出事後，對她的態度不冷不熱，晏長晴也不敢像以往那樣肆無忌憚。

吃完早餐往停車場走，快到車門口時，宋楚朗從越野車裡大步走了出來，一身黑色襯衫，襯得整個人更加冷峻。

晏長晴暗暗叫苦，趕緊打開車門就要上去。

宋楚朗冷漠的朝她走來：「招呼都不打，就打算走了？」

晏長晴一僵，只能硬擠著笑回頭：「我是看大哥不喜歡我，所以想早點從你的視野裡離開啊。」

「妳知道就好，既然如此，就該離得要多遠有多遠，為什麼還要來我們宋家，難道上次我說的話白說了嗎？而且我已經跟妳說過，只要妳離婚，你們晏家的公司不會受到影響。」宋楚朗面無表情的開口，說出的話也冷的像毒針一樣：「還是，你們晏家想要的更多。」

晏長晴氣得俏臉通紅，還是文桐說得對，他這麼一而再的欺負自己，她得振作起來，不能被他這樣總是欺凌了，兔子被欺負狠了，也有咬人的一天呢。

她深吸口氣，嘛嘴哼了哼：「我也是提過離婚啊，不過楚楚不願意，他跟我說和雲央的過往已經放下了，你心裡不舒服別找我，去說服你弟弟。」

宋楚朗臉色一變。

行啊，一段日子不見，這個女人都敢跟自己嗆聲了，果然是越來越不要臉了。

「要不是妳用床上的伎倆迷惑他，他怎麼會這樣，妳覺得建立在床上的婚姻和感情有意思嗎？」

「請問你結過婚嗎？」晏長晴眨著眼睛反問。

宋楚朗眉宇緊皺。

晏長晴冷冷的替他回答：「你沒有，你對我們的婚姻狀況一無所知，你只是用你的主觀看待我們的婚姻生活，如果楚楚真的這麼容易被迷惑，當初和雲央分手肯定就有別的女人了，但他沒有啊，就算和管櫻交往也沒有越界，這說明他是喜歡我的，別什麼都推到是我迷惑了他，我又不會妖法。」

宋楚朗臉部的肌肉線條一根一根的抽動，早晨的太陽也曬得他俊臉微紅：「晏長晴，別自以為是，從頭到腳，妳哪裡比得上雲央了！」

「我比不比得上不是你說了算！」晏長晴氣呼呼的說：「你以後別總是一口一個我迷惑你弟弟的話，我覺得你是在侮辱你弟弟！我知道你很愛雲央，所以你逼著我們離婚，希望他們倆在一起，可他們要能在一起，早就在一起了，你就別瞎操心了，也別亂湊鴛鴦，我要是你，整天擔心宋雲央不能幸福，還不如自己去給她幸福。」

「妳根本什麼都不懂！」宋楚朗氣得咬牙切齒。

「不懂的是你吧！」晏長晴說：「宋雲央喜歡楚楚，你就非得讓他們湊一起，那要是哪一天，宋雲央不喜歡楚楚了，那你是不是又要把他踢走，再弄一個她喜歡的過來啊？那你對她來說是什麼呢，你的想法真的太奇葩了，還是你心裡自卑，根本不敢追求愛情啊？」

「妳敢再亂說一句試試看！」宋楚朗心底的怒氣全部積湧上臉部：「他們兩個互相喜歡，再說，雲央不是那種會隨便變心的女人，如果不是妳，事情不至於走到今天這個地步！」

「這是你們三個人的事沒有解決好，才引火焚身在我身上吧！你別把我扯進去。」晏長晴覺得這個人真是不講理，不過被他凶神惡煞的模樣嚇得還是微微畏懼的後退一步，低低說：「沒錯，我承認你在感情上面很偉大，你明明那麼喜歡那個女人，卻總是拱手成全別人，但你卻不是當事人，你根本不知道他們之間真正的問題，便強行擠進去對人家的生活指手畫腳，我想總是有你這麼一個哥哥存在，楚楚跟宋雲央在一起的時候一定覺得自己非常的無能和沒用，還有，你那麼喜歡一個人，卻一丁點都不去爭取，我建議你去看看心理醫生，真的。」

宋楚朗粗暴的扯住晏長晴手腕：「妳再敢多說一句試試看，別以為不敢拿妳怎麼樣，我早看妳不順眼很久了，要不是妳，雲央好不容易回來，也不會又要離開，是妳逼走了她！」他眼底的寒氣越來越濃。

晏長晴心裡也湧起一股害怕，用力掙扎，宋楚朗憤怒的把她推倒在地上。

晏長晴後腦勺撞到汽車門，發出沉悶的撞擊聲，她腦子嗡了嗡，疼的差點暈過去。

一抹陰影籠罩，她吃力的抬頭，熱辣辣的太陽下，宋楚朗逆光站著，臉色鐵青的讓人看不清楚。

她張口想叫，一旁突然傳來一聲低沉的呵斥聲。

「住手，大哥！」宋雲央難以置信的走過來，她穿著一件簡單的白T恤，一頭烏黑的直髮安靜的披垂至胸口，顯得臉色極為蒼白。

「雲央……」宋楚朗握緊拳頭。

宋雲央沒看他，扶起長晴，輕聲問：「妳沒事吧？」

晏長晴吃痛的揉著後腦勺搖頭。

「妳先走吧。」宋雲央乞求的看了她一眼。

晏長晴怔了怔，正好也不想跟這個瘋子宋楚朗再一起了，她打開車門，忍著痛，慢吞吞的開著車離開了宋家。

她不知道這兩個人會聊些什麼，但總希望宋楚朗能別再那麼偏激了，或許宋雲央如今是唯一那個能改變他的人了。

宋雲央目送著奧迪遠去，才收回目光用一種看陌生人的眼神，悲傷的注視著宋楚朗：「大哥，我上次已經說過，我決定放棄了，你為什麼還要這個樣子？」

「我知道妳不想放棄，妳心裡還有楚頤，都是被她逼的！」宋楚朗憤怒的說：「雲央，我不相信妳現在心裡一點都沒有他了，妳太善良，明明喜歡卻總是隱忍著……」

「我爭取過，失敗了，難道非讓我為了一段感情，弄得自尊都沒有了才夠嗎？」宋雲央控制不住的紅了眼眶：「我說過，我已經決定離開了，你知道嗎，楚頤說當年冒著雷雨來給我送傘的根本就不是他，大哥，如果你喜歡我，哪怕有一點點的爭取過，也許當初我就不會那麼無可救藥的愛上楚頤，如果我不愛上他，愛上你，也許現在就不會這麼痛苦了。但你從來就沒有努力過，你覺得當年楚頤喜歡我，我們就該在一起，其實我在你眼裡，跟貨物根本就沒什麼區別。」

宋楚朗澈底怔愣住了，眼睛裡流露出她所沒有見過的痛苦：「妳從來都不是貨物，楚頤是我最在乎的弟弟，妳是我最在乎的人，當初我以為只要你們開心，我都無所謂。」

「你的無所謂其實是最自私的，楚頤跟我說過，戴嫒掉下樓梯的事情也是你一手造成的，你變得都讓人認不出來了，你還是我認識的那個親切體貼的大哥嗎？」宋雲央眼睛裡流露出悲憫：「你連一個小孩都不放過啊。」

宋楚朗神情澈底的慘然起來，如果這個世界上有一個人能讓他感到害怕，那就是宋雲央，他希望自己在她心目中的形象是高大的，但現在他從她眼睛裡看到了陌生。

宋雲央垂眸：「大哥，其實我懂，你對付戴嫒、對付孩子，並不是覬覦宋家的財產，你是討厭她，你怪戴嫒毀了你們家，我相信你這麼努力，只是不希望宋家的公司和財產，落到戴嫒母子的手裡，你不想他們痛快，但是人應該有底線，不能為了所謂的報復，讓自己的手上沾上一條幼小嬰兒的血啊！你知道嗎？其實不用這麼憤怒，媽曾經跟我說，就算沒有戴嫒，她跟爸也走不到最後，爸太大男人主義，希望媽成為一個賢妻良母，而媽偏偏想往高處飛，媽說這一場婚姻本來就就是個錯誤，沒有戴嫒，還是會有另外的女人出現。在德國，媽現在過得很開心、很自由，她非常希望你和楚頤也能找到自己的人生和目標，把自己這一輩子過的圓滿充實，如果她知道你變成了現在這個樣子，該有多難受啊，畢竟她一直希望你們兄弟和睦不是嗎？」

宋楚朗身軀一震。

宋雲央苦澀的注視著他：「不要再恨任何人了，這些日子，我也想明白，沒有長晴，楚頤也不會跟我在一起了，男人都想找一個會讓他輕鬆、自在的女人過一輩子，而我，美國那一次後，我已經成為他內心深處懦弱的那一起反光鏡，我已經決心放下了，這次回來，不是找回自己的愛情，是告別從前，那你呢，你要一直活在過去的枷鎖中嗎？」

回到電視臺後，晏長晴發現自己的後腦勺微微的紅腫，她疼的本來想打電話向宋楚頤訴苦，不過後來想想還是算了。

何必呢，說不定會讓宋楚頤夾在中間難做人，到時候他們倆兄弟發生爭吵，宋楚朗會更討厭自己吧。

下班後，她開車去醫院接宋楚頤時，他已經在那等了一會兒了。

他腰杆站的筆直，不像一個醫生，倒像個軍人，氣質絕佳，那優雅的臉蛋，吸引了路邊好幾個女孩朝他望過去，可是宋楚頤目不斜視的就望著她這邊的車流。

晏長晴上午還是委屈難受的，可這一會兒便只剩小得意了，一腳油門溜到他面前，象徵性的宣告這個好看的男人是她的。

宋楚頤邁開長腿，動作清雋的坐進來，眸光淡淡的看著她：「來的這麼晚。」

「路上塞車。」晏長晴看著他悶騷的樣子，心裡默默的冷哼虛偽，當初就是被他高冷的外表給騙了：「你今晚不回宋家吃飯沒關係嗎？」

「沒關係，我們今晚回觀湖公館，好久沒兩人世界了，先去附近的那家超市買點菜，冰箱都空了，回家做菜給妳吃。」宋楚頤摸摸她腦袋寵溺的說。

晏長晴撇嘴發動車子：「我才不稀罕呢，你做的又不好吃。」

宋楚頤揉揉眉心：「要不然妳做給我吃吧！」

「我不會做。」晏長晴理直氣壯的說。

宋楚頤無語。

他哥沒有說錯啊，這個女人真的很不要臉。

在超市門口停好車時，宋楚頤解開安全帶說：「這個時間超市很多人，妳在車上等我吧，我去買點東西就上來。」

「不，我要跟你一起去。」晏長晴說著開始戴口罩。

宋楚頤沒轍，牽著她往超市裡走的時候：「妳就不怕被人認出來。」

「認出來就認出來。」晏長晴說：「我還這麼年輕，就算別人說我交男朋友、結婚了，有什麼關係，又不是偷情。」

宋楚頤眸色加深，鬆開握住她的那隻手，轉而摟著她走。

他沒說錯，下班時間正是超市人最多的時候，宋楚頤想往賣菜的區域走，晏長晴卻拽著她往零食區域走，最後由著她買了一大堆熱量高的食物，宋楚頤攔也攔不住。

買完零食，兩人又走向水果區，晏長晴選了幾個檸檬和獼猴桃、櫻桃。

宋楚頤看的很滿意，怪不得自己老婆每天都嬌滴滴的，原來吃的水果營養成份這麼豐富：「多吃獼猴桃好，獼猴桃維他命C多。」

「我一般每天都吃一個，我以後的獼猴桃你都包了，好不好。」晏長晴撒嬌說。

「包一輩子。」宋楚頤微笑的又牽著她往菜肉區走，挑的基本都是晏長晴愛吃的菜，當然主要是以肉類為主，沒辦法，他的女人喜歡吃肉。

買完菜排隊的時候人多，每個隊都排著十多人，晏長晴看到後眉頭就垮了，宋楚頤讓她先回車裡，自己排隊。

晏長晴在車裡等了半個小時，才見他一手一袋的提著走過來，不知道為什麼，看到那一幕，晏長晴心裡軟的一塌糊塗，心似乎也比往常任何時候還要噗通噗通跳的厲害。

她覺得，這樣的宋楚楚比平時的宋楚楚還要帥、還要迷人。

哪怕他手裡提著的不是昂貴的國際品牌紙袋，他提的只是最平凡的超市塑膠袋，但卻比高冷的宋楚楚更多了一些煙火氣息，同時，也讓他變得更平凡了許多。

但她更喜歡這樣平凡的宋楚楚，會站在肉攤前，給老闆說買幾斤她喜歡吃的排骨，會站在冷藏櫃前，幫她細心挑選每一顆獼猴桃的宋楚楚，會推著購物車默默走在她後面的宋楚楚，會站在收銀臺前，默默擠在人群中排隊的宋楚楚，每一個這樣的他都是迷人的。

宋楚頤看到她乖乖的坐在副駕駛座上，看來是想讓自己開車了。

他把購物袋放進後座，然後坐進駕駛座上，昏暗的停車場裡，自家女人一言不發的用大眼睛看著自己，眼睛水汪汪的好看。

他繫上安全帶：「怎麼了？」

「下次我們還是不要這個時間來買菜了，人好多，好難排隊。」晏長晴噘起小嘴：「你排了那麼久。」

「是妳在車裡等得久了吧。」宋楚頤笑笑：「可我要上班，一般也只有這個時間才比較有空。」

「我是心疼你嘛！」晏長晴脫口說，說完後，她不大好意思的望向別處。

宋楚頤怔了怔，望著她的眸子微微加深。

空氣中的安靜讓晏長晴的臉和身體一點點的發熱，她唇又蠕了蠕：「我的意思是……」

「其實我挺喜歡這樣逛超市的，覺得這樣排隊沒什麼不好，平常的夫妻生活不都是這樣子嗎？」宋楚頤忽然說。

「……嗯。」晏長晴不由自主的轉頭，看著他溫軟似水的雙眼，她眼睛彷彿被電了一下，立即低頭：「那以後……有空我就陪你來逛超市。」

開車回觀湖公館，不過七、八分鐘的車程，宋楚頤打開房門，晏長晴磨磨蹭蹭的走進去，一眼便看到她自己的拖鞋，不過那是棉的，穿著熱，她乾脆不穿鞋，反正地上也乾淨。

宋楚頤放下手裡頭東西，看了一眼她小巧的腳，朝她招招手：「長晴，過來。」

晏長晴回頭，他的眼睛裡專注的像藏了一抹火，彷彿意識到了什麼，她渾身蹭的一股火焰從腳底板竄上來：「那個……」

「剛才在超市的停車場裡，就想親妳了。」宋楚頤低低沙啞的說著抱住了她，當她說心疼自己的時候就想親了。

晏長晴害羞的低著腦袋瓜子躲閃，其實她那時候也有點想親的，總覺得那樣的宋楚楚太迷人，原來兩人想的是一樣的。

宋楚頤看著她越來越像紅蘋果的臉蛋，溫柔的吻上去，晏長晴身子往後略微傾斜，不小心撞到了後面的牆壁上，她疼的發出「嘶」的聲音。

宋楚頤放開她，見她摸著腦勺，他用手摸上去，摸到了一個包，皺眉：「怎麼搞得，都腫了。」

「嗯……錄節目的時候不小心撞了一下。」晏長晴低頭。

「冒失鬼。」宋楚頤走進客廳去找了藥箱，拉著她坐到沙發上，抹了藥水輕柔的在她頭頂揉開。

晏長晴咬著唇，有些疼，不過也有些絲絲的涼意。

她悄悄抬頭，暈黃燈光從頭頂隱隱的照落在宋楚頤身上，全身上下溫潤的不可思議，連同他的目光似乎都是暖融融的關心。

她心裡一甜，把早上的委屈從心裡抹去，悄悄的鑽進他胸膛裡。

老婆又開始撒嬌了，宋楚頤低聲提醒：「晴寶，別鬧，還沒抹完。」

晏長晴不但沒撒手，還黏糊的更緊了。

宋楚頤眼眸轉深，放下藥水，橫抱起淘氣的老婆往臥室裡走，他決定要吃乾抹淨來好好訓訓她不要隨便撒嬌。

晏長晴是在一個星期後才知道，宋雲央離開北城，到月底時，宋懷生和戴嬡從美國看完孩子回來。

晏長晴和宋楚頤一起回宋家探望他們，剛下車，戴嬡就滿臉歡笑的在門口熱情的迎接她。

晏長晴看到她臉上的笑容時有點困惑。

戴嬡對她的態度一百八十度大轉彎，讓她以為做夢沒睡醒，她還沒反應過來，戴嬡已經親切的牽起了她的手：「長晴，真的對不起，前些日子是我誤會妳了。」

晏長晴微微張大嘴巴，疑惑的看向身邊的宋楚頤，他面色淡然，只是眉宇間淺淺的蹙了幾分。

「妳還不知道吧？」戴嬡看了一眼宋楚頤，才低聲和她解釋：「前兩天宋楚朗突然交了一封離職信離開了，說想出去走走，信上他還承認，上次我摔下來的事，其實是他買通家裡的傭人在樓梯動手腳，所以妳才會滑倒摔下來……」

晏長晴呆住，完全不可思議，怪不得她當時會覺得腳滑，原來是這樣的原因，可是宋楚朗也太惡毒了吧，不管如何討厭她和戴嬡這個後媽，也不能對一個還未出生的孩子下毒手啊！

「長晴，我很抱歉，當初對妳那麼過分。」戴嬡非常抱歉的說：「還有楚頤，要不是你，佩遠恐怕也活不下來。」

「我只是做了一個醫生該做的。」宋楚頤冷淡的說完，牽著晏長晴往屋裡走。

晏長晴一直被那個消息震得渾渾噩噩，直到宋懷生向她道歉，她才懵懂的回過神來，良久感慨道：「算了，都已經過去了。」

「長晴，妳真的很好，是奶奶以前誤會妳，年紀大了，有些事想不通，犯糊塗，妳別跟我一般見識。」宋奶奶從桌上的錦盒裡，取出一個翠綠色鐲子套進她手腕：「這是上次楚頤他二叔給我帶回來的，說是翡翠，我當時一看這鐲子就覺得挺適合妳，瞧，人好看，就是戴什麼都好看。」

「喔……」晏長晴緊張的不知所措，這鐲子一看就不便宜，得幾十萬吧：「奶奶，謝謝您啊，可是這鐲子太貴了……」

「沒關係，好好戴著，不許摘了。」宋奶奶嘆了口氣：「我真沒想到，楚朗會幹出這樣的事。」

宋懷生沉著臉，誰也不願再提起宋楚朗。

直到戴媛轉開話題：「長晴，你們也該著手準備婚禮的事了吧？」

「對啊。」宋奶奶殷切的注視著他們。

「我和長晴打算年底辦。」宋楚頤微笑握住晏長晴的手，與她相視。

晏長晴嘴角彎了彎，用力點頭。

夜晚，開車離開宋家，晏長晴窩在真皮座椅裡，望著窗外流動的夜色發呆。

宋雲央走了，宋楚朗也走了，宋家的人也對她完全消除了芥蒂，從今天開始她和宋楚頤之間終於沒有任何矛盾、障礙了吧，可為什麼總有一絲絲不真實的感覺。

宋楚頤騰出一隻手輕輕的握住她：「怎麼啦？」

晏長晴低頭思索了幾秒，才開口：「你哥是去找宋雲央了嗎？」

「不知道。」宋楚頤搖頭：「也許是吧，也許不是。」

「你哥真的很愛宋雲央呢。」晏長晴不會忘了，那天在宋家，宋楚朗看著宋雲央的眼神。

不知道他們後來說了什麼呢？竟然會讓宋楚朗不顧宋家的繼承權就這樣離開了。

「嗯，我一直都知道的。」宋楚頤心裡默默的嘆息，也欣慰，或許這是最好的結果吧：「長晴，妳恨我哥嗎？」

「恨啊，不過現在都看不到他了，想恨也沒地方恨啊。」晏長晴撇嘴。

宋楚頤低低一笑，因為戴嫚的事他心裡一直是愧疚的，幸好宋楚朗最後坦白了。

第四十章 婚禮

元旦前夕，晏長晴一早在電視臺忙著排練跨年的節目。

宋楚頤放假，一整天就陪著羅本去了趟超市買點東西，從今天開始，他決定給羅本吃熱量比較低的飼料，因為羅本自從被晏長晴照顧後變的越來越胖，胖的不像話了。

羅本興致不高，不想吃，後來在他的威逼利誘之下才吃了兩口。

一人一狗吃完晚飯，宋楚頤把羅本扔在家裡，開車去北城體育場。

今晚是電視臺最盛大的節目，北城電視臺一早就在體育內場搭臺，今晚有上千號人會來觀看這場節目。

他的位置安排在最前排。

周圍正好是晏長晴的年輕粉絲，他身後的幾個小女孩看起來還像是學生，拿著晏長晴的海報和巨大橫幅，他坐上去的時候，後面的美女還不滿的推了推他：「別靠著晏長晴的粉絲牌，我們在家做了好久。」

宋楚頤看了一眼後面的牌子：「陪伴是最長晴的告白。」

他無語，現在的小女孩真是……

「你坐在第一排怎麼才拿這麼一點點東西啊，真是的，你這粉絲太不敬業了。」一個十七、十八歲微胖小女生直接拿了一個牛角燈扣他頭上。

他臉色一變，趕緊想拿下來，那小女生趕緊拉住他，還一臉嚴肅的說：「我告訴你啊，別以為你長得帥，就能任性了，為了長晴，我們要團結一致，知不知道，對了，你在粉絲團裡叫什麼名字啊？」

他嘴角抽搐：「什麼粉絲團？」

「你不知道？這你都不知道！」小女生說：「我們是長晴的晴粉，我是她晴粉團的團長，我們今晚主要是來給長晴捧人氣，她第一次主持這樣的大型晚會，我們要給她加油打氣。」

宋楚頤呆了呆，第一次知道粉絲團這種事情，晴粉的團長，什麼鬼？

「他可能是最近才喜歡上我們家晴晴的粉絲吧！」右上邊一名長著雀斑的小女孩說：「今年晴晴的粉絲大增啊，我們要規範管理，不能讓晴晴丟臉、被抹黑。」

宋楚頤不想跟這群小女孩湊熱鬧了，默默的把手機調了靜音。

晚會開始時，晏長晴和左騫幾個主持人一同上場。

總共有六位主持，每兩人一對，晏長晴和左騫理所當然的成為了一對。

晏長晴今天穿了一雙紅色恨天高，出來時，她一眼就瞥到坐在臺下戴著牛角燈的宋楚楚，差點趔趄的摔倒，她勉強集中精神，餘光忍不住往下瞄。

她不能忍受這樣的宋楚楚。

他今天穿了一件黑色的皮衣，模樣還挺帥氣的，可左手拿著螢光棒，右手舉著她名字的牌子，臉上再戴一個牛角燈……

真的真的實在是太可愛了，尤其是他好像挺不高興，好看的臉聳拉著，就像一隻受了委屈的牛，看得出，宋楚楚今晚真是豁出去了啊。

左騫也很快認了出來，眼睛裡閃過絲詫異，看到身邊努力忍著笑的女人，無奈的笑著提醒：「好好做節目。」

「嗯嗯。」晏長晴悄悄的應著。

晚會的節目是精心設計，頗為精彩，不但花鉅資邀請了韓國的人氣偶像，還請了各個年齡層次都會喜歡的歌后級人物，當然也還有小品和戲劇表演，晏長晴還演出了兩個小品，演一個村姑。

晚會每過一個小時候後，還有一個電話號碼抽獎時間，抽獎的人都是今晚在現場看節目的嘉賓，十一點電話抽獎時，號碼竟然抽到了宋楚頤。

晏長晴也發現了，眼睛故意往他這邊瞄。

宋楚頤硬著頭皮站起來走上去，左騫看到他也眼眸也閃過絲詫異，他笑著拿麥克風問道：「這位先生姓什麼，從事什麼行業工作啊？」

「宋。」宋楚頤淡淡說：「醫生。」

「醫生好啊。」左騫繼續從善如流的問：「馬上就要過新年了，你有什麼新年願望想實現？」

宋楚頤沉默了足足五秒，聲線乾淨的說：「過完年我要結婚了，希望我的妻子嫁給我能夠幸福。」他話一說完，臺下立即響起了雷鳴般的掌聲。

晏長晴微微臉紅的注視著他。

今晚的宋楚頤穿著一件黑色皮衣、牛仔褲，身形乾淨又挺拔，站在他旁邊一身筆挺西裝的左騫的光彩似乎也被他奪走了。

掌聲停下來後，晏長晴聲音輕柔的說：「我想你老婆一定會幸福的。」

左騫也溫潤的笑：「我也這麼認為，來，抽獎吧。」

晏長晴笑盈盈的把紅色箱子拿過來，宋楚頤手伸進去，抽中了由某家家電公司贊助的六十五英吋大螢幕電視機。

「哇，這位先生手氣好啊！」左騫笑著說：「一下就抽中我們的二等大獎，有什麼想說的？」

宋楚頤又思考了一會兒，回答了這個問題：「正好，我們的新家需要一臺電視機，我老婆應該會高興。」

晏長晴假裝拿手裡的卡片擋住臉。

不行了、不行了，宋楚楚幹嘛老是在臺上撩撥她，弄得她都心跳加速，完全不能好好主持了，她趕緊說：「你老婆肯定會很高興的。好啦，今天麻煩這位先生了，請您先回到座位上吧，接下來讓我們欣賞，由臺灣的一位天后演唱她的經典曲目，大家能猜到是誰嗎？看看就知道了！」

十二點來臨時，天后級的歌手壓軸，還有全場主持人出來，一起倒數十秒，當最後一秒結束時，四周煙花衝上天空。

晏長晴在臺上和大家互相道賀說新年快樂，餘光瞥了一眼坐在邊上不遠處的宋楚頤。

他抬頭仰望著頭頂的煙花，無數斑斕的煙花色彩投注在他眼底。

她心裡霎時一暖，雖然第一句新年快樂不是跟他說，雖然不能陪伴在他身邊一起跨年，但是她在臺上，他在臺下，一同望著相同的煙花，心意相通，好像也沒有什麼不好的。

這個新年，似乎因為有他而與眾不同。

臺上，每個主持人各自發表對新年的感慨，輪到晏長晴時，她忍不住嘴角飽含笑意的說：「我還記得去年跨年的時候，心裡默默的許願，來年要找一個自己喜歡的人，當時心裡是不抱什麼希望的，沒想到真的找到了，而且我嫁給了他。人家說，人生處處有驚喜，以前我不信，現在我信了，也許人生中，你喜歡的那個人，就那麼突然的來到你身邊，新的一年，希望還單身的人都能找到自己的幸福。」

一直以來，晏長晴的緋聞一向是極少的，就在這元旦的夜晚，猝不及防的宣布她有喜歡的人了，現場的人全部都愣住了，但片刻後全場響起了雷鳴般的祝福掌聲。

跨年晚會正式結束時，差不多到了十二點半，宋楚頤在車裡等到一點半左右，晏長晴才披著一件大衣四處張望的鑽到他車上：「等很久了吧，不好意思啊，今晚我們臺長在給我們發紅包，我等了好一陣。」她說完從包裡掏出一個厚厚的紅包，眼睛亮晶晶的：「讓我數數看有多少錢啊？」

宋楚頤無奈的搖頭，真是個財迷。

「哇塞，竟然有兩千塊！」晏長晴驚喜的說。

「兩千算多嗎？」宋楚頤好笑，「以妳的消費能力，能幹什麼呀？」

「不多嗎，你平時經常加班，上班薪水最多撐死一萬吧！」晏長晴小心翼翼的把錢整整齊齊的放自己錢包裡：「我可以加好幾次油，還可以買很多好吃的，也能買好幾隻口紅，用處多著呢。」

宋楚頤摸了摸下巴：「那我剛才中了一臺電視，是不是省了一大筆費用？」

晏長晴一臉懷疑：「你確定不是你和展局長打了招呼，暗中做了手腳？」

「妳覺得我需要為了一臺電視找關係、做手腳？」宋楚頤聽著都覺得弱爆了：「既然要動手腳，那我幹嘛不拿一獎，要拿個二獎。」

晏長晴想想也是，不過他這運氣是真的好啊。

「對了，楚楚，你覺得我今晚的表演怎麼樣？」

「嗯。」宋楚頤邊開車邊頷首：「村姑演的很到位。」

晏長晴喜笑顏開，過一會兒又覺得不大對勁：「你是在誇我，還是在損我？」

「誇妳演技好。」宋楚頤認真看著前面。

晏長晴這才放心，湊過去親了親他臉頰：「楚楚，你今晚真讓我感動。」

宋楚頤嘴角勾起溫潤的笑，他騰出一隻手握住她，低低說：「妳說得對，人生處處有驚喜。」

晏長晴疑惑的看著他：「嗯？」

「妳就是我的驚喜。」宋楚頤含笑的看了她一眼。

晏長晴頓時甜的像開了花。

宋楚頤什麼都沒再說，只是在回去的路上安安靜靜的握住她手。

她不知道，有好幾年的時間，他一度以為，自己要活在宋雲央和宋楚朗的那段過去，無法走出來，好幾年，他覺得自己懦弱膽小，她卻依舊這樣無怨無悔的喜歡自己。

還有人說，父母會怎樣，有時候他們的孩子越不想走上父母那條路，反而越容易走上去，他早已做好了以後的人生不完美的準備，但她卻賜予了自己的完美。

兩人的婚禮訂在十二號，婚禮訂在三亞，伴娘是江朵瑤。

晚上，晏長晴和江朵瑤在酒店的別墅裡玩到很晚才睡。

躺下沒多久，宋楚頤突然打電話過來了。

「幹嘛？」晏長晴怕吵到身邊的人，小聲說：「這麼晚還沒睡，你不會緊張的睡不著覺吧？」

「我不會。」宋楚頤嗓音淡著三分深夜中的暗啞：「明天去接妳的時候，不要和伴娘出什麼刁鑽古怪的主意，我去接妳，多塞點紅包就行了。」

晏長晴聽到他那口吻不舒服：「我幹嘛要聽你的，都是來娶我的大日子，還要聽你的。」

她才不願呢，剛才和江朵瑤搜腸刮肚的，想了好多明天刁難新郎和伴郎的事情，她們都已經用小本子記下來了。

「……大庭廣眾的做不來。」宋楚頤無奈的說：「少彬也做不來，妳非讓他來，他伴郎都不當了。」

「少彬是少彬，你是你，娶我的是你！」晏長晴莫名委屈了：「還沒辦酒你就這個樣子，那之後我還不是什麼都要聽你的，不行，我不幹。」

宋楚頤頭疼：「明天會有很多人，反正我說了，太肉麻事情大庭廣眾之下做不出來，妳要麼就出點什麼腦筋急轉彎之類的，要聽什麼肉麻的話，晚上我們兩個人的時候我單獨跟妳說，行嗎？」

晏長晴還是哼了哼，她就是高調，她高調的恨不得讓大家都知道，宋楚楚有多愛自己，本來還想讓他明天念念什麼保證書呢，再跳個舞、唱首歌之類的。

「宋楚頤，我現在不高興。」晏長晴難受的直接說：「就這麼一點事你都不能為我忍受，面子就真的這麼重要嗎？」

「長晴，我愛妳是毋庸置疑的，但有些事……性格問題，我說過，我們私底下想如何就如何，明天晚上新房裡妳有什麼想弄的，剩下兩人都可以，我會滿足妳的。」宋楚頤低沉的哄她。

「我不想跟你說了。」晏長晴不高興的把電話掛了。

江朵瑤問道：「怎麼啦，大婚前夕吵架不會吧？」

「嗯。」晏長晴把宋楚頤說的話告訴她，氣呼呼的說：「妳說他過不過分。」

「確實有點過分啊，那來迎親的時候多無趣啊，不過只要紅包大點，這個倒無所謂。」江朵瑤深思的說。

「重點不是紅包的問題。」晏長晴一本正經的指責她：「江朵瑤，妳能不能別這麼財迷心竅？」

「說的好像妳不財迷心竅一樣。」江朵瑤說：「要是我結婚，妳來堵門，人家塞一疊紅包，妳肯定會比我更沒節操，屁顛屁顛就把我送走了。」

「不跟妳說了。」晏長晴拿被子蓋臉。

「哎，要不我們逃婚吧。」江朵瑤壞笑的說。

「逃妳個頭！」晏長晴很不爽。

因為不爽到凌晨都沒睡，第二天化妝師來替她化妝，看到她黑眼圈打趣道：「該不會是要結婚了，心情太激動，都失眠了吧，都有黑眼圈了。」

晏長晴懊惱：「妳一定要把我黑眼圈蓋住，今天我要美美的！」

她要弄得像天仙一樣，然後晚上不讓宋楚頤碰她，氣死他，讓他看著卻不能吃，最後苦苦哀求她，讓他親一口。

「放心吧。」化妝師笑了笑。

上午十一點，宋楚頤和厲少彬過來迎親。

江朵瑤堵住門說：「什麼都不要說了，把所有的紅包全部塞進來，就讓你們進來。」

晏長晴瞪她一眼，果然朋友什麼的太不可靠了。

房門下，塞進來厚厚的一疊又一疊的紅包，江朵瑤拿在手心裡，厚的幾乎兩隻手都拿不下。

外面傳來厲少彬厚沉的聲音：「紅包全給了，真的一個都沒留。」

她很滿意，就欣賞這麼爽快的，又說：「宋醫生的薪水戶金融卡全部交出來啊！」

晏長晴點頭，這個還是挺可靠的。

沒多久，那邊直接塞進來一個黑色錢包。

宋楚頤說：「我錢包都給了，可以開門了吧。」

江朵瑤趕緊把錢包扔給長晴，打開房門。

宋楚頤站在門口，今天的宋醫生似乎比往常更帥，淺咖色的西裝外套裡面，搭配著咖啡色的背心和淺藍色的格子襯衫，鎖骨處戴著深紅色領結，下面深藍色的九分長褲和棕色的皮鞋，露出精緻的腳腕，鼻樑上掛著茶色墨鏡，簡直太瀟灑不羈了。

晏長晴看到宋楚頤口也屏息了。

好吧，平時宋楚楚本來就夠帥了，新郎的禮服設計更是別出心裁，顯得他好瀟灑清貴啊，怎麼有人可以這麼的帥呢，還是她的老公。

晏長晴看的小臉緋紅，幸好她頭上披著一層紗擋住了臉蛋。

她望著宋楚楚一步一步走到她面前，突然害羞又緊張的低下頭，雙手揪著身上的婚紗。

宋楚頤單膝跪地把鮮花交給她，晏長晴默默的接過。

他站起來直接打橫將她抱起，耳邊聽得他用只有兩人才聽得見的聲音低聲說：「晴寶，妳今天真美，我愛妳。」

蠱惑的聲音鑽進她耳朵裡，晏長晴臉蛋從裡紅到外，連耳朵尖子也要燒了似的。她默默的勾住他脖子，害羞的把臉埋進他懷裡。

突然覺得就這樣也挺好的，不需要新郎跳舞，也不需要他唱歌，更不需要念證書，就這樣安安靜靜的，他悄悄在她耳邊說好聽的情話，比他當著許多人的面大聲說「我愛你」更來得動人、沉醉。

宋楚頤是一路抱著她往婚禮的草坪上走，今天天氣很好，太陽暖和，不冷不熱，但距離有點長，晏長晴心疼他：「要不你放我下來我自己走吧。」

「不用，妳不重。」宋楚頤低聲說。

十分鐘的路程後，晏長晴終於看到面朝著大海的婚禮。

正是春天，草坪上綠意盎然，婚禮的布置也猶如一個美麗的童話。

童話裡，先穿過粉色玫瑰包裹的拱形花門，再進去，鋪著長長的紅地毯，地毯兩旁，長長的花瓶裡都插滿了朵朵簇簇的鮮花，一直到紅地毯盡頭，那裡更美。

一個巨大的花環在天空中形成流蘇般往下垂，花環的周圍還圍繞著一層唯美的白色雪紡紗。

他們的婚禮將會在裡面舉辦，而兩邊，坐滿了四十、五十位親朋好友。

傅愈坐在中間，感慨的望著這一幕，竟然覺得眼眶酸澀。

從小他看著一起長大的小女孩要嫁人了，他曾經無數次幻想過，小女孩長成美麗的公主，嫁給他的那一天，到時候他要把全世界所有的幸福都捧到她面前。

然而現在和小女孩執手幸福的，卻是另外一個男人，人生真的太多的世事無常。

「我在前面等妳。」宋楚頤放下她，徑直往舉辦婚禮儀式的前方走去。

晏磊牽著晏長晴的手一步一步穿越過拱形花門，將女兒的手交到宋楚頤手裡。

不知怎的，晏長晴眼眶一熱，險些哭了。

司儀開場時，晏長晴沒忍住，哭的稀裡嘩啦，幸好她的妝不容易掉，不然早哭的像熊貓一樣。

說完誓詞後交換完戒指，牧師微笑的說道：「現在，請新郎親吻新娘。」

晏長晴害羞的閉上眼睛。

宋楚頤隔著白紗親吻她時，她又哭了，是甜蜜、害羞、感動的哭了。

「恭喜你們正式結為夫妻。」牧師最後說。

尾聲

辦完婚禮後，晏長晴和宋楚頤登上了去馬爾地夫蜜月的飛機，晏長晴在等起飛時，閒著無聊，抓著宋楚頤的手拍了一張合照發微博上：『和我家親愛的要去度蜜月了，好開森。』

晚上大家似乎挺無聊的，不到一分鐘，回覆就有上千則。

蛋皮酥：哇塞，好幸福噢，晴寶手上的鑽戒好大好閃噢，我能肯定晴寶肯定嫁了一個高富帥，那我就放心了。

最愛起司味：我突然能感覺到晴寶老公肯定很帥，研究表明，擁有這麼修長乾淨的男人手一定又高又帥，流口水中。

愛呼吸的蝴蝶：怎麼辦，我感覺我已經愛上了晴寶老公的手。

原本是想秀秀自己手上巨大的粉鑽，沒想到結果大家都愛上了她宋醫生的手。

她沒好氣的拿起宋楚頤的手仔細端詳。

雖然她一直知道他的手好看，大約是為了拿手術刀的原因，他的手指骨修長，猶如青竹秀逸。

晏長晴看著看著就再一次陶醉了：「楚楚，你怎麼到處都這麼好看呢？」

宋楚頤輕蔑的看了一眼自己花癡的老婆：「沒辦法，妳運氣好，一不小心撿了個極品。」

「不要臉。」晏長晴靠他肩膀上：「楚楚，我感覺你跟入贅一樣啊，帶著狗吃我家、住我家。」

「嗯，吃老婆、喝老婆的沒什麼不好。」宋楚頤邊看手機新聞，漫不經心的回答：「找到妳之後，生活費省了不少。」

晏長晴愣了愣，回味過來，頓時不爽了，因為她總愛住在晏家，宋楚楚也住過來了。

他基本上都不用去買菜，觀湖公館每個月的電費、水費少的可憐。

而她呢，除卻家裡吃吃喝喝不說，最重要的是羅本啊，每個月的花費最少也要上千吧，有時候隨便送去寵物店做個美容什麼的都要好幾百，再心情好的時候給牠買幾套衣服……

晏長晴突然發現，她最近幾個月在狗身上花了一大筆鉅款啊，頓時覺得自己好虧啊。

她懊惱的皺眉：「我以後要孩子跟我姓，嗯，我想好了，名字就叫晏窩。」

燕窩……宋楚頤眉頭抽搐，虧她想的出來，有點為將來的孩子操心了。

「隨便啊，正好孩子的吃喝拉撒、上學讀書費用、奶粉錢全交給妳了。」

「我隨便說說，還是跟你姓吧。」晏長晴趕緊說，她連養自己、養條狗都快養不起，還養孩子，那得窮死：「我們以後孩子就叫宋晏窩啦！」

送燕窩……宋楚頤默默的繼續玩手機，已經不想搭理她了。

晏長晴越想越起勁，越發覺得燕窩好聽，於是又說：「楚楚，我想好了，以後我們生一男一女，女孩的小名叫燕窩，男孩叫魚翅，你覺得怎麼樣，是不是很有心意？」

宋楚頤不說話。

幸好她沒說叫鮑魚，真是有些為他們未來的孩子擔憂了。

——親愛的楚楚動人　完

高寶書版集團
gobooks.com.tw

YH 066
親愛的楚楚動人（下）
作　　者　夜　雪
特約編輯　陳怡儒
助理編輯　高如玫
封面設計　ZZdesign
內頁排版　賴姵均
企　　劃　何嘉雯

發 行 人　朱凱蕾
出　　版　英屬維京群島商高寶國際有限公司台灣分公司
　　　　　Global Group Holdings, Ltd.
地　　址　台北市內湖區洲子街88號3樓
網　　址　gobooks.com.tw
電　　話　(02) 27992788
電　　郵　readers@gobooks.com.tw（讀者服務部）
傳　　真　出版部(02) 27990909　行銷部 (02) 27993088
郵政劃撥　19394552
戶　　名　英屬維京群島商高寶國際有限公司台灣分公司
發　　行　英屬維京群島商高寶國際有限公司台灣分公司
初　　版　2022年2月

阅文集团
原書名：原來你是這樣的宋醫生

國家圖書館出版品預行編目(CIP)資料

親愛的楚楚動人（下）/夜雪著. -- 初版. -- 臺北市：英屬維京群島商高寶國際有限公司臺灣分公司, 2022.02
冊；　公分
ISBN 978-986-506-309-2（上冊：平裝）
ISBN 978-986-506-310-8（下冊：平裝）
ISBN 978-986-506-311-5（全套：平裝）

857.7　　110020179